如风——著

特立独行

最好的修行在路上

行者

中央编译出版社
CCTP Central Compilation & Translation Press

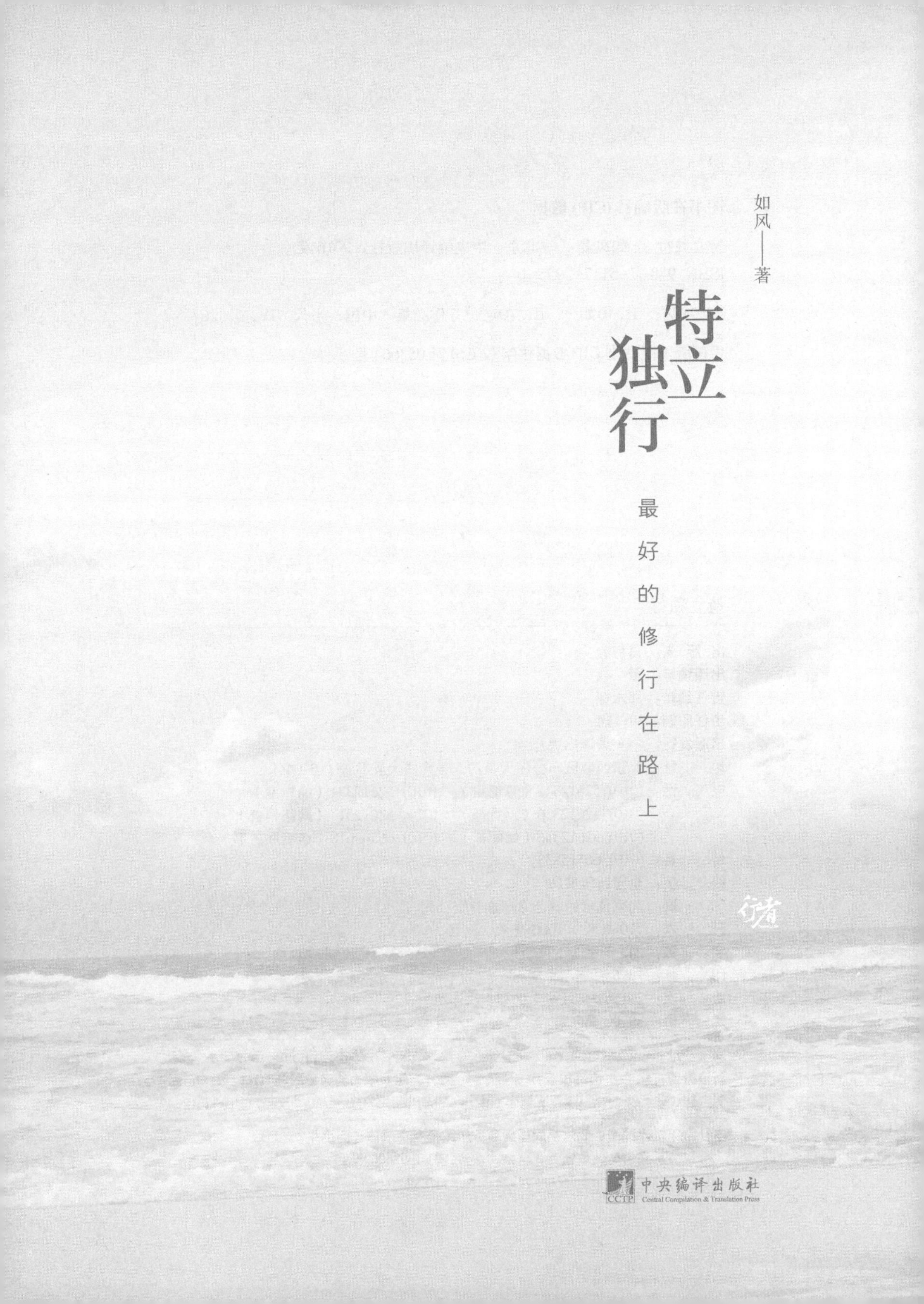

图书在版编目(CIP)数据

特立独行／如风著．—北京：中央编译出版社，2016.9
ISBN 978-7-5117-2975-0

I.①特… II.①如… III.①游记－作品集－中国－当代 IV.①I267.5

中国版本图书馆 CIP 数据核字(2016)第 053664 号

特立独行

出 版 人：	葛海彦
出版统筹：	董　巍
责任编辑：	邓永标
责任印制：	尹　珺
出版发行：	中央编译出版社
地　　址：	北京西城区车公庄大街乙5号鸿儒大厦B座(100044)
电　　话：	(010) 52612345（总编室）　(010) 52612371（编辑室）
	(010) 52612316（发行部）　(010) 52612317（网络销售）
	(010) 52612346（馆配部）　(010) 66509618（读者服务部）
传　　真：	(010) 66515838
经　　销：	全国新华书店
印　　刷：	北京佳信达欣艺术印刷有限公司
开　　本：	710 毫米 × 1000 毫米　1/16
字　　数：	243 千字
印　　张：	13.5
版　　次：	2016年9月第1版第1次印刷
定　　价：	39.00 元
网　　址：	www.cctphome.com　　邮　箱：cctp@cctphome.com
新浪微博：	@中央编译出版社　　　　微　信：中央编译出版社（ID：cctphome）
淘宝店铺：	中央编译出版社直销店(http://shop108367160.taobao.com) (010)52612349

本社常年法律顾问：北京嘉润律师事务所律师　李敬伟　问小牛
凡有印装质量问题，本社负责调换，电话：010-55626985

一个人的行走范围,就是他的世界。

目录 CONTENTS

01 ｜ 前言　路上修行　追逐理想

让心头的能量自然流动

001 ｜ 爱自己所爱的一切
003 ｜ 用爱创造而非为爱所伤

遇见真实的自己和人生

007 ｜ 冈仁波齐的启示
009 ｜ 未知的旅途
011 ｜ 人生是一场漫长的徒步
018 ｜ 所有的成长到最后都是一次旅行
021 ｜ 天才与疯子只有一步之遥
025 ｜ 让生活简单起来
027 ｜ 在马尔代夫"得道成仙"
029 ｜ 心之所在，即为家
032 ｜ 无条件的爱

目录
CONTENTS

唤醒沉睡的内在力量

- 035   自助者，天才助之
- 037   转山，灵魂之旅
- 047   女人最美的时刻
- 048   成为自己的宇宙之神
- 050   寻找自己心中的那颗星
- 053   听从自己内心的声音

行走中的奇迹

- 055   与工作断舍离
- 058   西藏的传奇
- 061   迷途中的邂逅
- 063   浓情斯里兰卡
- 068   尼泊尔人的幸福生活

目录
CONTENTS

找寻生命本源的快乐

- 073 追风筝的人
- 078 南半球的天空
- 080 马尔代夫的月光
- 081 快乐的印度洋
- 087 时光回溯
- 093 境由心造
- 095 重返十七岁
- 099 不忘初心
- 102 莫失莫忘

尽情享受当下的快乐

- 105 生命的行者
- 106 欧美旅行风
- 109 迪卡普湖边的静心修行
- 111 生命只想停留在这一刻
- 113 墨尔本的挑战
- 114 我在东马的做工生活
- 119 与悉尼歌剧院的恋爱
- 121 马来西亚闲适的小镇

目录
CONTENTS

所有的发生都是来祝福我的
- 124 一切都是最好的安排
- 126 缘分,有时天定,有时人为
- 129 啼笑皆非的科伦坡
- 132 非凡的体验
- 135 旅途中的饮食男女
- 140 拉萨惊魂
- 146 悲情马六甲
- 147 丽江,惊艳之后的落寞与遗憾

带给世界爱与和平的真正力量
- 151 尼泊尔稀奇古怪的节日
- 154 欲望都市
- 156 看黄河,体悟道法自然的生存哲学
- 159 参加世界旅行团
- 165 世界最美的日落

目录 CONTENTS

与孤独成为闺蜜
- 169　旅行的艺术
- 170　天空之城
- 171　滚滚红尘
- 174　追忆似水流年
- 176　灵魂伴侣
- 177　奥克兰 Style
- 178　时光穿越

神奇的地球
- 180　移动的蓝色冰川
- 183　人生若如红盖头
- 185　一半是雪山　一半是海水
- 188　不可错过的风景

另类旅行——到潜意识深处
- 191　绝对自由的旅行
- 193　千年的穿越　去前世旅行
- 195　时间旅行者的超时空之旅

后记
- 198　活在当下　更改未来

前　言

路上修行　追逐理想

　　我不知道为什么有那么多人认为时间是取之不尽、用之不竭的，肯将大把的时间浪费在家庭琐事、无谓的争执、不停地赚钱换房换妻、看口水电视剧、泡吧喝酒蹦迪上面。我一直都认为人生苦短，是真的苦短，因而，必须要把短暂的人生用于实现理想和追寻生命的意义上面。当"意外"来临时，后悔不迭的滋味恐非任何意外打击可比。古人不是说过：莫等闲，白了少年头。人生如白驹过隙。只是，今人一直听不进去。

　　所以，想做的事情，毫不犹豫地去做，即使他人苦苦劝导，即使时机尚未成熟。他人的劝导源于他对自己的人生的放弃，只是想要更多的同类和印证，他接受不了，同样的人生别人用来实现了理想，活出了本色，而他只是走过、路过。

　　什么是成熟的时机？时机是自己成熟还是需要我们催熟？我们决定不了未来的世界的模样，唯一能够决定的是即刻出发——无论是旅行，实现理想，还是追求想要的人生。

　　我不轻信任何人给予的关于若干年以后的承诺，只相信当下的奋斗和拥有。因而，一拿到大学毕业证书，家都不回，不给亲人劝导的机会，买张半价的硬座就直奔上海，时间不等人啊！

尤其女人，人生的时间更加紧缩，传统的要求和生理事务几乎占据了女人的一生（生子、育子、家务、照顾丈夫及双方老人，养育孩子的孩子，每个月三到七天的经期，经前综合征，更年期，现在还多了一份工作……），人生之旅，再不出发，就来不及了！一天都不能等！

到了上海之后，发觉，真得没准备好，甚至连上海的历史、气候、现状都没有查询，就一头扎进上海滩，迫不及待地沉浮。在人海中学习游泳，能活着出来就不错了，至于受了什么伤痛和磨折，已无力纠缠。活着，是唯一的信仰。

进入图书馆时，也没有准备好，没有计划，没有买房（当时存的钱可以付当时的首付，五年之后，就可以涨十几倍。），不要工作，不要婚姻，专职阅读。

一头扎进书海之后，才发觉，游法不同了！原来还有人指点一二，这片海，只有孤独的一个傻子，必须自己摸索游法和泳姿。有段时间，得意非凡，多好啊，人都没有，先来个裸泳，再来个裸浴。很快，时间挡不住来自红尘的飓风和沙尘暴，刮得我快要抵挡不住，只要没有海啸，还可以坚持。却是怕什么来什么，海啸铺天盖地地席卷而来，我蹲在书堆儿里，身边是人类历史上最智慧的灵魂，头顶上悬浮的是拿破仑、丘吉尔、曹雪芹、陶渊明、西蒙娜德·波伏娃、乔·治桑、苏格拉底、李叔同、释迦牟尼。智者们全力击退了人祸带来的天灾，但终究只能保我一时，能够保我一世的人，最终发现是——自己！

人类最大的痛苦之一，就是时间像鞭子一样在紧抽着我们，我们不停地赶路，一抬头：啊！三十而立！啊！人到中年！啊！白发苍苍！作为中国人，我们必须还要花费更多的时间去履行传统所赋予的人生义务，如果，你不那样做——除非你是一个名人，有资格异类，若是个普通人，你就会明白为什么尼采会说"他人即地狱"，叔本华会说"几乎我们遭受的全部不幸都源于与他人的交往"，为什么连最善于交际的伏尔泰也说"地球上挤满了密密麻麻的人群，却没有值得与之谈话的人"，为什么林黛玉在外婆家锦衣玉食依然会吟诵"一年三百六十日，风刀霜剑严相逼"。

一个中国人，能够挺过逼婚、逼嫁、逼育、逼房、逼钱，基本上已经站在实现理想的起跑线上了；能够确定目标、找到方法、坚持不懈，就已经向着理想出发了；

能够不断阅读、不断学习、不断修行、不断了悟，就已经走了一小段路了；能够认识自己、找回真实的自己、活现本源的自己，知道自己想要的是什么，美好人生指日可待，理想的实现只是早晚问题！

确实有许多人，没有时间、没有机会真正上路，出发，自由行走。没关系，你一出生，就已经在路上了，人生就是一场旅行，带着行者的心态在人生之旅中欣赏风景，体验行者生活。当然，比起真正的旅行，这更难体验，好处是不用离开现实生活刻意出发。如果，不旅行，不在人生中旅行，不在人生之旅中修行，活着，究竟是为了什么？

哲学家叔本华说：我们可将财富比作海水，喝得越多，越是口渴，名声亦是如此。人若有一笔丰足的财富，应该当作可能遭遇的祸患和不幸的保障，而不应该把这笔财富当作在世上寻欢作乐的许可证……遗传的财富若为具备高度智力的人所获得，这笔财富才能发挥最大的价值。这刚好能够解释国内很多富二代的现状如此堪忧的原因，富一代只给了他们巨额的财产，却没给他们智慧及获取智慧的信念和方法。这是财富的本质，若仅为了财富而活，终有一天会明白真相：当我们无力增加财富，又不断企图增长权力时，不满之情便油然而生了（《奥德赛》）。这也许能够解释为什么贪官不断地贪婪、停不下来的根源。为了权力过一生，你可愿意？为了色欲寻欢、柴米油盐呢？

人人都有理想，只是太多人实现理想需要条件：得到更高的职位之后，买完房车之后，攒了很多钱之后，孩子长大上大学之后，世界格局更加安全之后。人生，短暂易逝，容不得等待；理想，不会在你做与理想无关的事情时，在遥远的远方无限期存在。最终，忘却理想的，不是理想，而是你。你已经沉沦红尘，麻木不仁，理想可有可无。

理想真正的意义不在于你一定要实现它，而是实现它的过程，这与人生的本质是完全一致的。我们太容易追逐结果，失却体验过程。人生，就是这个不断实现理想的过程，就是从起点到奔向美好的结果之间画的那根长长的曲线或波浪线。

放弃了理想，等于放弃了人生。

过日子，不是人生；赚钱，不是人生；成为富翁，不是人生；人生是你在过日子、赚钱和成为富翁的路上，做了些什么，创造了些什么，改变了什么，发现了自己什么，让自己成为了一个什么样的人。人生，就是每一个人学着做自己、学着做人的过程！

如果我想旅行，就即刻出发；如果我有理想，就在年轻时开始努力，无论承受什么磨折和挑战，决不放弃！我生来一无所有，向理想出发时也一无所有，我追逐理想时只运用一个法则：坚持、坚持、再坚持，坚持到不能坚持的地步，换一种方式坚持，就是坚持到底、实现方休！

我的精神理想是当作家，现实理想是周游世界。此书是两种理想同时实现的见证。这只是，我的第一本书。记着如风，很快有第二本、第三本书出现。

时间如此紧迫，想做就做！向着理想，即刻出发！

生命可以轮回，青春却一去不回！

如风

2015 年 8 月于深圳

让心头的能量自然流动

爱自己所爱的一切

清晨，蒂卡普湖边的小木屋，厨房里热火朝天，许多人都在烹制自己的早餐，人多而不拥挤，大家互相谦让，既不耽误自己，又不影响别人。面包、黄油、牛奶、各种果酱、麦片、香肠、水果，香气飘满了整个湖屋。

大多数人吃加了煎蛋和香肠的三明治，以及烘烤的面包片加果酱，少数人吃的比较古怪，一个身材窈窕的白人女孩吃的是生芹菜和苹果，对面的女孩拿着胡椒撒在牛油果上，吃完了自己的，又捏起对方削下的长长的苹果皮塞入口中：I like skin。对面的女孩笑着说：I washed it。我坐在她们旁边吃新西兰的方便面，心中不断自我催眠：这是中国的面条。

新西兰时间上午十点，此时的中国，还在沉睡。退了房间，又来到小木屋，空无一人。距离去皇后镇的车还有四小时。

半靠在沙发上，巨大的落地窗外，阴雨之后的库克山，腰间缠绕着许多云雾，湖水蓝白色，雾一直在飘动，一直飘动，如风一般，瞬息万变。恍惚中似是山在动，其实未动。许多时候，动与不动只是一种错觉，或是一种映射，不动的事物会因为身边运动的事物而显得灵动。

打开电脑，写行记，看电子书，又看了十分钟电影。大厅的电视里在播放着英文MTV，内容开阔而独特。跳出来《冰雪奇缘》的主题歌：《Let It Go》！I like it！大叫一声，从沙发上一跃而起，随之边唱边跳。手握拳头当麦克风，长长的圈形的沙发是T形舞台，跳上去又挥手又

爱所爱的所有的一切，无论阳光，无论风雨，无论幸福，无论坎坷。

扭腰，享受瞬间变成麦当娜的感觉。音乐一停，立即飞到电脑旁，变成了安静的淑女。

十一点一刻，该是 Cooking 的时间了，刚走到厨房，一个正在收拾卫生的侍者说我必须离开了，退房后便不能使用任何旅馆设施，如果老板来，会收费。也许这是与国内的差异，也许只是因为湖边的木屋过于金贵，这里的房间与《越狱》里的完全相反：出得去，进不来，如果没有钥匙。外面又阴又冷，我不是不愿意出去啊，单薄的衣服不抵新西兰的深秋啊。

从冰柜拿出昨日购买的速冻 Pizza，怜惜地望着它，又望着侍者，一直微笑着：好可惜。侍者融化在真诚的微笑当中：同意我做好，带走。一边把 Pizza 放入烤箱，一边与他闲聊，他是巴厘岛人，在新西兰打了七年工，经常去中国，父母住在那儿，他去过北京、上海、郑州，中文说得很不错，喜欢中国菜。

戴上厚厚的手套，拿出托盘，圆圆的披萨边儿冒着烟儿：烤糊了，中间又似乎有点生。呵呵笑着，能吃就行。平生第一次用这么专业的烤箱，别对自己太苛刻。告别了好心的侍者，带着行李、红酒、红茶和比萨来到湖边，摆上午餐，往鹅卵石上一坐。

库克山依然烟雾缭绕，湖水精神若处子，痴心守候。几个人懒懒地晒太阳，安静得只有鸟鸣。举杯向天，与山干杯，与湖同醉！醉后自省。

前天傍晚，出现了最坏的情绪，此刻淡然，真爱一样事物、一种生活，要爱它的全部，要能够接纳和享受它的全部，包括不爱的部分。比如，我爱独行，就必须爱提前制定枯燥透顶的行程，订各种各样的票，订到头晕眼花，如果不想这样做，就必须要承担随心所欲带来的任何后果。

绝美的风景拥有疗愈心灵的力量，仅仅是看着她，所有的不快都会一扫而空。何况身处其中时，必须快乐，每一个当下！

我爱独自行走的人生，就必须爱独行路上的一切：长途跋涉的辛苦，多人混合宿舍的混乱无序，YHA的门砰砰地关来关去，漫长等待车来之前的间隙，阴雨天无法出行的束缚，错过飞机的落寞，凄风冷雨的夜晚忘记带伞，一个人孤独地走夜路，一边奔向小木屋一边安慰自己：路上是安全的，我有能力保护自己。

爱旅行当中的不完美，爱独行时的孤独无助，爱所爱的所有的一切，尤其是不爱的那一切。

用爱创造而非为爱所伤

不和的金苹果出现在珠穆朗玛峰脚下，相伴了七天的伙伴产生了严重分歧，因为一个深深的误会，未能很好地控制自己的坏情绪，我无意中得罪两个人，两个人又联合另外一个，孤立了我，不与我说话，不与我同桌用餐，碍于已经交了昂贵的车费而不能赶我下车，如果可以，我想他们会。

从来没有人厌恶我至此，其中还有一个我挚爱的朋友，因为他而导致了这一切。心里流着血，却维持着表面的和平，承受着精神上的一丝一缕的刀割与火灼。原本，身在天堂，瞬间，心在地狱。好在，只剩下两天的时间。两天后，这四个人，永无同车的可能。或许，正因此，他们才敢这样，生活中，那么会演戏的一群人，多么讨厌一个人，也不会表现出来。旅途放大了所有的情绪，无论是美好的，还是糟糕的。

到达定日时，天空飘起了小雨，三个人在商量是否去珠峰，这种天气，即使去了，未必能够看见珠峰。我失去了话语权，静静地等待结果。只是一场即将结束的旅行而已。如果是人生，无论犯多大的错误，我都不会交由别人来决定我的选择。人生允许犯错，但要明白为什么会犯错，以及将看似错误的结果转化为正确。凡事都是阴阳两面的，没有绝对的错误，只有宽恕自己，找回理性，才能够去到另一面。

我知道他们商量的结果会是什么，平生能有几次来到珠峰脚下？既然已如此亲近，怎会不一睹芳容？车子一拐，就开启了三个多小时的拓荒之旅，原野、高山、石头、河流，越野车上下起伏，左右摇摆着，雨越下越大，路越来越难走。根本没有路，车子行进在石头堆里、水沟旁边、山脊的缝隙里。虽然系着安全带，紧紧地抓住扶手，还是有种玻璃随时会被震裂、人会被甩出车窗的错觉。

到达珠峰大本营时，已经冷得缩成一团，别说是否能够看到珠峰，就是能否安稳地度过今晚，都很难说。简陋的帐篷，巨大的通铺，肮脏而陈旧的被子，帐篷里散发着浓浓的酥油茶香与藏香的味道。三个人热烈地聊着、嬉戏着，看着火盆上挂着的绿松石、红珊瑚和菩提子，与女主人探讨真伪，讨价还价。他们用亲近及对我的疏远来报复我，致歉是不起作用的，愤怒还没有结束，我要做的，就是静静地接纳。但修行功力实在不抵三个人用亲密而温馨的氛围对我的冰冷无情的惩罚，可还记得，七天里，有说有笑、朝夕相伴？

我钻入停在帐篷外面的车里，请司机师傅开车送我去珠峰宾馆。

心像珠穆朗玛峰上的千年冰雪一样冷，无论如何，没想到这种结果。虽然，帽子已经掉进了玛旁雍措！

罪恶感是假的，是自己给自己的审判，为自己的过失立一个纪念碑。

在来雄伟的冈仁波齐的路上，先目睹了玛旁雍措的柔姿，瞬间，融化在她的无条件的爱和温暖当中。不经意间，心爱的帽子被风吹入湖中，刚要去捡，司机师傅激动地摆着手，从山上跑下来，边跑边喊：不要捡！不要捡！

他气喘吁吁地说：藏族人故意把帽子、衣服丢进湖中，因为可以丢掉一切霉运，带来好运。立即，我很开心，转念之间，就从失去变为拥有，从倒霉变成幸运，却没想到霉运接踵而至。

我不怪任何人，也不怪自己，我知道愤怒的原因，不知道的是这个结果。应不应该都发生了，无论多么艰难，也要独自顶起这个遍布毒针的时空，坚强地挺过。没有什么是不可以面对的，没有什么难关是过不去的。于我来说，这根本不算什么，曾经面对的挑战和磨难百倍于此，都可以傲然屹立人生的珠穆朗玛峰顶！

300元一晚的珠峰宾馆，与80元一人的通铺帐篷一样条件简陋，但有独立的空间，有热水和电热毯，没有敌视和排挤，足够了。

窗外，烟雨蒙蒙，模糊一片，珠峰也与别的山峰结下了仇怨，什么都看不见。明天，意味着希望和自由。我将提前下车去樟木，从樟木去尼泊尔。他们会去日喀则，返回拉萨。

明天如约而至，拉开窗帘，一如昨天般阴鸷。到餐厅吃早餐，观景台上有人欢呼，珠峰竟然露出迷人的一角。瞭着珠穆朗玛，笑着喝粥，多棒的运气！立即回房间取了相机，来到三楼的观景露台。

珠峰完全显露无遗，千年的冰峰诉说着千年的期待，千年的冰雪呢哝着千年的

📷 暴风雨过后，珠峰雪白的山尖儿在千呼万唤中犹抱琵琶半遮面，羞涩地展露风姿。

爱恋。近观珠峰，近得仿佛触手可及，皑皑白雪缠绵在巍峨的山尖儿，袅袅仙雾流溢在莹蓝的天幕。一些鸽子在露台上休憩，拿起单反拍摄珠峰与鸽，恐惧的鸽子都飞走了，只留下一只道行高深的鸽子，悠哉地期待着特写。它一会儿啄啄羽毛，一会儿仰天舒展

脖颈，然后，干脆发起了呆，随便你拍。

珠峰与鸽的对白。

九点左右，对面绒布寺的喇嘛们出来转经，拿单反当作望远镜，看他们围着白塔转了一圈儿又一圈儿，颂经的声音在空旷的山谷中回旋。鸽子们侧耳倾听着，不时唱上几句，PK 着谁的声音更美妙。不止他们，潺潺的溪水也加入了中国好声音的决赛，卖力地汩汩地唱着。偶尔，会有几只鹰盘旋而过，使整个山谷充满了神秘力量。

这一切，让我心下释然，不该拿起的立即放下，不该计较的立即坦然。许多烦恼是无中生有的，许多纠葛是欲望造成的，大自然本身具备让人类清心寡欲的力量，而人类却纷纷涌入城市。欲望的都市，让原本充满欲望的心更加蠢蠢欲动。旅行不是最重要的，重要的是在旅行中保持思悟，在旅行中修行。在修行中遇见自己，无论是正面还是负面，都要欣然接纳，然后化负面为正面，自我疗愈。

珠穆朗玛峰，显露出越来越多的曼妙身姿，传递给我美好的能量与满满的爱，很快，就让我遗忘了那些不快。我们之所以痛苦，是因为总是念念不忘不快乐的事情，失却了当下的快乐。而这个当下，珠穆朗玛峰和一只鸽子陪伴着我，多么快乐！

遇见真实的自己和人生

冈仁波齐的启示

每当在都市里，走两步便觉得疲累，不是坐车就是开车的时候；每当面对着世界美食更新花样去饕餮仍不满足的时候；每当看着概念中的GUCCI、PRADA等高贵而昂贵的店铺时；每当与朋友们觥筹交错、闲话家常的时候，如果能够想起阿里，便觉得极其不可思议——自己是怎样坚持完两天两夜的转山之旅，而且是在几小时才有一个供给点——只有红牛、泡面和热水的情况下！如果山中有红酒和牛排、二锅头和烤全羊，转山也没那么大的挑战和艰苦，如果山上的宾馆是五星级配置：热水、空调和SPA，转山也没那么不堪忍受，就是因为物质上一无所有，还有意想不到、突如其来的风云变幻和身体反应，才使得转山难上加难！

别说转山，仅仅是从拉萨坐车到冈仁波齐山脚下就是一大挑战，整整三天的急行军，每天要坐十几小时的车，而且是不断地上升、上升，不断地变冷、变冷，正午却燥热难耐，时而下雨，时而飘雪，时而狂风，全看老天爷的心情，而他的心情是那么风云变幻、难以捉摸。

迪拜的帆船酒店。金碧辉煌的一切刺激着人类的物质欲望，这并不是带来内心喜悦与和平的真正力量。那力量来源于无条件的爱与无尽的感恩；需要遇见真实的自己，找回本源的自己。

除了入住日喀则的第一夜可以洗个温馨的热水澡外，整个旅程就没有带浴室的旅馆，冈仁波齐山脚下入住的旅馆，倒有个公共浴室，但在室外，进去了就立即想出来——上厕所都嫌简陋。全程不是川菜就是藏餐，不是西北的面就是牦牛肉或羊肉，而且越来越贵、越来越难吃，在这种物质条件下，能够直挺挺地坐到贡嘎就已经是很大的挑战和功绩，但比起转山及转山之后的旅程却只是热身而已。

每一天，都要经历一年四季。每一天，体力都会消耗到极致。唯一的补偿是那绝世的美景及无边无际的苍凉，那瞄一眼、烦恼便烟消云散的湛蓝的天空。多数时候，前不见游人，后不见来车，天地间只剩下一部充满速度与激情的极品飞车。

在都市里，吃香的，喝辣的，睡着几百万的房子、几万块的床，仍会失眠，或深夜不愿意入睡，穿着几千块的衣服、拎着几万块的包仍然觉得不开心，有着漂亮的妻子、可爱的孩子还是不满足，遇到路边的野花还是流着口水、起着色心想采摘，看到跑车、越野车还是想换车……

转山时，只能穿一身衣服，只能背一个背包，只能带些巧克力、饼干、牛肉干和一瓶热水，如果喝得太快，接下来几小时都没有热水，iPad如果有人带，是不了解转山，联通没有信号，手机也可以不带，一对登山杖，仅仅这些东西，就可以完成精神之旅！对于养尊处优的都市人来说，第一要义是保命，第二要义是别得病，第三个任务就是健康地走出冈仁波齐！

转山途中最怕感冒和腹泻，不仅夺去大部分体力还有生命危险，因而，保护好自己的健康系重中之重。像照顾婴儿一样照顾自己，热了脱，冷了穿，太晒就戴帽子、口罩、墨镜，累了要歇，但不能歇太久，前路漫漫，要在天黑前赶路，而且一鼓作气，再而衰，三而竭。要张弛有度，看好时间，到了供给处赶快补充食物，但不能吃得太饱、喝太多酥油茶，不然走起路来高反更严重，影响体力。要保持心情愉快，不断地给自己信念：你可以的！你行的！加油！宝贝！

虽然有车友队友，但如果体力差别悬殊或者队友喜欢独行，绝大多数时间，只有你一个人在走，你要学会和自己对话，与自己相处，慰藉自己的孤独和疲累。到了扎热寺，要预订或者争取一个尽可能舒适和干净的房间。安静是不可能的，房间本身就条件简陋，总有许多人会在第二天凌晨三点多起来赶路，持续的喧嚣总会把沉睡的你吵醒。拖着疲倦的身体，第二天面临的将是生死攸关的挑战：翻越海拔5600米的卓玛拉山口！短短的一段路，有人只需要两小时，有人需要五小时，有人得翻越大半天！别以为，过了这道要命的山口就相安无事了，在一段长长的下坡路之后，会有唯一的供给点让你吃碗泡面、打壶热水，喝杯酥油茶，摆在你面前的是23千米的沼泽路！这种时刻，如果你还关注着尘世中所关注的，还想着怎样壮大事业，是奇怪的，你唯一胶着的是怎样在没有车马的前提下爬也要爬出去。

转山中关注的就是生命与健康，我们在都市里看重的一切都不复存在。

这一生，只要有可能，就去阿里吧，去转山吧！

冈仁波齐永远等着你！山是永恒的，生命是短暂易逝的，以短暂经验永恒，是一场别开生面的修行。转山会带给你什么，只有转过才会知道，要看你在什么年纪、什么季节、什么心态下去转山。

我坚信，只要你能够坚持走下来，一定有前所未有的体验和思考，对自己有非同凡响的发现与了解：原来我可以！原来，真的没有什么不可以！只是我们放弃了而已，只是我们转转眼珠儿不出发而已。转山强迫你不能放弃，强迫你必须坚持！

山是永恒的，生命是短暂易逝的，以短暂经验永恒，是一场别开生面的旅行和修行。

这只是一座真实的山而已。人生中有多少座山，我们已经转过或者等着我们去转！

未知的旅途

朝未知的小路徒步。山泉汩汩，溪水潺潺，绿树茵茵，阳光灿灿，不时传来直升机的飞行声音，那是带领人们去往冰川的腹地。昨天我就是乘坐这样的直升机到达福克斯冰川，穿着很酷的冰爪在蓝白相间的冰川上徒步。

幽静的林荫小路，愉悦的鸟鸣，树木自由地生长，身上挂满岁月的绿苔，叶子像伞一样随性张开。一切都是天然的，自由的。自由得让人忘记追求自由，却享受着自由！

树木周身植被，像中土世界的种子，长在现实世界的土壤里，一棵倒下的大树仿佛是树精爷爷智慧的头颅，What do you want to say to me? wait a minute, please. Can you speak Chinese?（你想对我说什么？等一下，你能说中文吗？）独自走在森林里，没有任何恐惧。反倒希望突然冒出来一个精灵或者霍比特人，抛来一只魔戒，告诉我：我可以主宰和改变整个世界。我回答：我只想主宰我自己的世界，我就是我的整个世界。

听着歌，唱着曲儿，跳在山林小路。又是平淡珍贵的不同的一天。爱这种未知的感受，每天都不相同的旅行生活！用完早餐后，距离回皇后镇的车还有三小时，便问旅馆前台哪里可以去，苍白胡子的老人善意地告诉我走到前面的大路左拐一直向前走，有一条徒步的小径，来回大概两小时。于是，我就来到了这里。游人们极少到达的地方。

听着《时光谣》走在时光的森林，生命变成了奇幻游乐场，我是那个骑着旋转木马的小孩儿。一忽儿，又是驾着金色马车寻找自由的公主，如果能够邂逅王子，将邀约他同行一世，一同品尝爱情与生命的金色味道。但，永远，别指望，公主会为了爱情放弃一切。

出了老树林，是一小段公路，路牌上写着往左回到原点，往右是一条河，一座桥，半小时，看看时间，走向右边，转弯处，一条长长的铁索木桥横亘两岸，桥下流水叮咚，远处是库克雪山。这些日子没少与他幽会，在各个小镇，各个湖畔，用各种方式亲吻他，他也努力地向我展现

📷 一切都是天然的，自由的。自由得让人忘记追求自由，却享受着自由！

着他的百媚。索性盘坐桥上，正对着他，写他、拍他、爱他，因为即将离开他。不能因为注定要分离，就冷漠无情，相反，为了别离，反而更加珍惜现在的幽会，相守时真心、倾心而有心，离别才不会那么伤感，乃至于冷冷清清、凄凄惨惨戚戚。

回客栈背上背包，到公路边的小店，点了烤三明治，要了杯开水，泡了杯自带的红茶。巴士准时而来，同一辆大巴车，同一个司机，同样的副架的位置。他还记得我，票也不看，直接在他的手机里点了一下。司机满头白发，但穿着牛仔裤、休闲衬衫，开车期间时不时地吃些零食和口香糖，白发大叔一边看路一边伸手到袋子里拿膨化食品，忍不住想帮忙，但几次都忍住了，于是，就看着他的手像小仓鼠一样窸窸窣窣，一会儿揪出一个，一会儿摸出一个填进嘴里。吃得高兴了，还突然唱起了歌儿。每次停车休息，他都会要杯 white coffee，一份 café，吸一支雪茄，遥看着湛蓝的天空。往皇后镇走

要先进山再下山，山脊上的路蜿蜒曲折似长龙。转弯时突现灿若烟花的晚霞，映红了整个天空，润色了整个世界。乘客还没尖叫，他先叫起来：Look! So nice! 他回头告诉我们：我看了几十年，但还是觉得很美！瞧这状态，标准一个大哥，但怎么也解释不了那头白发。

夕阳中的皇后小镇，美到极致，使得看了几十年此景的白发司机仍然不由自主地感慨其美！

小镇的灯火不若夕阳。难怪新西兰不需要任何现代化的建设，再豪气奢华的建筑都不抵绝美的风景。一路上的桥都是简单的栏杆，但立在蓝天雪山牧场溪流间，怎么看都是美的，美过钢筋铁棍堆砌的桥。

与生俱来的美是无与伦比的美！完美的一天！感谢自己的选择和创造！

人生是一场漫长的徒步

尼泊尔是个神奇的国度，一个狭长而窄小的弹丸之地，世界上最不发达的国家之一，不发达到了令人无法忍受的地步，却拥有超乎寻常的自然资源，世界十四大高峰就有八座在尼泊尔。因而，尼泊尔成了世界闻名的徒步天堂。

没做任何了解，就来到尼泊尔，因着阿里九天的艰苦行军，一直叫嚣着到尼泊尔享受生活，结果，却像是知青下乡体验生活，整个尼泊尔的经济状况就像中国改革开放之前的农村的模样，还多了很多，比如说灰尘，多到令一个在非典时期都不屑于戴口罩的人第一时间买了口罩，天天都戴，实在是……唉，怎么能！尼泊尔人是怎么忍受自己的首都肮脏成这样！这是个非常值得探讨的哲学或社会学命题。现实的命题是：脏了许多年，一直脏着，还会脏下去。当地人都备有口罩，却不修理街道！一下雨，灰尘变成泥土，肮脏蔓延了每个角落，实在是——意外、吃惊、失望、疑惑。从樟木一路徒步过来的兴奋瞬间就被灰尘吸走，勉强待了四天之后，临时决定与在拉萨偶遇又在博卡拉不期而遇的驴友们一起徒步，在异国他乡徒步。

一路走，一路想：不是来享受的吗？怎么又干起了体力活儿？阿里转山只要两天，安纳普尔纳徒步却需要五天，还只是小环线，大环线十五天，先不说行走，就是听到这个数字，先犯晕——有啥可走的！就是有许多欧美人、中国人放着好好的日子不好好过，偏偏来这里找罪受。

阿里的雪山刚毅、坚强、厚重，尼泊尔的雪山则柔软、纤细、媚惑，前者是高大威武的汉子，后者则是娇俏灵巧的女子。相同的是，仅仅一瞥，便悬在心上，终生不忘！

徒步？！一听到这两个字，立即联想到转山时的九死一生、痛不欲生。有海拔吗？

这是唯一关心的问题。有。有就不去了。最高海拔不过三千米。那也叫海拔？出发！

从博卡拉打了个的士到车站，又坐了一小时昏昏欲睡的破车到了起点，那破车只在小时候、在我们村儿里坐过。眯着迷醉的睡眼，看到了柔和而绝美的鱼尾峰，立即睁大双眼，流着口水盯了一路，直到看不见为止，这——就是传说中的艳遇。穿着短袖看雪山，是一种很神奇的感受，刹那间会怀疑季节，很快，无聊的疑惑淹没在鱼尾峰绝世的姿色中。阿里的雪山刚毅、坚强、厚重，尼泊尔的雪山则柔软、纤细、媚惑，前者是高大威武的汉子，后者则是娇俏灵巧的女子。相同的是，仅仅一瞥，便悬在心上，终生不忘！

穿着短袖，吹着凉风，踩过清澈的小溪，停留在飞流之下的清瀑边，一个穿着红色衣服的男人在山涧的巨石上钓鱼，比起尘土飞扬的加德满都，怎么看都是美的。有过转山的磨折和挑战，在没有海拔、没有乱石的地方徒步，Simple and Comfortable。

第一天最大的挑战是炎热。那是一段长长的裸露的山路，没有绿荫，没有凉风，一个厚重的背包贴在后背上，增加了热感，很快就汗流浃背。

徒步中会经过连绵不绝的村落，村落恬淡安详，优雅宁静，似欧洲小镇，色彩鲜丽，蓝白相间，干净整洁，罗列在铺着石子的山路两旁。美丽的女子穿着背心长裙，在山间洗头发、洗澡，呆呆地看了一会儿美人沐浴图，依依不舍地前进。一个小女孩儿坐在自家门槛上，两手拄着腮，看着路人，看了会儿，拿出指甲油，涂起了指甲，涂完还要吹两下，看着彩色的指甲美美地笑着。另一个女孩睁着清澈的大眼睛，招手让我拍她，我拍了两下，她也拿出一

不需要信仰，就变得恬淡少欲，一心向往天然。

个手机拍我，开心地笑着。

山顺势而上，山间散落着许多房子，依次排开。房子嵌在树木中央，树木掩映着房子，除了墨绿色的树木、蓝白相间的房屋之外，就是浅绿色的梯田，村野之趣在整个山中飘荡，不由得让人想留下来。这里不需要信仰，就变得恬淡少欲，一心向往天然。

山中的食物可没有景色那么美妙，昂贵而难吃，吃到后来已经不挑味道了，只要能够提供能量就往嘴里塞。热水也要钱，冷水——尼泊尔的水质差到极致，刚从饮水机里放出的水，阳光下面，就能看到丰满、自在的漂浮物，倒掉，只能买矿泉水，而有些地方的矿泉水，也似乎悠游着某些活物。至于住宿！能够有个盖子遮风挡雨，有张床躺着、不用坐着睡，就阿弥陀佛了。看似漂亮的小屋，住起来完全两种感觉，就像一个年轻貌美却胸大无脑的女孩，聊上几句就想撤退。

不明白徒步的目的和路线，却在卖力地徒步着。跟着驴友们一路前行，我只负责走路。人生中，有多少时候，我们也这样盲从着别人，走了那么久，却不知在往何处走？如果所有人的人生都是一次同样的漫长的徒步，就像安纳普尔纳的徒步，路程是一样的，有些人做足了功课和准备，明白所有的目标和路线，步态轻松愉悦，前途尽在掌握；有些人人云亦云，亦步亦趋，走过了、路过了、经历过了，却不知一切之于什么；有些人根本不想走但不得不走，终日哀号、抱怨、指责，让自己和他人一生不快乐；有些人孤身一人上路，独自对抗所有风霜雪雨，过程虽然痛苦、凄凉和孤独，最终成了超人或者思想境界高远的人；有些人装备豪华先进，拥有几名向导，还有背夫、轿夫、厨子、保姆和保镖，生来就有钱，太有钱了，一路上还可以拈花惹草，与若干个年轻貌美的女子在山间别墅享乐、放荡，到老了，也还徘徊原地，尚未真正人生！

在人生路上，我要做第一类人，无论多难，必须活得明白，明明白白地生与死，这次徒步，难得糊涂吧。

人生没有捷径，但有妙方。

毫无疑问，第三天早晨的日出是整个徒步的亮点，也是徒步的意义和目标所在。第二天入住了山顶最高、最好的Hotel，依然是住宿不要钱，但必须在旅馆吃饭，食物自然比山下贵三倍，但比起中国景点里的价格，还是很宅心仁厚的。有的吃就是幸福的，比起高强度、高难度的转山只能吃方便面而言，这里的牛排、咖喱鸡实在相当贵族，至少是刚做出来的、热热的。

吃饱之后，必须睡饱，因为第二天凌晨要看起来日出。吃得太饱了，却睡不着，一宿迷梦。

清晨四点，摸着黑爬山，有些清冷，一路上，都是虔诚的外国游客，为了给一行欧美游客让路，站在一边，不经意瞄了眼天空，惊呆了，像看到了天空之城，这样灵性的天空，一定有天空之城，这是空中之城的灯火，灿烂地布满天际，星光密布，闪耀迷离，深蓝色的幕布，既承载着无数星辰，还有星辰中的女神——月，一轮弯月嵌入众星之中，显得孤艳清绝、傲然于世，弯得像雅鲁藏布江大拐弯处，细得像中国古代仕女们的柳叶弯眉，亮得像白昼中的罩上巨大的帷幔的太阳，既保留了光，又去掉了刺眼的芒，恰到好处，一切恰到好处！

　　M催促我继续登山。我用手指轻轻放在唇边"嘘"了一下，指指天空，不要急着赶路，那会失去眼前最美的风景和最深的享受，这一刻，是属于我的，我们的，只为我们而存在，下一刻，它在不在，我们在不在，在哪里，在不在一起，谁又说得清？除了星与月这两颗星球是永恒的之外，它们所散发的光芒、变幻的身姿都是瞬间的，不苛求永恒，就不会偏执。不失却当下，才能拥有未来。

　　多年以后，仍然会记起那个异国清晨的星空，星辰密布，灿若银河，皎若白昼，一轮新月，嵌入其中，双美并存，互为娇艳，共同争辉。

📷 苦熬过这个黑暗之后，太阳一跃而出，大地亮了，人亮了，山亮了，一切都亮了！心也随着亮堂起来！

　　大概一小时，到达山顶，许多人在等候。等候着另一种美的到来，它的到来会夺去这一切，刚才所见的一瞬已经消失，天空呈现湖蓝色，星辰已经离岗，月还在坚守着职责。雪山隐隐地呈现，连绵不绝，站在夏季，遥望冬天。不多时，大地突然暗下来，天边一抹长长的霞影，人与山都暗了下来，山尖儿披上了彩衣。苦熬过这个黑暗之后，太阳一跃而出，大地亮了，人亮了，山亮了，一切都亮了！心也随着亮堂起来！

雪山从灰白色变为橙黄色，现在是白雪的颜色，加上点缀的祥云，若即若离，美得瞬间消解尘世中所有的疲劳。雪山绵延数百千米，一字排开，山下一片绿树黄花，与雪山构成恍若天上人间的美景图画。拍了无数的照片也拍不尽这样的美景，写下无数的文字也描述不尽这样的美色，深深地、深深地映入眼帘，记入心间，放在心底，时不时地拿出来温暖自己。尤其是在厌倦了都市里连绵不绝的高楼大厦时。

下山时，我坚持一天到达山底，回博卡拉吃喷香的牛排，几个同伴觉得太急行军，五天的行程四天走完，已经是挑战，三天走完是超越。超越人生无极限，他们赞同但不打算付诸行动。下山的挑战超越了本源的概念，上了一个多小时的山之后才是下山。这段路是原生态的湿地路段，路窄湿滑，加上些许小雨，分不清是汗水还是湿气，总之，整个人被水分包裹着。

下午三点，到达一个小镇，据说，前面还有四小时的路程，有说两小时，我想走完，M说住下吧，天还下着小雨。风雪中，都爬过了海拔5600米的卓玛拉山口，不过四小时的雨路而已！讨论中，两个物质造访了我，一个是执着地向膝盖里钻的传说中的蚂蟥，刚刚被幻想中的蚂蟥吓得尖叫了半小时的女人从屋里出来，又一阵尖叫：就是它！就是它！我就说有吧！啊！她尖叫着回了屋，硬邦邦地关上屋门。

我冷静地转向两位英国女孩的向导求救，他立即揪着蚂蟥的小蛮腰扔到地上。这个……东西，真的那么可怕吗？他点点头。吸食人血，却还那么瘦弱，苗条是为了容易钻进人体内吗？这么复杂的英文我可不会说，只是自言自语罢了，后怕之余，一抬头看到了笑嘻嘻地望着我们的同伴：我们已经小睡了一觉，你们才到！他们已经住下了！不用再商讨是下山还是留宿了。

他们真会找地方，在高高的山顶上，两排小木屋，一边是五六个房间，一边是餐厅、厨房及主人的卧室，再就没啦！左边、右边都是台阶。嘀，比我们村儿还小。于是，拿了前几天换下来的汗衣服，到洗澡间，先是一顿洗自己，然后一顿洗衣服，还没出门，下起了瓢泼大雨，反正头发也是湿的，三步并作两步跑到对面的木屋，把衣服搭在屋檐下。本来就没啥可做，不过是中间空地上来回散步，现在只能在屋檐下散步了。黄昏迅速莅临，连屋檐下都冷得待不下去了。屋内，只有床和柜子，没有转圈儿的空，驴友们传来喜讯，好心的老板在餐厅生起了炉子。哇噻！抱着所有的湿衣服，踩着湿鞋，晾到温暖的房间，一屁股蹲坐在炉子旁边就不肯起来了。干啥都行，只有一件事情是明确的：不能离开火炉。其实，这里根本不像遇雨成冬的西藏那么可怕，只是湿凉超出了单薄的衣服所提供的热量。

两个人跟老板买了 Wi-Fi，打开个人热点，五个人围着火炉刷微信、微博，发现半天也刷不出一条来，于是改为传统的围炉夜话，没话多久，停电了！于是，时光又往前五十年，改为秉烛夜谈！但，其实，根本找不到蜡烛，打开手机里的手电，唰地一束一束，跟传说中的鬼火一般无二，刚好一个人打算讲鬼故事，我正在强烈反抗之时，一片漆黑。有没有感觉贞子向你爬来……啊！如果你再不停止，我就向你爬去。在黑暗的笑声中，大家各自爬向各自的所谓的床铺，在风声、雨声、呼噜声中辗转反侧，难以入眠，却必须入眠。

做了一宿美梦，以至于第二天起来得很晚，直到每个人都来敲一次门，才睡眼惺忪地起来，懒洋洋地拎着牙刷、牙膏走到外面的洗手池边，一抬头，惊呆了！镜中，一排高洁通透的雪山遥挂在蓝天之下，雪山下面是碧绿的植被，山下两排小木屋，中间的空地上摆着一张方桌，小花儿桌布，蓝色的桌腿儿，桌上摆放着尼泊尔风格的银质的壶，

📷 秀色可餐真的不是传说，清晨起来，抬眼望去的是这般美景，真的会感觉：什么都不用吃，就已经饱了，胃与心都很满足而愉悦。

蓝色的盘子，四个帅哥懒散地分坐在桌边，欣赏着雪山，我欣赏着他们。如风！你在干吗！再不来，你的早餐都凉成冰了。我笑着举手示意，这样的美景，不吃已经饱了。

微笑着坐在桌边，用刀切着煎蛋和饼。觉得饼不好吃，到厨房转了一圈儿，发现老板的小女儿在吃咖喱土豆、手抓饭。我指着女孩儿的早餐说：I want this too（我也要吃这个）。我把饼推到一个总是吃不饱的驴友面前，借机美美地盯着恍若仙境的雪山，拿出iPhone写下这绝美的姿态、当下的感受：

就要离开的瞬间，多想把你印入心间，诉说对你的爱恋，在相守的最后时刻，喊出爱你的誓言。穿过了雪山湿地，穿过了瀑布山峦，这样艰辛地来到你面前，却仅仅一面之缘，只盼轮回千年后，我们再续前缘。雪山，木屋，无限留恋；奶茶，刀叉，思绪万千；不得不结束，一如糊涂地开始。然而，多想，留下来，一生一世，守着这座爱的山峦。可是，前路漫漫，人生之旅不只这座雪山，还有大海，还有沙漠，还有极地，还有理想未能实现，还有亲人需要关爱，必须前进！眼眶湿润，再不舍，还是要舍，能有此次一会，已是难得情缘，还敢奢求更多？

走，会成为永恒的美丽，悬挂心尖儿；留，有可能会发现残缺，隐隐地肝儿痛。也罢，走就走吧，本不该留。无论这个瞬间多么绝美，也比不上世界之美，无论惊鸿一瞥多么迷人，也比不上万丈红尘。该放手时则放手，无论多么想要留。

咖喱的味道中止了漂移的思绪，拿起刀叉，风卷残云，放下杯碟儿，背上行囊：向前！此去一别，怕是难再相见，终因在最深的旅途当中相遇，怀有无上的感激。

所有的成长到最后都是一次旅行

清晨六点，走在蒙特拉维尼亚火车站，黄色的简陋的站台，冗长的陈旧的铁轨，早起的朴实的人们，炙热的初升的太阳，一列古老而敦厚的火车缓缓地、缓缓地驶入站台，敞开的门边站了许多人。上车之后，才知，这门，是不关闭的，又似乎无门。车上人满为患，或坐、或站着许多背着书包的孩子、提着公务包的大人，斯里兰卡的列车就像我们的公交车一样。人们都很安静，也不交谈，只能听到车轮划过铁轨的叮当声，所有的车窗与门都是开着的。

忽然间，窗外出现一片蓝蓝的海，如果不探头看下面的路轨，列车仿佛漂浮在海上一般。海风温柔和煦地抚摸着长发与脸庞，再不想其他，只想扑入海中，化为一体，一切不见，我也不见，只有海与海边火车，一颗浪漫主义的心。还有更浪漫的心，让铁轨浸在浅蓝色的海水里，让列车行进在大海中央，让画面只有淡蓝色的天空，淡白色的浮云，赭红色的列车，蓝色的倒影，让千寻走在搭救父母的冒险之旅中，周边是一群半透明的无脸人，还有那个鬼魅一样的黑布袋——宫崎骏有着迤逦的构想及匪夷所思的提炼，告诉人们：所有的成长到最后都是一次旅行。

所有的成长到最后都是一次旅行。

这样的列车只想让人追着它一路旅行，尽管破旧简陋的只是一个巨大的壳和若干个轮子，但追逐得并非是火车本身，而是窗外的风景，以及海边驰行的独特体验。听说从加勒到科伦坡之间是一段长长的海边火车，为此，付出了从努瓦勒埃利耶坐了八小时的拥挤客车，还两次差点被扔下的代价，到了加勒，体验这种独特的体验。然而，接连两天大雨，使得海从蓝色变成了灰色。

不是所有的想象变成预期之后都如我们所料，恰恰相反，太多未可预料的意外使得我们失望，再次追逐或终生放弃，这是人生之乐，也是人生之苦，是苦是乐全看你自己的选择。我们不能够主宰外在的一切，但可以主宰自己的心态。虽然，窗边一片灰色的海面，依然觉得很美，然后，在脑海中构想它明朗时的模样，天也蓝，海也蓝，心情也蓝。此刻，天也灰，海也灰，心情依然蓝。如果心是灰的，即使乘坐南非昂贵的蓝色列车也不会觉得快乐。世界之于感受，是唯心的，而且只能唯心。

斯里兰卡必须泼墨的另一列火车就是高山火车。我是已经坐在上面才知道高山火车是一大景观，因为，我已经发现了这列火车的奇异之处，像是进藏的列车，越走越高，越走越凉爽，仿佛从酷夏的江南来到了西北的大漠一般。列车在盘旋而上的山路上行进，窗外是广袤无垠的茶园，碧绿的原始森林，在像雾像雨又像云的白色中行驶，一片动人心魄、绮丽旖旎的山区田园风光。车门仍然是开着的，老外们争相在门边拍摄，当地人则稳坐在座位上，司空见惯。门太小，老外太多，大家是自觉排队，拍几张，马上让给后面的人。空气清新而清凉，仿佛洗了一次肠，通身舒坦。这里一扫科伦坡和康堤的燥热，舒爽怡人。却原来，在热带国家，也要随身配备一件单薄的冲锋衣，防止突如其来的降温与降雨。

能够乘坐这列火车纯属巧合和任性。在客栈相遇的芬兰女子爱我要去上一场内观冥想课程，我也要跟着去。一直以为她说的就是加勒，结果到了康堤，而且，她在前一站就下了车。一路上，虽然凌晨五点就起来，也不敢合眼，怕错过了海边最美丽的风景。直到站在康堤火车站，才发现根本见不到海，是自我愚弄了。

独自站在月台，突然觉得空，这两天很依赖爱我。她去哪儿，我去哪儿，她做什么，我做什么，如果不是因为预交了三天房费，就搬到她的多人间与她同居。

双子座、B型血的极端品性又出现：有的时候，我们会像女王一样，控制一切，选择的自由、开启未来的钥匙必须掌握在自己手中；有的时候，两手一摊，悉听尊便。有时候，喜欢漂泊；有时候，喜欢安稳。但又不可以一直漂泊，一直安稳，要恰当好处。有时候，喜欢盛气凌人，有时候，喜欢小鸟依人，却发觉，已经失去了小鸟本色，变成了鲲鹏和大雁，必须独自遨游九天之上。上天赐予我的色身好难伺候：喜闹中取静，静中寻闹，动荡中的安宁，宁静中的流浪！刚刚在科伦坡宁静了四天，又要流浪了。

许多时候，我们习惯一种生活方式，不是因为很爱，而是因为疏于寻觅。这样不好，至少也不坏。有时，寻觅到的，未必是想要的；想要的，到手之后，未必是当初想象中的味道。有时，为了寻觅，会失去现有的一切。当然，如果不寻觅，就只有这一切，没有那一切。

📷 有时，为了寻觅，会失去现有的一切。当然，如果不寻觅，就只有这一切，没有那一切。

站在异国他乡的站台，一片茫然。必须让女王回归。坐在露天的座位上，打开锦囊，寻觅着流浪的方向。也许是为了纪念对爱我的忠诚，不打算在康堤停留，直接去埃勒。但今天已经没有车了，便问是否有去努瓦勒埃利耶的火车，工作人员说有且一天只有一班，是中午十二点，现在是十点。他热心地在一张纸片上写上 Nanuoya，说火车只到 Nanuoya 小镇，距离 NuwaraEliya（努瓦勒埃利耶）还有 8 千米，有班车可以到达。并指给我售票窗口，让我排队买票。后来，与一起徒步国家公园的两个来自成都的小伙子聊天时才知道，康堤有斯里兰卡最值得观赏的狮子岩、大象孤儿院、佛牙寺以及独特的象粪纸，但我却为情绪左右,将准备不足带来的空虚与失落归罪于她,仅在车站外面转悠了一小时就离开了。

刚下火车,又上火车。在简单而原始的站台上等车。许多老外也在等车。以前,看到老外大包小包、等火车与汽车,嘲笑他们小气,那么有钱却不打车、不坐豪华旅游大巴。现在,我成了其中一个老外,也拎着四个包等廉价火车,而且,特意购买二等车厢——可以开窗,尽管一等车厢也便宜得跟白送似的,但是是全封闭的空调车厢。我们注重的是心灵的舒适,独特的体验,裸露、天然地接触异域风情。无关乎拍了多少照片,看了多少景点,路上的一切都是风景。包括这列迟缓地驶来的笨重的列车,也是异样的风景,久违的车轮碰撞铁轨的声音,带我回到那个遥远的、遥远的年代。那个年代,能坐一次这种绿皮火车是最大的梦想。

坐在敞开的窗边,感受着斯里兰卡的风与绿,触手可及的自然与风景就在那里,绿油油的小手在那里招摇,庆祝着一场滋润的邂逅。在这列车上,站不稳,是因为晃动得太厉害;头晕,是因为噪声巨大;在中国的高铁上,站不稳,是因为速度太快;头晕,也是因为速度太快。速度与舒适是有了,但那种阳光透过树叶洒满金光的美,会因为片面追求发展和速度而消亡。

天才与疯子只有一步之遥

多年以后,仍然会记得,与藏獒同眠的那个夜晚。

池大叔在爱藏獒的人的圈子中小有名气,许多广东、北京等地的有钱人都来拉萨找他买藏獒,多是为了看家护院。攒了半辈子的房产,需要凶猛的吃人的动物来守护。似乎有某种奇怪。

这一次,两个人特意从广州开了两辆越野车来拉萨找他,想买地道又廉价的藏獒。池大叔亲自带他们去山南的藏獒村精挑细选,由于他们是我的客栈的客

在藏文化的起源之地——山南,寻觅藏獒的踪影,在不是路的路上崎岖难行。

人，我便一同前往。

池大叔带我们走的是极少数人走的路，走了一天，不见人影，而且根本不是路。坐了一天的海盗船和微型过山车，先不谈别的，单就是在车里东倒西歪、上下颠簸都会消耗大量的热量。路上，换了一次胎，推了一次车，陷了无数次沼泽和泥窝，最终，一切正常，越野车跳跃着前行，粗厚的轮子霸气地碾过每一个横沟，高高的底盘跨越过每一道洪流。为了几只比狗霸气的狗，一群人跑了一天。

车窗外阳光明媚，下车时却异常冰冷。绿色的高原、金色的植被、白色的藏羚羊、黑色的牦牛，慰藉着疲惫的视觉。不经意间，黑暗降临，还未到达栖息地。地势已经很高了，车子仍在爬坡，随意瞄了一眼，身后不远的上方升起一轮圆月，清谥透亮，遗世独立的银光洒落世间，透露着浓浓的爱意，发乎情，止乎礼，爱却不迷恋，关怀却不越位，奉献却不渴求回报，淡淡的余晖，理智地示好。

第二天早晨到达藏獒村，村口围了一群人，在解剖牦牛，血淋淋的场面，让我呼吸不畅，天葬的时候，是否也会把牛变成人？女人和孩子也在看热闹，我看了一眼不忍看第二眼，一转身，是老人婴儿般的笑脸和婴儿天使般的眼睛。抱着小天使，美与舒适油然而生，人生就是要寻求美、感受美，远离让自己感受不美的人和事。

远远地，传来了藏獒不安分的吼叫。单纯的老人，本真的孩子，凶悍的藏獒，诡异的天葬，大卸八块的尸体，湛蓝的天空，纯洁的雪山，蓝得令人心碎狂叫的圣湖，这一切是怎样和谐地融合在一起，互不干扰地和谐存在着的！

池大叔带他们去挑选心仪的藏獒，不看天空和村民们的服饰，这村庄与中原地区的农村一般无二。古堆乡家家都养藏獒，就像中原农村家家都养鸡鸭一样，近些年来，藏獒越来越享誉中外，以至于会有人大老远来西藏看藏獒，有人写了厚厚的十本小说来写藏獒。瞧，人们旅行的目的是如此多样，有人为了各种各样的特色旅馆而旅行，有人会为了藏獒而旅行。

藏獒们就像猪一样待在它们的窝里，没有特别的拦护，乡民们已经习惯了它们的凶猛、彪悍，学会与獒并存。藏獒身材高大，虎背熊腰，生性暴虐，善于攻击，虽然小心翼翼，自认为准备充分，一见到这些会吃人的动物，广东人还是有些胆怯。

池大叔淡淡地说："这还只是非常普通的品种，真正稀缺的鬼獒，会吓破人的胆。"我站在他们身后与藏獒对视着，它的眼神充满了傲慢与不屑、血腥与凶残，似乎随时可以撕碎整个世界。心中好笑：人类后天的恐惧已经很多了，为什么还要圈养增加恐惧的动物？吓唬别人？可首先吓住了自己。藏獒不比狗的忠诚和感恩，极端情况下，连主人都会咬。但人们却争当藏獒的主人，等它生出事端，再带着成袋的钞票摆平。

客人花了无数的时间和心情暂时接纳了藏獒的凶猛，双方唇枪舌剑、讨价还价之后，一沓沓的人民币留给了主人，客人则带走了藏獒，却很恐惧，请主人把它赶进越野车里特意加装的笼子，以为坚固的铁棒横在人与獒之间，就是安全的。这铁棒能横过藏獒的牙齿和欲望吗？

我饶有兴趣地看着，冒出两个问题：他们怎么把它弄下车，圈进豪宅的院子？一路上，他们会喂它肉还是素食？在藏獒眼中，主人只是一顿丰富的晚餐吧。另一辆车没做这种精心准备，但又不想放弃藏獒，肯请这辆车的主人能帮他稍带一程，但他不愿意。池大叔不屑地瞧着一对"患难"见真情的"朋友"。最终，那一位答应负责路上两个藏獒的伙食，这一位，才勉强答应帮忙。

回到拉萨后，天色已晚，池大叔邀请我住在他的小楼。因为从他家到我的客栈需要穿越整个拉萨，而明天一早，我要赶乘上海的火车，他家离火车站很近。偌大的小楼，只有他与藏獒。还没开门，就听到院子里的藏獒怒吼着、咆哮着，踢打着腿上的铁链，想要掀翻禁锢自由的铁笼。走过它们身边时，有些异样的小感觉，虽不担心它们会破笼而出，扑将上来，但看它们不比看贵妇犬来得舒心和放心。一只藏獒突地窜上来，利爪紧紧地抓住栏杆，紧盯着我。"嘿！扎西德勒！"我冲它们礼貌而热情地打招呼。突然很想知道，在它眼中：我是一个绝世美女，还是一盘喷香的烤肉？

另一只藏獒忽地冲上来掀翻了这一个，两只獒扭作一团。它的情人？妻子？看到情人这样深情款款地看另一个美丽的女人，吃醋了？咯咯笑起来，既而大笑，小说真是坑坏我了，这种情况下还能进行这种构思，是天才还是疯子？如果我在笼子外构想与藏獒的前世今生，写出了传奇之书，就是天才；如果我下意识地打开门，走进笼子，就是疯子。天才与疯子往往一步之遥。

池大叔把藏獒的食物扔进笼子，整块整块的猪肉，瞬间被它们撕扯殆尽。吃肉，对于藏獒来说，就像吃冰激凌一样。如风啊。嗯？你不简单。笑着望着老人：大叔，我很简单。我一生的任务就让自己活得简单快乐，六十岁时的笑容像转经的老阿妈一样简单、简单、还是简单。池大叔拎着巨大的空盆子，用藏獒般的眼神看着我：小小年纪，能有这样的思维，真的不简单。我一边帮大叔择菜、做饭，一边说：大叔，简与繁是互为阴阳的，复杂得过了头，就想简单，虚伪得过了头，就想单纯。你是说这个世界？我点点头：汉人的世界。大叔认同地说：所以，我住在藏人的世界二十年了，一来，就不想走。我严肃而慎重地对大叔说：你，不简单。他哈哈大笑。大叔，你的家人呢？大叔扭头望着院子里的藏獒：它们，就是我的家人。我默不作声了。

　　许久，大叔说家人为了藏獒离开了他。但他离不开藏獒。家人早晚有一天会离开他，而藏獒不会。他想让它们陪伴他多久就陪多久。隐隐地感觉到：没那么简单，大叔额头上的沟壑里嵌着深深的痛楚和人类的伤害。能够伤他如此的，一定是爱他和他爱的人。任何人的伤害要想起作用，一定是因为对方在乎你、爱你，不然，你不可能伤到他。这是人类的悲哀，人们只能伤害爱自己的人。藏獒只能伤害人类的肉体，只有人类才可以伤及他人的心灵。

　　院子里的几只藏獒是为遥远的客人代养的，楼上的房间也是为客人准备的，时常会有远方来客为了藏獒来留宿。他说养藏獒是一本万利的事情：小时候，才万把块钱，养大了，一出手就是十几万甚至几十万。你想养一只吗？我哈哈笑着：行，等我奋斗终生，有豪宅可以给它施展才能的时候。心里十分清晰：如果自己积攒了能够买豪宅的钱时，一定会拿它去买一张周游世界的机票和去南极的船票。我坚信，人生是一个丰富而独特的体验的过程，是动态而变化的，不是一个物质的结果和一堆虚无的空壳。住进豪宅的结果，反而会让简单变成复杂，幸福变成痛苦，自由变成束缚，心为形役。

　　躺进被窝，就着院子里的獒声，淡淡地想：世人聚集的是物质财富，极容易被天灾与人祸击倒和偷走，而我积累的是精神财富，与日俱增，固若金汤，只要我在，它就永远在。莱昂纳多可以偷走人的梦、植入一个念头，能够偷走一个人的写作能力、感悟能力、日渐宽容和平静的心境吗？闭上眼，关上思维，进入梦境，梦中只有自由与快乐。一个跃马奔腾的白衣女子，飞扬的长发，红色的纱巾，黑色的马靴，骑的是自由，奔向的是快乐。

　　后记：11月底，本是回杭州过冬天，第二年春天再去西藏，结果2008年春天，西藏发生了暴力事件，再也没有回客栈，客栈也就变成了普通的小楼。楼里不再上演奇形怪状的人间喜剧。但在拉萨做客栈的日子却一生难忘，直到八十岁时，还可以神采飞扬地对孙辈们讲述青春时的冲动：我当年哪，像你们这么大时，到西藏旅行，仅仅是因为一个念头，就做了家客栈，结果呢？呵呵，没有结果。那个过程，我终生难忘，你看，都过去半个多世纪了，我还记得。那个时候的人啊，正处于激烈的变革当中，初尝金钱的力量，却没有深厚的精神之力去权衡与控制，有点张狂、肤浅、物欲横流。任何一场变革，无论古今中外，无论历史现代，总要付出代价……他们……你们……我……走了，再见！

让生活简单起来

印象最深刻的国家不一定是最喜欢的国家。我不喜欢尼泊尔，却无法忘记尼泊尔。

在尼泊尔生活一个月之后，飞往斯里兰卡的首都科伦坡时转机德里机场，从机场的窗户向外望去，突然没法接受那现代化的桥梁、道路和建筑，在巴克塔普尔，那样窄的楼梯都可以上下，那样拥挤的小楼都可以生存，那样落后的物质条件却可以在屋顶上斗风筝，让成年人笑得跟孩子一样简单、开心，一直在思考为什么文明与淳朴、发达与简单不能共存。德里机场的持枪警察，枪是用来保护谁？那些昂贵的服饰与珠宝，装点的是人的欲望还是灵魂？期望越大，失望越大，于是，历练自己不去期望，接踵而来的另一大难以攻课的人生功课是——期望越来越少了，却要拼命压制那个不断上涌的失望，却是按了葫芦起来了瓢。

深夜到达科伦坡，一出机场就闻到了海的味道，那是熟悉的味道，海风是柔软、嫩滑的，伴着淡淡的海腥味儿，笑容不由自主地在嘴角蔓延。

嘻嘻哈哈地打了个 tuk-tuk 车，一路奔海而去。又一次站在海边，啊，海！虽然爱

孩子的笑脸的单纯程度，似乎与国家的经济发达程度成反比。

山，更爱海，爱海的灵动、包容、变幻与磅礴，爱海中的美味与海洋提供的快乐。尼泊尔是山的国度，有连绵不绝的山脉，有高耸入云的雪山；斯里兰卡则是海的国家。山让人恬淡、闲适、仁爱与简单，水则让人慷慨、智慧、求知和快乐。从高山之国到海滨之国，就像从父亲的肩膀来到母亲的怀抱。

人类，可以没有父亲，但却不能没有母亲。

斯里兰卡一样是不发达的国度。又待了半月之后，来到泰国曼谷，机场快线、地铁，又将我带入现代化的国度。看到豪华的商场，第一反应是购物：两个月没有见到那些勾魂摄魄的诱惑，简直是见到什么想要什么，而且又便宜。购物是一种欲望，一种占有的欲望，人们享受着据为己有的瞬间的快感，回家之后，打开衣柜和储物柜，其实什么也不缺，已有的衣物，在初见时的心动是一样的，占有它们时的快感是一样的，但是，厌倦也是同样的，不是它们不美，不是它们陈旧，而是主人厌倦了。多年以后，再拿出来试穿一下：哎呀！不错呀？为什么搁置了那么久？可还能忆起当初的怦然心动？

幸好到泰国过渡了一下，不然，直接回深圳太不适应。太奢华了！出去吃个晚饭而已，PRADA、GUCCI用昂贵的小手招呼你进去，让你带它们出去招摇过市、捕获艳羡的目光和口水，那么贵的包，怎么会有人做？竟然还有人买？GUCCI店里那个用整张鳄鱼皮制作的24万的包可还在那里？或已经被某个亿万富翁当作诱降的物品招安某个年轻貌美的女子？

📷 人们的痛苦小半来自于缺少，大半来自于攀比。让生活简单起来，别弄得那么复杂。

如果穿着CHANEL，拎着LV走在尼泊尔的街头，很快就自惭形秽，飞奔回去换上冲锋衣裤，或者三十几块的尼泊尔大裆裤，挎一个二十块钱的大布包。

尼泊尔不需要奢侈，它没有豪华的建筑和场所来容纳和张扬奢侈，却有勾魂摄魄的喜马拉雅山让你忘却物质和权力的欲望，在它面前，地球都是渺小的，何况是人类——瞬间就消逝的尘埃。

尼泊尔就像一个天然的生活中的道场，进入其中就会不由自主地屏除许多物欲，又像一个巨大的灵修课堂，没有任何复杂的人际关系，只要修自己，修自己与自然世界的和谐关系。

在200米高的书房里，总是会看所有建筑的楼顶，看上面是否可以放风筝，几百米的高空，是否需要放钢铁风筝，或者根本不需要放，撒开手，它就如风般轻舞飞扬？几乎没有一幢楼顶是平的，有些像欧洲的教堂，有尖尖的塔尖，有些建造了一些小屋，有些放了接收器、冷却塔、空调室外机。

其实，满足人们温饱和富足的东西是有限的，可人们创造了多少不需要却刺激占有欲和攀比欲的物品？为了什么？人们的痛苦小半来自于缺少，大半来自于攀比。让生活简单起来，别弄得那么复杂。让节奏慢下来，着什么急？总会结束的，所有的所有。有些结束未必是真的结束，有些开始，在开始时已经结束了。

在马尔代夫"得道成仙"

马尔代夫是一个蓝与白的世界，走进它就像进入寺庙一样，不需要做什么，心就净了、纯了，欲望就少了。什么也不想要，只想泡在水里，看天，看云，看蓝色的海，看白色的沙，看触目可及的蓝与白。蓝色保护着白色，使之免于天真。蓝色拖曳着黑色，与之为伴。蓝色是看得见的黑暗，蓝色是宇宙的爱，人类沐浴其中，它是人间的天堂。想起电影《蓝》中的对白，沉溺

蓝色保护着白色，使之免于天真。

于深不可测的天堂之蓝。

"白"这样的东西是不存在的，只存在于感觉认知中。一定不要试图去寻找"白"，而要找一种感觉白的方式。要保持白的纯洁性是困难的，因为它太容易被污染。它的美之所以如此强烈地打动我们，皆因我们痛苦地意识到其短暂性。原研哉在《白》中这样说白。"白"像人生一样短暂，因而，在送别离世的人时，都穿着半虚半实的白色……马尔代夫处处是白，是能够触碰到的、真实可见的白，踩着白色的沙滩，跳入蓝色的海，尽是白色的鱼，白得不想离开，不想要黑。

马尔代夫是昂贵的，捏着菜单从头看到尾，从尾看到头，看了半小时之后，一个不争的事实是：要吃饱得 50 美金，要吃好，没有上限，一份海鲜拼盘是 198 美金，一瓶矿泉水 17 美金。怎么也下不了这个狠手，但必须得忍痛下单，已经吃了三天方便面了，虽然爽了眼睛，却伤了肠胃，得慰藉一下肉体，满足它最本能的欲望。最终，点了一份牛排，68 美金，两只烤虾，58 美金。侍者问喝点什么，连忙摆手，红酒要一百多美金一瓶。真的不是没有这些银子，真的是不习惯这种消费水准，为了一份味同嚼蜡的牛排要花上几百块，吃完了之后，觉得吃方便面也没那么难以忍受。而且，在水上小屋的阳台上，看着清澈见底的海洋，一碧如洗的天空，红艳如血的残阳，对面小屋顶上的茅草，吃方便面也是幸福的啊！倒想吃上一个月的方便面，只要能够住在马尔代夫。

早晨起床，打开阳台的门，那脆蓝脆蓝的海就伸手招呼你：快来呀，人家等你一晚上了。于是，一头扎进那片深不可测的天堂之蓝。

马尔代夫，就是奢华的享受，瞬间的飘飘欲仙，仅这瞬间，可以扫除一年的阴霾，心情顿时阳光起来！放下塑料刀叉，抹抹嘴，伸个懒腰，穿着比基尼，拎着单反到海边散步，累了，就倒在沙滩椅上，吹吹温柔而凉爽的风。

每天一起来，打开阳台的门，窗外那脆蓝脆蓝的海就伸手招呼你：快来呀！人家等你一个晚上了。于是，屁颠屁颠地收拾好了自己，穿着最热烈而色情的长裙，享受一顿丰盛的早餐，然后去享用海的美色。清风徐来，长裙媚媚，裙裾飘飘，带来些许摇曳中的骄傲与沉醉。

比基尼是为马尔代夫而生的，穿时还纠结它用料太少，来马尔代夫后，才发觉穿多了才不好意思出门。身材不是问题，天然战胜一切。美国大妈一样穿着三点衣，任由几层游泳圈附着在胸腹昂首阔步，直面蓝天。苗条纤细的白人女子，穿着白色的三点衣，把滑板往海里一扔，踏浪而去，装点着原本绝美的一切，美上加美。

在马尔代夫，发呆都是迷人的。无论之前是什么样的生活，到了这里，都不由得，从屋子里走出来，到海边，踩着白色的细沙，吹着凉爽的海风，倾听着海的轻吟，看着碧海蓝天，每天的生活内容就是看海、游泳、发呆、吃方便面，看海、游泳、洗澡、发呆、又吃方便面。惬意的，最终，连发呆也忘了。真有一种不用得道就成仙的感觉！

带着心爱的人，浮潜，手牵着手，倾听着彼此的呼吸声，一起发觉奇异而美丽的海底世界。嗯，嗯，一个人赞叹着，随即指向那一片鱼群，通身碧绿，无一丝杂质。然后指向另一批，艳如残阳，还有与海一样蓝色的鱼，有与沙子一样白的鱼，有黑得像深海底的鱼，有橙色的鱼，世间有的颜色，海底都有。无论是珊瑚还是鱼，都美得让人颤抖，想尖叫却叫不出来，只能"呜、呜"地发出感叹，口中咬噬的呼吸器保证海水不会进入口腔及鼻腔。

浮潜，像一条游泳的鱼一样自由自在地摆动脚蹼，想象自己像美人鱼一样，去寻找心目中的王子。无论是寻到还是寻不到都是痛苦。不见，会万分渴望；遇见，他即将成为别人的新郎。哪种痛苦更加痛苦？瞬间有了答案，一定是后者。因为，前者，还有希望，在希望中的美好的想象；后者，却只剩下成全，在绝望中孤独地奉献。于是，不再像童话中的公主和仙女，将寻找王子和夫君当作梦想，而是寻找自己，自己就是自己的王子，会让自己幸福一生。

心之所在，即为家

在酒店人妖前台的推荐下，本想去华钦海边小憩几日，到了东部车站却没车，有倒车到南部火车站的时间，不如改去芭提雅。这是我不愿意订宾馆的原因，计划总赶不上变化。总是迷失，有的时候，很享受这种迷失，有的时候，也会苦恼。目前，是彻底厌倦漫无目的的游法，信誓旦旦，下次欧美行，一定要精确到每一天。不知道，在漫长的签证与计划时期，又会不会厌倦束缚，想要随心所欲了。其实，没有绝对的随心所欲，任何随心所欲都是有前提的。想在没有任何前提的情况下随心所欲，不迷失是不可能的。

　　四方水上市场不是用来参观的——作为一个景点，而是用来体验的——作为泰国人的特别的生活区域和方式。

　　这是真正的水上市场，不只是坐船过去，弃船登岸，而是：餐厅在船上，商铺在水上，人在桥上。美食，美景，美人，表演，商品，咖啡厅，按摩店，一应俱全。小船，流水，商家；水城，微风，走马；观花，观景，观人，观风月，自在人在天涯。

📷 没有绝对的随心所欲，任何随心所欲都是有前提的。

　　食物很多，味道嘛……看着美，吃起来无味。差也要吃，就要盘坐在河边吃，有时候，会很淘气地把双脚吊在水上，边晃边吃，像小时候，在村儿里的小河边吃烤地蝲蛄一样。吃完了，再逛。逮一家店铺，喜欢上里面的泰国裙装，不讲价，不给试穿。这能难倒我？凭借三寸不烂之舌，既试了个够，又讲了个够，买了十件衣服。箱包装不下了，又要去买小皮箱。在斯里兰卡买皮包，是为了装红茶，在泰国买皮箱，是为了装衣服。身为形役啊……

　　吃累了，玩累了，找处临水的按摩椅，躺下，做个足浴，小憩一下，微风拂面，身心荡漾。时不时有小船经过，游人戴着草帽，表演者载歌载舞。

不知何时，华灯初上，黄昏将至，夜色下的芭提雅水上市场与白昼味道迥然不同。将东西寄存在 SPA 店，拎着相机出去一顿狂拍，天却下起雨来。独行时，玩时很 high，搭车最难。没有的士，也没有班车，只有一辆又一辆的旅游巴士。一群中东人进了一辆大巴，又一群东南亚人进了另一辆大巴……

无奈中，心生一计，瞄了一圈儿，看到一个华人导游，立即眉开眼笑地凑上去：帅哥，我一个人，打不到车，已经半个小时了……又下雨……可不可以借坐，只要到能够打的的地方就行。他上下打量了我一下：好吧，我们到码头，你坐第一排吧。谢谢，万分感谢！刚上车，外面就大雨滂沱，砸得车顶快爆了，太幸运了！

这是一个来自中国西北的大妈大爷团，得知我一个人出行，几个大妈快把我围得喘不上气了：你怎么敢哪？不会说英语怎么办哪？怎么找旅馆……本来挺简单的，被她们一说倒复杂了。幸亏导游开始带大家做游戏，为我解了围，在人群中，也不安全……

曼谷是一座欲望都市，充斥着各种欲望的狂欢和成人游戏。

突然觉得他们缺少独立和自由意志，人生要拖着亲朋好友，做事要拉帮结派，旅行时还要成群结队！但彼此又缺少感恩、信任和欣赏，久而久之，家人之间只剩下指责和抱怨，合作伙伴之间只剩下算计和分裂，团队中尔虞我诈、钩心斗角，屡屡上演后宫《甄嬛传》，伤了彼此的心后都觉得很伤心。会改变的，我相信，要么真正地和谐相处，要么退守自己的内心。于我来说，后者更简单而纯粹。独行是与自己相处的最好的方式。此时，对自己的信任、喜爱与依赖空前强大，让自己很爱、很爱自己。

为期两个月的行程就要结束了。好快！恍惚中，忆起路上的点点滴滴：阿里转山时的坚持和自我超越，安娜普尔娜徒步时的恬淡与小清新，巴得岗的九日蛰伏，Nanuoya 的高山火车，努瓦勒埃利耶的大片茶园，科伦坡的海边火车，MT Lavinia Hotel 的露天咖啡座，泰国的美食，芭提雅的彩霞满天。飞离尼泊尔时的连绵不断的雪山，似是身处童话世界，像宫崎骏动漫中的公主，于雪山来讲，这是无数飞机中的一架，我是一只小小鸟而已。

还有那些迷人的瞬间：尼泊尔大使馆的惊鸿一瞥；大昭寺的转经；日喀则迷人的短会；樟木青年旅馆偶遇一群又一群可爱的小驴、老驴；进入尼泊尔的徒步；博卡拉的摩托车；喜马拉雅山下的欧式小镇和早餐；博卡拉湖畔的游船，一船的意乱情迷和柔情蜜意；泰米尔的酒吧与牛排；巴得岗的清晨朝拜；楼顶上的风筝和斗风筝的人；露台上的BBQ；用发电机的电源煲鸡汤让整个旅馆断电；纳加阔特的月圆之夜；飞离尼泊尔时连绵不断的雪山；科伦坡的海边公交火车；安特拉维尼亚完美的海滩之夜；世界尽头和国家公园徒步；在海景豪宅阳台上刷牙；错过飞机后机场宾馆无聊而奇葩的一夜……

在路上时，偶尔盼着回家，又觉得家好模糊。家的好处是有一个可以盛放物品的空间，不用背着行囊到处找住处。仅此而已。想要更多，必定会失望。婚姻的好处就是有个法律上的陪伴者，在一段时间里陪你人生。至于这段时间有多长，取决于两个人宽容、忍让的程度和长度。

心之所在，即是家。

无条件的爱

站在纳加阔特山顶宾馆房间的阳台上，看着夜色中的喜马拉雅，山上的圆月，有魂飞魄散之感。远处的雪山若隐若现，依偎着天空若即若离，狭长的加都星光点点，天上的星辰星光灿烂，伴着凄美孤绝的圆月，尤显得孤月遗世独立、傲然于世。近处，几栋房屋点缀了山谷的灵性和生气，萤火虫唧唧喳喳地鸣叫，叫声凸显得山谷更加静谧。真切地体会到：鸟鸣山更幽。山谷拥有着迷人的曲线，在月色下玲珑剔透、错落有致，让人想入非非、意乱情迷。

　　着一袭纱丽，捏一杯红酒，狂拍之后，陷入深深地、深深地凝视与迷恋。与想象中的爱情缠绵悱恻，是意境还是悲凉……爱人啊！如你在身边，愿用一国之富交换！如你用灵魂爱我，愿一生相依相伴、不离不弃。月儿，你就是我的爱人，我的灵魂伴侣，你无私地展现你全部的美与爱！轻轻地亲吻你的唇，仿佛亲吻着世上最美的男子！世上最凄美的吻，是触摸不到的吻；世上最迷醉的爱，是穿越时空的爱；世上最无私的爱，是纯粹的爱着，不求回报，一无所求。欣赏了二十几年的月光，她从来没有要求我任何回馈。举杯邀明月，把酒问青天，不知爱之所在，此生飘向何方。

　　开怀畅饮，兴致所至，载歌载舞。月儿，我的爱人，我为你起舞，为你歌唱，为你褪去纱丽，让你爱得随心所欲、身心荡漾。我的爱，你想怎样就怎样，甘心为你魂牵梦系枉断肠，为你彻夜巫山云雨梦断异国他乡，为你，寤寐思服，辗转反侧，夜夜无眠。我的爱，我在这里，拿去吧！我的命在这里，拿去吧，我的爱在这里，统统拿去，爱着爱，爱了就爱了，滚滚红尘又怎样？就是爱，不合你的要求你改变！

📷 世上最凄美的吻，是触摸不到的吻；世上最迷醉的爱，是穿越时空的爱；世上最无私的爱，是纯粹的爱着，不求回报，一无所求。

　　月，你是同一片月吗？是我从童年起就仰视你的那一轮吗？你，在不同的时空、不同的国度、不同的半球都一样吗？你还记得吗？那个曾坐在外公的怀里一边摸着老人的胡子一边问：姥爷，月亮里有嫦娥吗？你还记得吗，那洒了一地银光的夜晚，哆嗦着将一捧白色的药片送入口中，想要与世诀别的女孩儿？你还记得吗，在马尔代夫，夜半醒来，赤身躺在海上别墅的露台，痴迷地与你对话；你还记得吗，一次又一次的人生抉择都有你相伴；你还记得吗，转山的路上，尽管肉体已经濒临极限，灵魂却如雾般轻盈，你照着我坚毅的身影，如西天取经的高僧，坚韧不拔地奔向光明和解脱！你，是你吗？都是你吗？为什么不理睬我？为什么不回应我？为什么？坏家伙，我知道是你，是你，就是你！就算我走到天涯海角，也逃脱不了你的手掌心儿！哦，我的爱，我根本不想逃啊！我根本就心甘情愿伴你一世啊！尽管遥不可及，触摸不到，也愿，远远地，爱你一生；尽管你不能回应，也愿，默默地，爱着你，伴着你。无怨无悔，一无所求。

爱，我的爱！拿去吧，拿去我的所有，我的灵魂，我的身心。我只要你的爱，只要爱你。只要你能替代灵魂伴侣，走入我的灵魂，让我不再那么孤单。That's enoght!

醉倒在床上，昏昏欲睡，却怎么也舍不得那一地月光，山上的圆月，一跃而起，复至露台，与月为伴，与天同在，一夜无眠。

入睡之前看月，直让人想到：明月几时有，把酒问青天。夜半醒来，看月，瞬间感受到：明月松间照，清泉石上流。夏虫也睡了，只剩下天界和自然的声音。虽不见溪水，但听得到它脆脆的低吟，虽不见风，但感受得到它软软的呢绒。月移向西方，虽不能仰视她的媚影，光芒却笼罩了四方。远处的城市之光大半熄灭，只剩下星星点点，如希望之光，只要有一点，就能燃爆地球。再细细聆听，可以听到月移的声音，地球呼吸的声音。偶尔，传来失眠的狗吠声，空气清新得只剩下氧气。深深地、深深地呼出加德满都的肮脏，期待斯里兰卡的纯净与艳阳。明晚，将要宿在新的未知的国度。盛产我最爱的红茶的国都，上帝留在人间的项链旁的岛国。

情愿失眠，非为其他，而是念念不忘临睡前那摄人魂魄的月色与山谷。宁愿伴它一夜，直到月落、日出，亲历它每一点每一滴的变化和美丽。

有些时候，思念比相守，更能凸显爱的力量和深度。

情人怨遥夜，竟夕起相思。那是红尘之人的痛楚，而我，竟已习惯和爱上这种遥思和触摸不到的爱恋，既能享受爱的所有美妙，又能避免爱的所有伤痛。

可以无条件地爱，何尝不是一种人生的修行？

唤醒沉睡的内在力量

自助者，天才助之

2013年的圣诞节，我从新加坡坐巴士回马来西亚的马六甲，准备过一个比中国还中国的中国式新年。当巴士停在海关，司机让所有人拿着所有物品下车时，突然有种不祥的预感，似乎有事情要发生，但还是把防晒衣和帽子留在了车上——坚信自己可以安然无恙地回来。

新方工作人员看了看我的护照和签证，迟疑了很久，然后说：你不能够入境。Why? 没有任何解释，我被移交给一个戴着黑纱的伊斯兰女子。What? 请跟这位女士走。Where? 她会帮你处理一下。When? 除了内在的恐惧，再没别的声音。

伊斯兰女子带我下楼，出了院子，巴士在我面前拐了个弯儿，无情地开走了。女子带我进了另一幢楼，电梯缓慢到了时间被凝结的地步。头脑中的声音乱成一片：究竟出了什么事？他们想要做什么？要钱吗？我把手伸进背包，捏着一叠马币，要多少？之前有在旅行书籍读到过，有些落后的国家专门给行者制造障碍，以此获利，可是……万一不是呢？万一后果更严重呢？望着女子的眼睛，她若无其事一般。他们与极端组织没有瓜葛吧……负面的念头蜂拥而至：之前听许多人提过泰国、印尼、马来西亚有些地方会让旅行者人间蒸发，随后又多了一个被砍了手脚、舌头的乞讨者……肉身立即冷成南极，连哆嗦都没有力气。双手紧攥拳头，随时备战，死也要死得有尊严！

我被带到马方办公室。女子拿着我的护照进入一道门，然后，就像从宇宙中消失一样。漫长的等待，似乎等着从猿进化为人。

第一反应竟然是哭，实在是太丢人了！第二反应是发誓：再也不去马来西亚了！你拒绝我一次，我拒绝你一生。实在是太感性了！一个比一个没用，无法解决问题。

一个世纪之后，我被告知不能入境，遣散回新加坡。而我的大部队行李箱寄存在马来西亚的首都吉隆坡。

来到楼下，没想到，竟然收到了马来西亚的信号（因为只计划在新加坡待两天，所以，马来西亚的手机卡还放在手机里）！立即给中国驻马来西亚大使馆打电话，请求援助。该工作人员用20世纪80年代公务员那种特有的悠长又悠长、寂寥又寂寥的口吻说了一句话：没有办法，你自己解决。然后就把让自己内心强大起来的课题摆在我面前。

怎么办？最要紧的是做什么？竟然还是流泪……唉……流了一段瀑布之后，突然发现有好多事情要做啊！第一，要在没有一分新币的情况下回到新加坡市区；第二，兑换新币；第三，买电话卡；第四，订旅馆；第五，找旅行公司咨询是否可以异国办理马来西亚签证；第六，如果不能办理，重新订从新加坡回国的机票，再想办法把吉隆坡的行李弄回国。还有空在这里哭！于是，立即逃离受害者的委屈角色，掐断瀑布之源，去做该做的事情。

几步路，就从马来西亚回到了新加坡，刚与新加坡说 Beybey，就要改说 How are you! 一位新方工作人员很同情我的处境，积极联络，并寻求解决方案。在无方案可寻之后，亲自送我到回市区的公交站。

平安夜的黄昏，偏僻的海关，无钱，无卡，无人，无行李，无栖身之所，多么沮丧啊。这是名副其实的异国他乡啊，名副其实的叫天天不应、叫地地不灵呀！竟然又哭了！我的天哪……哭也是可以理解的，对吧，毕竟是个天性喜欢用泪水舒展筋骨的女子，不是绝对的汉子。一个宇宙让自己充分宣泄，一个宇宙让自己立马坚强，很快选择了后者。

拍拍屁股，一跃而起：有什么大不了的！被一个国家拒绝，是为了与另一个国家亲近。多么庆幸是被退回新加坡，若是连新加坡人都忌惮的新山，后果不堪设想。旅行也好，探险也好，安全是首要的，没有什么风景比得上人生的风景，没有什么高山比得上父母的期盼，没有任何旅行值得用生命去冒险。此刻，站在新加坡的土地上，那令全球都战栗的鞭刑足以保证我的安全！这样想着，立即变得开心起来。瞄向天空一角：哟！夕阳如火，彩霞满天，我却低头哭泣，多么愚蠢！

📷 自助者，天才助之。

无数次质疑，把自己历练得这样坚强、独立而理性，是不是错误的，这会失却更多的关怀和宠爱，结果是越来越坚强，越来越独立，越来越得不到宠爱。此时此刻，豁然开朗，人生总有一些时刻，哭泣和撒娇是无用的；总有一些时刻，只能求助自己——自助者，天才助之。

转山，灵魂之旅

　　转山，起初只是一个概念，后来变成念头，再后来变成目标，直到那个夜晚，进入了塔钦县城，还在犹疑中，却稀里糊涂买了门票。于是，转山，就成了一场美丽的被迫。

　　站在冈仁波齐山的入口，海拔4675米，面前是一个黄色的山头，脚下是一堆砾石路，前方有什么？未知，只知道会越来越高，越来越难，全程52千米，要在两天内独自一人全部走完。即使是在平地上，也从未接受过这样的挑战。

　　这是一场未知的独特的战争。

　　徒步开始。走，最普通的行走，大脑甚至还未发出指令，就开始了大腿带动小腿、小腿拎着脚丫的步行。还有人用匍匐跪拜的方式前行，藏族朝拜者们三步一叩首，周身贴伏大地，额头触碰母亲，双手伸直，指向远方，那是他们信仰和心所在的方向。才走一会儿，就觉得呼吸急促，额头欲裂，来势汹汹，痛不欲生，而转山，才刚刚开始。

　　磕长头的女汉子在我面前三步一叩首，经过她身边时，她天真一笑，看着她肤色深重、容颜早衰的脸，却有着孩子般的眼神和微笑，心下动容，不由自主地拿出纸巾轻轻拂去她脑门上的泥土，双手合十，柔声细语：扎西德勒！并分一半巧克力和香蕉给她，依依不舍地作别后，剧烈的头痛消失了。

　　风很清澈，却很冰冷，阳光热烈，直射大地，世界只剩下雪山、沙砾路以及登山鞋踩在砾石路上的沙沙声和沉重的呼吸声。

　　下意识地开始忏悔，一时间，热泪纵横。所有的罪恶渐渐地从潜意识浮现，缠绕整个身心，喧嚣着，嚎叫着，继续忏悔，罪恶感如百年老房的墙壁一样渐渐剥落，越来越斑驳，接着模糊一片，然后坍塌，零落成泥。破茧而出，化身为蝶。身是一样的身，心却不是一样的心。

　　瞬间，生命穿越了时空，剩下的是净土的召唤！

　　漫无边境的砂石路，远远地，看着前面的雪山尖儿，很近，走啊走啊，走了四小时，它还是一样近。风很冷，阳光很毒，气温很低，西藏，永远给人冰火两重天的感觉——既晒又冷。拿出一块巧克力，吃了一小块，一块饼干分作两半。拿出水壶，抿了一口热水。四小时都没有遇到供给点，不敢多喝，可以没有食物，但不能没有热水。

这样的冰冷，一口冷水下去，会加重冰冷的感觉，最怕引起腹泻，它会与人争夺体力，而现在，最重要的，除了毅力之外就是体力。某种意义上说，体力会影响毅力。如果真到了不是不想走，而是真的走不动的地步，单纯的信念的力量也支撑不了。

快了吗？已经走了很久很久，却还没转过这个山头！时间如水般流逝，山却还是一样的山，那么久都没有更换背景。山那边还有什么？还有多远？

第一段路，转山者还比较多，还有许多形式上的陪伴者，无论是藏族、汉族还是外国游客，偶有几个孩子吵闹着、嬉戏着边玩边走，于他们来说，行走高原，如履平地。身心的空灵一如初生，一个人是否孤独，不在外边，在里边，看他内心里住着谁，驻扎了些什么。尘世间的一切都荡然无存，剩下的只是这具色身的健康与温饱，生与死。

📷 身心的空灵是本质的，一个人是否孤独，不在外边，在里边，看他内心里住着谁，驻扎了些什么。

终于看到两个帐篷，欣喜地狂奔过去，一头扎进温暖的帐篷，一屁股坐在美妙的木板床上，不想起来，真想一头栽下去，睡个昏天黑地。可是不能，天黑之前必须赶到扎热寺。这样的温度，露宿是会死人的。运用全部意志将屁股从床板上抬起，应该到对面的帐篷吃碗泡面、喝杯酥油茶，站起来却又坐下去。外面寒风凛冽，风如刀割，日如火烤，这里温暖如春，身心舒畅。这是军人的帐篷。三个年轻的小兵准备着午餐，竟然还有肉罐头和挂面！舔了舔嘴唇，鼓足勇气：罐头卖吗？小兵真诚而纯朴地笑笑：不卖。

他一边把在炉子上温好的肉罐头拿下来打开，一边往已经开的水中下面，笑着说：你可以吃，反正我们也吃不完。热气铺满瞳孔，就着喷香的热面，真的不知该说什么好，除了一声接一声的"谢谢"。这碗面，整整支撑我走了二十小时。想再吃这样美味的面，今生已无可能。

　　无数的转山者，只有我一个人与军人一起吃面。前世曾修了哪份功德，能够有缘得到这碗面的滋养和福报。立即叫了刚刚会师的车友H来吃。我吃了一碗，又把锅底剩下的面全部吃完。走完终点才知道，这碗面是多么珍贵。

　　午饭后，再次出发，不出十分钟，H已经走得不见了踪影，严峻的挑战扑面而来，不断地上升，看似平地，却一直在爬坡。风更凛冽，日头更毒辣，待到不毒时，下起了雨。拉上冲锋衣所有的拉链，戴上帽子，风雨中蹒跚前行。风雨与海拔大大地夺去了能量与速度，到后来，几乎全是靠着信念行走。在路边的石头上休憩时，旁边坐着几个藏族女子。一个稍微年轻的女子冲我笑着，虽然仅露一双眼睛，也能感受到她的美丽：你一个人？我点点头。她笑着：我们一帮人。三点就起来了。三点！嗯，我们今天要转完的！如果不是因为我怀孕了，会走得更快。啊！呃……那为什么还要来转山？马年嘛！转山好的，对孩子也好的。三个月了，再不转不行了。

　　看着她远去的背影，周身充满力量。前后的人越来越远，越来越淡，只有风、雨、山和自己。风雨中的世界阴郁得无以复加，就像一个终年生活在抱怨和仇恨的人的内心一样，潮湿、阴冷、无爱和绝望，此时，备感毒辣的日头也不是那么难以忍受，至少能给人带来光明和希望。面前一座桥，左边看不到前方，右边是一条上山的路，路上有很多人。桥上立着一个简陋的牌子：扎热寺，一个简陋的箭头：指向左方。

　　向左走去，却什么都没有，不断地往后看，想问问什么人，这条路究竟选择得对不对。没有人。只有往前走，要么后退，往右走。有人的地方就一定正确吗？至少不算错，至少有人陪着一起错。至少不会被责难为何那么固执，要独辟蹊径？跟着人，走错了，不是你的错，自己选择的路，错了，你要完全负责。这是我一直以来的人生道路，我总是走自己的路，不听别人说，尽管这些所谓的别人都是我最在乎的亲人，我仍然走内心为自己选择的路。那些年，指责就像这些风雨一样劈头盖脸、昏天黑地地打来，妄想引我入所谓的正途。我知道他们是爱我的，可是他们却用爱阻碍着我前行的脚步和速度，为我营造了一个阴冷抑郁的世界。无数次告诉他们：选择无所谓对错，只看是否喜爱；人生不是只有一条道路，条条大路了脱生死。死亡就在那里，正视也好，漠然也好，就在那里，为什么不能满足自己内心的需要和抉择呢？不听人言是自私，放弃真我，是另一种自私。别人的人生是人生，自己的人生也是人生，别人的生命是生命，自己的生命同样重要，没有理由为了别人而牺牲自己的人生。

累了，同时也质疑自己的抉择，错了并不可怕，可怕的是在这样的条件下折返回去重新上路。坐在一块巨石上，抬起眼，立即被美迷了心！冈仁波齐露出雪白的山尖儿，就在那儿！就在触手可及的地方！晴朗时，他不肯见我，当我历经沧桑风雨时，却来慰藉我的艰苦！错了又如何！能够见到你，就是最好的补偿。许多时候，只要我们勇敢地选择和坚持，即使出现所谓的错误，也会遇见意想不到的风景，这风景可以弥补一切。

对着冈仁波齐傻笑，呆呆地，望了他许久许久，倾听他的耳语，狠狠地拍了好些照片。然后，还是看着他，怎么看都不够。一边看一边笑，如果不是高原，我会载歌载舞。终于有一个藏族小伙子经过：请问，扎热寺是往这边走吗？嗯，翻过这个山头就到了。长久的纠结和疑惑瞬间释然！就在快到终点的地方，就在目标附近的山头，彷徨了一个多小时。许多人的失败，都是在距离成功最近的地方放弃了。在我的人生字典中，没有放弃，只有暂时休整，另辟蹊径。无论多难、多远的目标，只要自己真爱和想要，必须实现。

📷 许多人的失败，都是在距离成功最近的地方放弃了。

几乎连滚带爬挪进止热寺，倒在院子中便无力起来。天放晴了！三位车友已到多时，并已订好房间。端起双腿，柱着登山杖，半爬进房间，原想倒下就能睡着，却呆了半晌：多么极品的房间，如果可以称其为房间的话，不用任何装饰，立即可以拍鬼片，屋内昏暗，终年不见阳光，墙壁上斑驳漉漉，无数道湿痕，所谓的床是四根木头支撑的几块板，板上的被褥潮湿得可以拧出水来，肮脏得仿佛多年未曾洗过，屋子里回旋着晦暗潮湿的阴间的味道。似乎已经看到自己在这样的房间里辗转反侧、一夜未眠，第二日晕倒在卓玛拉山口！

　　老板！换房间。没有了，都订满了，他告诉我五遍他的五个字的名字，还是没记住。高原，本来缺氧，长途跋涉后，仅存的氧气跑向了双腿，大脑处于无氧白痴状态。我一定要看房间，×××洛桑带我从地狱来到人间：这个房间三百，已经有人预订了。他们什么时候到？八点。万一不到呢？万一直接下山呢？那你等嘛，两小时！不长的。基于对某些藏民不太守信的经验，我抽出三张红色老人头，塞进他手里：这个房间，我要了！×××洛桑嘿嘿笑着：那你快点把行李搬过来，不然会被人占了。一头汗！预订只是随口承诺。

　　充足的睡眠可以保命啊！出于好心，叫了同车的女伴一起来住，没想到，她半夜起来问我要感冒药。才刚睡下，第二天三点多就被吵醒，有人开始上山。撑到六点半，用矿泉水刷了牙，湿巾擦了脸，没有热水，只有酥油茶，喝了一杯，吃了几块饼干和一个卤蛋，全副武装后，拎着两根登山杖，拖着疲惫的身躯出发！天还未亮，手电充当日光，照着寒冷的乱石路，跌跌撞撞地连滚带爬。已经海拔五千米了，还要不断向上，而且乱石越来越密集，路越来越不像路，根本就没路，鞋子与石头PK着缝隙，简直是见缝插针。这针又太大了……这是一双快乐的大脚，此刻，却变得铅一样沉重。

　　天公不作美，生出新的考验，飘起了雪花，瞬间，进入冬季。冷，不是问题，滑，是最大的难题。还有，无法呼吸的空气，似乎瞬间穿越时间黑洞，变成九十岁老太，大口喘息着，时不时用手扶着老腰，连咳嗽都嫌耗费氧气。实在走不动了，只能站着歇息，飘雪的高原如何敢坐？

　　H等了我几次，看到步履蹒跚的我终于捱到他面前，他语重心长地说：你想不想自我挑战下？呃……呵……拼命喘了两口气：来了，不就是挑战吗？你这样走两步歇一步，何时是尽头？试试走到极限再停。看到那个山头了吗？看到了，那是头儿吗？当它是吧。该死的H，之后爬了七八个这样的山头儿也没到头。好吧。反正也是爬，怎么爬不行？H教我：你步子太大了，上山时步伐要小，登山杖要这样拿，你那是下山的拿法。你早说啊，累疯了都……

　　很快，我自己总结了些经验：爬坡的时候，不要看前方，只看脚下的路。前方只会引起胆怯，脚下会让自己聚集力量。将心脏贴近地面，近，再近，近到不能再近，仿佛合为一体。清空思想，只是上山，上山而已。随着上升，心脏跳动得越来越剧烈，呼吸越来越艰难，像鱼一样在空气中拼命争抢氧分子，刚刚找到一个，却被别人掠了去。劳累，已没有知觉，缺氧，是每秒都面临的困难。艰难地喘息着，艰难地踩着石头，直到心脏快蹦出喉咙，无力呼吸时，扑倒在地上，抱着一块巨石狂哭起来！那是累到极限、无法抑制的倾泄，为什么要来这里受苦！为什么到了上不去却不得不上去，下也下不去、下去比上去还危险的地步！那块石头那样冰冷，似是浸透了千年冰雪和最自私的人的血液，抱在怀中像抱着南极，此时此刻，如果有个怀抱肯给我力量和温暖，他要什么都给。

📷 就是爬也要爬出这个山口！死也要死在山下。

H冷冷地看着冰冷的人倒在冰冷的地上，抱着冰冷的石头，一句温暖的话都没有。如果你交了这样冰冷的朋友，感谢他，他是来成就你内心的强大的！被冰得快失去了知觉，强撑着爬起来，擦干眼泪，坐在一块冰冷的石头上自己温暖自己。雪花满天飞舞，像雾像雨又像风。感觉怎么样？还活着。还能支撑吗？苦涩地笑着：不能又如何？喝了两口热水，我幽幽地说：就是爬也要爬出这个山口！死也要死在山下。转山前，已经写过遗书了。还有比孤独无援更冰冷和难以超越的吗？比起这来，转山只是挑战身体和毅力，对抗来自人心的寒冷则需要更强大的的力量和佛祖般的宽容。

究竟有多高！还有多高！仰视天空，只见山尖儿，不见路，李白若来转山，又当如何着笔：噫吁嚱，危乎高哉！转山之难，难于根本无法登山！乱石穿空，飞雪乱飘，不断攀升！岂止是艰难这样的词语可以形容！只有体验过的人才明白：那是接近死亡的感受！拿出葡萄糖，已顾不得冰冷，倒入口腔。仿佛又充满了希望，继续爬行，却发现，在海拔5600米的地方，葡萄糖也不能解决问题了。喝掉最后一支葡萄糖，指望着它能带我爬上制高点，最终还是瘫倒在乱石堆上。泪水不可抑制地下落，真的真的到了体能的极限，无论怎样激励自己都难以逾越这个山尖儿。更难的是：不知道还有多高，还有多远！已经爬了三个多小时，每次都以为到了，每次都是，却还只是在半山腰！

回眸一望：天！竟然爬了这么高！天！竟然这么美！高原风光，千里冰封，万里雪飘。望神山内外，玲珑皎皎；圣湖上下，蓝波渺渺。山舞银蛇，原驰蜡象，欲与天公试比高。须登攀，看神山屹立，高耸云间。

一群牦牛经过，铃铛声响彻云天，将脚往后缩缩，给它让路，好羡慕它，羡慕得直流口水，流到一半，结成了冰。好想变成牦牛啊！它上山的步子坚定而有序，而我已无力移动半步，仅存的力气只能用来流泪外加流口水了。很快，流泪的力气也没有了。H早无踪影，原以为他能够给我力量，却夺去了最后的奢望。如果不是他，换作任何一个车友，都会相扶一程。

两个藏族小伙子搀扶住了摇摇欲坠的我：你没有朋友吗？我摇摇头。走不动了吗？委屈的泪水再次喷涌而出，微微点头。就快到了！翻过这个山头就到。我已经翻越了无数的山头！三个藏族阿妈停下来，塞给我一把像西梅一样的果子，示意我放入口中。谢谢！谢谢用藏语怎么说？藏族小伙子一边说："突及其"，一边接过我的背包，帮我拿着冲锋衣，半搀半拽地扶我上山！路过阿妈身边时，阿妈对我纯朴而空灵地微笑着，激励着我，我怀着深深地感恩，含泪说道：突及其！

真真切切是最后一个山头！还未记下他的手机号码，说一声突及其，藏族小伙子就返身下山。他是导游，专门接待印度、尼泊尔游客，他要回去接他的队员。感恩……

独自站在世界之巅，俯望大地与人间，自豪之情油然而生，生命无法言喻的轻盈，笑容不由自主地蔓延嘴角，接着，蔓延了群山。厚厚的经幡铺满整个山脊，飘逸着，祈福着。许多人铺入更多的经幡，祈祷着自己的祈祷，祝福着自己的祝福。我亦双手合十：祈祷世界和平，众生安乐，亲人健康幸福，友人快乐成功！自己身心灵都自由、快乐一生！

下山时如风一般轻灵，似乎是经历了一场但丁之旅，从人间到天堂，从天堂到地狱，从地狱滚到炼狱，过了炼狱之门，又是天堂，畅快地直奔人间。

向下小跑了半个多小时，一头扎进供给帐篷。只是打了个盹儿，藏族小伙子就叫道：你再睡，红牛就爆炸了。立即蹦起来用魔术巾去拿，却只是温温的。泡面似烤肉一样美妙，饼干也曼妙得好似牛排，温热的红牛，提供的仿佛是来自宇宙的能量。竟然又遇到

下山时如风一般轻灵,似乎是经历了一场但丁之旅,从人间到天堂,从天堂到地狱,从地狱滚到炼狱,过了炼狱之门,又是天堂,畅快地直奔人间。

了第一天在路上为我提供饼干的那对恋人,我一定要为他们买单,表示感恩。转山途中,所有的微小的资助都该倾心感恩。

满以为一出门就是山口,却接到了另外一个死亡战书:前方还有23千米!啊!为什么呀!救命啊!明明知道只能自我拯救,也还是象征性地喊了几嗓子。望着看不到的远方,只能重新出发。远方,在遥远的远方的远方。

究竟还有多远!这是唯一的念头,其余的全是空。世界是空,山是空,路是空,真正的空,空山不见人,但闻鸟语响,这里连鸟语也没有,只有风声和心语,心语也只剩下一个:还有多远?!已经走了好几年,怎么还是长路漫漫!于是盼着有弯道、有上坡,至少还能看到一个暂时的尽头。可是过了这个弯儿还有另一个弯儿,上了这个坡,竟然还有好多坡!暮色将至,斜阳西下,夕阳透过冈仁波齐在大地上投下橘色的影像,一个没有意识、没有情感的躯体在下意识地挪动着所谓的腿脚!她甚至已经觉察不出这是自己的腿,仿佛踩了个生涩的火轮,却没火,而且有很多缺口和棱角,滚动时磕磕碰碰,缓慢而驽钝。眼前浮现一个人,像她一样走了许多年,为了众生幸福,去往西方。他挂着禅杖,她拎着两根登山杖。他托着钵,她托着希望。她为了什么,已经无力去想,唯一的想法是快点看到终点,无论哪里,只要有人,只要有车,只要有可以花钱买到工具和食物的地方。

夕阳也要离去了,她已经懒得看时间了,时间已经没有意义,唯一的意义是看到山口——在月黑风高之前走出山谷。夕阳不只带走了光,还有热量与陪伴,最终,能够陪伴我们生死爱恨的只有——自己,最终,能够不离不弃的也只有——自己。爱自己吧!灵魂伴侣,远在天边,近在眼前。

气温骤降,我把魔术巾罩住鼻尖,冲锋衣的帽子往额前拉了拉,睫毛上立即起了一层白雾，不影响看方向，方向只有一个——前方！只要顺着唯一的道路上下起伏、迂回曲折就好。整整走了12小时，一天的饮食内容仅仅是清晨的酥油茶、几块饼干和中午的一盒泡面、一罐红牛。丧失了知觉，不觉得饿，不觉得累，不觉得冷，不觉得孤单。却记得哭！哭到了极致，连眼泪也流不出，可为什么哭呢？感动？绝望？孤独？疲惫？饥渴？恐惧？似乎都有，似乎皆无。哭又有什么意义？没人安慰，哭完了还是酸，还会夺走仅存的体力，别哭了吧。唯一有意义的是：行走。只要还在走，只要还有力气走，只要是向前走，就一定能够到达远方！

又一个坡！真的真的爬不动了，走路还勉强可以支撑，爬坡真的没有力气了。坐下来积蓄力量，山中即将风起云涌，可是无论再大的风雨，也无力对抗了！几次到极限，几次自我催眠，自我暗示：你可以，你行的！宝贝，你是最棒的！你是自由女神！你是宇宙之子！当催眠不管用时，就得清醒地看着自己失败。

要拿走我的肉身，就拿去吧。生命没有了，还有灵魂在，信仰在，精神在！唯一与构想不同的是需要孤独地死去。那就别死了，死都不怕，不就是爬个坡吗？让山坡来得更陡峭吧！在平路上成为累赘的拐杖立即像安插了一双翅膀，助我飞翔。翻越了这个山头，遥遥无边的，仍是远方。只要知道一件事——这个远方还有多远——就会有力量。等待着几个藏民走过来，是之前屡次遇到的几个：你走得很快！请问，还有多久？两个小时，还有。

两小时！这不是普通意义上的两小时！是在徒步翻越了12小时之后的两小时！是比两年还长的两小时。想撒娇吗？想依赖吗？想歇息吗？山中只有风及如风般的空。留下来就是死，走，就是生。捏捏快失去知觉的腿：走！

宁可立着走，也不能横着出！有一个办法可以立即解脱：打求救电话。但因为是马年的夏天，超级旺季，游人太多，非是没有站起来的力气或真的喘不上气来，警车是不护送的，据说。马匹早已被预订一空，虽然价格不菲。骑马是为人不齿的，转山转的就是虔诚，就是毅力，靠马转算哪一出？求救意味着放弃，但我的字典中没有这两个字。调动所有的潜意识及宇宙能量，告诉自己，即使还有20小时，也能走出去。

阿里的天虽然黑得晚，却也开始黑了，真正黑之前必须出山，手电给了同伴，摸黑赶路会有掉下悬崖的危险。夕阳恋恋风尘之后彻底离开红尘，仅留下些许余光，让天色没有黑得那么彻底，月亮信守承诺，立即赶来接班，山间顿时一片银光。天空下，一个孤独行走的女子，坚定地行走着。这算什么？这点挑战，再长也只有两天两夜，而人世间的挑战已经坚持了一万个日夜！同样是独自面对挑战！为什么，在人世间，一直是一个人在转山，一座又一座，一圈又一圈……人生处处是高山，是谁成就了这山，无从知晓，我们只能做愚公移山，做信徒转山，或者，做一个攀缘者爬山，总之，高山，挡在前面，我们必须想方设法登山。不管你是否装备齐全、信念周全，独自还是有人陪伴，山横在面前，必须翻越！不然，人生就止于此。某些山，转得过去也得转，转不过去也得转。

上天给她的使命就是独自承担风雨，无论是在她担得起还是担不起的岁月。虽然有亲人，有家人，但无一人真正了解她，无一人方法得当地支持过她，最终，她发现：能够真正无时无刻、无怨无悔为自己承担的人只有——自己。只有自己知道不想要的生活是什么，于是，她用心寻找，从最北到最南，从爱情到事业，从现实到理想，又从理想转到现实，转人生这座山岂止这么短，又岂止这一次？！

在人生中转山时多少次倒在迷茫和无助当中，无人肯助？多少次倒在自我怀疑的存在中，只能自己擦干眼泪，继续向前，孤独而永远地向前。多少次，遭受到他人的伤害和背叛，但必须要放下，继续出发。多少次想沉沦红尘、放弃理想，多少次想留下来享乐、放弃远方，多少次想依赖他人、放弃拼搏！多少次，想要亲人、友人的真心鼓励，他们却告诉你：回来吧，你是错的，这儿有一条现成的路，何必再去创造！多少次，痛不欲生地彷徨着彷徨，犹疑着犹疑：是走，是留？多少个有热水、有温暖的帐篷可以休憩安家；多少个人张着怀抱：来吧，到我这里来，这里无风无雨，有吃有喝，只要将你的一生交给我。

最终，你咬碎性感的唇，舔掉所有的血，倔强地再次上路。有一条路，必须独自行走，那就是人生之路；有一座山必须独立游转，那就是自己这座山，无论多么高的雪山都有人穿越，唯独自己这座山，却超越过不了。总是这山望着那山高，却忽视眼前的这座山。无论多么艰难，深入自己的内心世界转山都必须独立也只能独立完成，多少人能够管理千军万马却管理不了自己，多少人，拥有万紫千红却依然不快乐不幸福，心中的山埋藏着许多未知的宝藏和愿望，你却在别的山头挖掘多年，将别人给你的愿望当作你自己的愿望，虽然走得相对一帆风顺，走到生命的尽头，却发觉根本没转自己这座与生俱来的宝山！

在人生之路上，转自己这座山多年，虽然艰辛、孤独、寒冷而不可想象，但转到今天越来越柳暗花明、云淡风轻！痛苦越来越少，幸福越来越多！啊，多么美好啊！轻轻地，我来了，来到山口，双手合十，向天跪拜：感谢自己的陪伴！又转了一座山，一座神山！啊，多么美好！走在平地上的感觉！睡在床上的感觉！呼吸的感觉！一切的一切都是那么美好！微笑着进入梦乡，期待明天的太阳更加阳光，带着满满的正能量，陪伴我走人生之路又远又长！然后，能有缘将正能量传递给愿意接纳的有缘人！我爱自己这座山，无论山中埋藏了什么，都爱！

不要在意别人不断地超越了你，我们只需要超越自己！转山没有竞赛，只是与自己竞赛，只要转完全程，就是自己的冠军！

转山，转的是意志和信念。砾石路是忏悔之路，卓玛拉山是救赎之路，沼泽路是重生之路。转山是一场名副其实的灵魂之旅！

女人最美的时刻

信步至基督城的 City Center，进入一个休闲中心，地上两条长长的弯弯的轨道，缓缓驶来一列玛红色的复古电车，车上下来一位维多利亚时代的英国绅士，朝我彬彬有礼地点头致意，本来打算吃午饭的，却上了车。车比走路还慢，司机、售票员、解说员都由这个肥硕但优雅的家伙担任，他穿着白色衬衫制服，戴着领带黑色帽子，一副英国绅士模样。一看就知道新西兰被谁殖民过，深受哪种文化的影响。

复古电车行走在洁净的道路上，建筑物各具特色，无论是教堂广场、艺术画廊还是博物馆，都古意盎然，带着醇厚的古典的文化气息，蜿蜒曲折的 Avon River（雅芳河）绕着花园小城流淌，两岸树木翠绿，林荫浓郁，花团锦簇、草木繁盛，雅致恬静，偶有清澈的小溪缓缓流淌，可以听见小鸟的鸣唱，接受到阳光、清风的抚慰，一切都是那么自然、和谐。

若能在河中撑一只小船，在河堤边撑着公主伞漫步，定能忘却城市喧嚣，尽情享受逍遥宁静的生活。

复古电车车顶有莲花一样的淡黄色的灯，几根垂下

基督城，新西兰第三大城市，号称花园之城，是英国之外最具英伦色彩的城市。

的软软的皮绳，木窗是可以向上滑行开至半圆形的车顶上，车子前后都可以开动，但看不出是怎么操作的。车慢得像走路，声音像火车，优雅得像英国淑女。座位是可以前后互换的，车子停在终点，司机到另一头操作，乘客们要么换方向乘坐，要么直接把座椅扳到相反的一面。每辆电车的设置不大相同，相同的是咣当一声，开车了，咣当一声，拐弯了。慢慢吞吞地前进，慢慢吞吞地上车下车，慢慢吞吞地讲解。咣当，咣当，时间在咣当中缓缓流逝，并没有比忙碌时多出多少，却感觉多了许多。因为，每一分每一秒都能感受到它的流动，优雅而迷人的流动。

优雅娴静的英伦式复古电车，像英国绅士一般招摇着淑女般的乘客们上去体验几个世纪之前英国绅士淑女们的感觉。

从建筑的玻璃窗中看到优雅的电车，以及一个趴在车窗上的优雅到极致的女孩儿，娴静而纯美地享受着旅途中的每一刻带来的神奇和不同凡响，她好爱这样的生活，也好想拍下这充满灵性和神韵的一刻，但是不能，她一动，画面就消失了，于是，她深深地铭记这一瞬，将它留存在文字的世界中，这是她与世界交流的最爱的方式。

无论是写作还是旅行，生活都是简单的，简单而丰富，丰富而满足，满足而幸福！这种生命体验是美的！我常常会被处于这种状态中的自己迷倒，无论是窗中映射出的那盏台灯下敲打键盘的女子，还是后视镜里举着单反的女孩，或是趴在复古电车的车窗上，看到对面玻璃中的映射：一个散发着迷人的气质的戴着墨镜的女孩，美得隽永而安详，灵得智慧而坚强，独自一人，行走世界，创造人生。

却原来，女人，最美的时刻，是身心灵合一、活现出真我的时刻。

成为自己的宇宙之神

在悉尼的几天，一直阴雨，蛰伏了两日，觉得该出去走走了。听到就近教堂奇异的召集钟声，被神奇的力量吸引过去。没有条件，想进就可以，有人发给你一本小册子，中间夹着基督书签。

　　木质长条板凳，背后放着许多垫子，人家用来祈祷，我用来当椅垫。放眼望去，白花花的后脑勺和金色的头发。有些人进入座位前先冲前方半跪。男士们西装领带，女士们端庄优雅，着装都很正式。

　　教堂里一尘不染。黑白方块交叉的地板。侧墙挂着一些画儿，每幅上面都有十字架，两排对称的立柱，其间吊着长长的灯。正前方是耶稣和门徒们的画像，画像下是一个十字架，两边各燃着五只蜡烛。右面半空有个小阁间，摆放着钢琴，坐着两位钢琴师。

　　音乐响起，全体起立。刚坐下，又起立。走来一群穿黑袍白衣的人，为首的举着十字架，两旁是两个举着蜡烛的女孩，后面一群红袍白衣的人，再后面是身着金色袍子的神父。唱诗班分列两旁有序站立。

在悉尼旅行时，偶遇一教堂的神奇礼拜。很神奇的体验。

　　几句开场白，美妙的歌声。清雅脱俗。通透明亮。歌声停止后，几句话后，集体合唱。我找出小册子，跟着一起唱。神父与一个黑袍白衣、一个红袍白衣男子在蜡烛前进行着某种仪式。黑袍白衣男子用一个点燃的香炉在空中划着弧线，顷刻之间，殿堂烟雾缭绕，幽香扑鼻。

　　一段唱词后，众人单腿下跪，我也下意识如此，但看到有人依然坐着，我便也坐了起来。

　　歌声在基督教中占如此大的比重。整个礼拜活动一直在唱歌，讲话很少。

　　一个牧师站在侧台讲话。然后又是起立唱歌。四位拿着筐的老人家募捐。随喜。然后他们拿上前台。

在游历世界的过程中，见识过佛教的道场，藏传佛教的法会，伊斯兰教的礼拜活动，现在，体验了基督教的集会，这三大宗教的经典和教义、图腾完全不同，但无一不是教导人们看清自己身心的本来面目，唤醒自己内在的力量，觉知自己和这个世界，充满爱与感恩。

但是，宗教不是一切，不是生命本身，它只是一个工具，一个火种，点亮那些仍然生活在黑暗中的生命，让他们看到，更亮的光在他们自己！信仰宗教不是拱手让出自己的力量，而是通过宗教来寻找这个力量！

每一个宗教的创始人是更早地觉知到了生命的真相，也想让我们知道真相：每一个生命都拥有一个属于自己的小宇宙，那个宇宙的神就是自己！

寻找自己心中的那颗星

天边，湛蓝的天空上飘浮着朵朵白云，白云下面是连绵无际的雪山，雪山的白与白云的白虽迥异却和谐，浑然天成。土黄色的山与浅黄色的土地，一辆越野车出现在天际，迅速地穿越整个黄线。身后的湖水像海一样吟唱着，小鸟偶尔来合唱，只是偶尔。

曾经的纳木错像海，现在，真的是湖了。面积似乎缩小了一半，并被一条长堤分割为两条，小湖倒映着大湖的身影，大湖倒映着雪山的身影，各有所爱，却相得益彰。有只海鸥翱翔天空，仰望它的自由，口水悄悄蔓延，滴入湖中。

神山穿着银白的斗篷无言地相偎，无语地守候。没有承诺，没有誓言，没有婚约，没有背叛，只就那么默默地、默默地爱着你：我的姑娘，我的蓝色的神女，只求相伴，不求热恋。无条件地守候，无所求地付出。

每一座圣湖都有一座神山守候，或者说每一座神山都偎依着一座圣湖，你是湖还是山？可否找到守候你的山，你情愿爱恋一生的湖？

小鸟咕咕地叫着飞着，然后，一头扎进湖水，不见了。小鸟，你等等我——还没告诉我你叫什么名字呢！太冷酷无情了，拨动了人家的心弦便转眼不见，只留下无边无际蓝色的思念。你看，你又飞出来惹火，又扭头就走。你好坏，坏得不要不要的。

藏獒的吼叫声持续了一整夜，声声不息，分秒不停，展示着它强悍的肺活力与生命力，刚才已经吼了隔壁房间夜半闲聊的臭男人，却怎么也吼不过臭狗，于是，穿衣外出，满天繁星，密布于天，群星璀璨，摩挲了低矮的天空。找了把梯子，慢腾腾地上去，快了会有高反，伸手摸了摸天的肌肤，然后摘下一颗星，放入手心儿，亲了又亲，它那迷人的小脸儿立即泛起了红晕：我在工作呢。好吧，又粘回天空。哪一颗星属于我呢？在天边行走了好久，它们都有自己的位置和伴侣，都有。没有一颗属于我，没有。号啕大哭，惹得星移斗转。走下天梯，四周漆黑一片，突然亮起一颗星，那是我的星星，闪烁在我的胸膛。

每一座圣湖都有一座神山守候，或者说每一座神山都偎依着一座圣湖，你是湖还是山？可否找到守候你的山，你情愿爱恋一生的湖？

　　向外寻了很久，却原来，属于自己的那颗星一直在心中。只要找到自己这颗星，无论多么黑，心里都是暖的，眼前都是亮的。

　　写至此，同伴发微信过来，请求回拉萨，她高反得厉害，在餐厅大堂等候多时了，尽管不舍纳木错之绝美，也不得不依依作别，相约再见，虽不知何时再见。

　　有了上次与人一起拼车来纳木错却遭遇暴雨什么也看不见的经验，此次，在东措国际青年旅馆拼了四人一起租车重游，我是司机。其中一个男孩刚从川藏线上骑行下来，一路上都不说什么话，无边的孤独围绕着他。另一个才高中毕业的男孩对他十分感兴趣，一再地询问他在路上遇到了些什么。他说：什么都没有，只有天、地、风雨和自己。然后说了一些骑行当中遇到的挑战与困难。

　　我一边在漫无边际的蓝与白中间开车，一边想：你们，只是在川藏线上骑行，而我却在人生之路上骑行，无论多么漫长，二十几天终会结束，而我的骑行终点还有半个世纪。你们骑行是用腿和眼睛；我骑行是用心和脑子。

我知道你们路上所承受的雨雪风霜、饥饿寒冷，一般人不能想象和承受这样的痛苦，但任何人不都在人生之路上承受着并一直承受着同样的痛苦吗？我们谁没经历过晴空万里的天空突降一阵冰雹？我们谁没经历过爱得正欢、恋得正切，却突然出现一根无情的棍棒，打散鸳鸯？我们谁没经历过骑行了许久许久，却发觉骑错了方向，走错了支路；我们谁没经历过，正在欣赏美景，突遇野兽或泥石流，落荒而逃！

那又怎样！不还是要重整旗鼓，继续前行！人活得就是这股劲儿，无论遇到什么，都一路向前的劲儿！人活得就是这个磨折的过程，无论痛苦，无论艰难，无论你是否喜欢，它都是我们的人生，不可替代，无法重复。

你们可以反复骑行川藏线、滇藏线和青藏线，但人生之路的骑行只有一次！即使是错，也是独特的唯一的错！

面对人生之路，是骑行、爬行还是步行？是开车、搭车还是飞行？

快到海拔 5200 米的那根拉山口，天降冰雪，纳木错瞬间由夏季进入冬季，雪花漫天飘舞，四个南方人稀奇得又拍又赞，在我的故乡，是极少看见雪花的，成片成片的鹅毛大雪，瞬间包裹了整个大地，让所有的角落全部白雪皑皑。路又高又陡又湿又滑，上坡时，这部在城市里原本也还算不错的本田雅阁却失去了动力，踩死油门，仅能跑 20 码，可叹还限速 30 码！紧握方向盘的双手渗出了汗水，一不留神，人生之旅就此终结。而他们却沉浸在冰雪奇缘中，让我独自面对危险。《冰雪奇缘》的主题歌仿佛为我所做：

孤立国度很荒凉，我是这里的女皇！漫天飞霜，像心里的风暴一样。只有天知道，我受过的伤。不让别人进来看见，做我自己就像从前。躲在现实梦境之间，不被发现。随它吧！回头已没有办法，随它吧！一转身不再牵挂。悬崖上，让我留下。随它吧，反正冰天雪地我也不怕！留一点点的距离，让我跟世界分离。曾经困扰我的恐惧，消失在回忆。夜里冰冷的空气，我终于能呼吸。留下自己的过去，抹掉眼泪的痕迹。

太美了！这一切！我下意识地上扬一下嘴角：当有人为你们承受风雨时，一切都是美的，若你独自承担所有时，仍有这样的心境，便是修行了。一回到拉萨，他们便去饕餮，而我虚弱地倒在床上，还不能睡觉，要等着租车公司来取车。接下来，连睡了三天，才有力气去阿里。

无论我们是否有信仰，无论信仰什么，总要相信有一种力量比你更有力量。我的力量，来自于内心世界。

听从自己内心的声音

皇后镇真的是一个很小的地方，小到不必寻找，之前遇过的人会在街上、湖边或某个 Hotel 大厅再次相遇。

世界顶级户外运动天堂——新西兰的皇后镇。

刚到皇后镇的第一晚，遇到了两个英国女孩，当晚一起蹦了三个迪厅，high 到凌晨两点半，第二天，因为没有订到这家热门的 Hotel 的第二日住宿，我必须更换旅馆，一个英国女孩要与男朋友一起居住，退了房，另一个 Working Holiday（打工旅行）的 Kate 留下，我们相拥而别，我送给她一盒大大的冰激凌。在另一家旅馆住了两日，又去了福克斯冰川两日，归来仍然住在这个旅馆，依然想再结前缘，没有遇到。她一定换旅馆了，以她的风格，夜半时分，不在大厅遇到她是不可能的，当一群活力四射的红男绿女讨论去哪里喝酒蹦迪时。

离开皇后镇——也是离开新西兰的前夜，念念不忘小羊排的美味，虽然下着雨，温度异常寒冷，还是顶风冒雨去快出小镇的超市买小羊排，因为就近的超市没有，卖的是烹制好的羊排，远远不如那个腌制过的、煎了就可以吃，吃了仿佛变成神仙的小羊排美妙。路过一家旅行社门口时，竟然发现 Kate 站在门口与另外一个女孩聊天。等她们聊完了，我立即冲上去，给了她一个大大的拥抱。她也很意外，聊了几句，她就在这里工作，换了一家旅馆。

得知我要去澳大利亚旅行，她推荐我一个让我流着口水、瞬间变成神仙富二代的行程：圣灵群岛两日两夜轮船游，看着那艘张开白帆的豪华游轮，穿着比基尼的美女躺在甲板上晒太阳，船上的自助烧烤海鲜大餐，想象着澳大利亚大龙虾，简直要疯狂了。可是，距离我能够去圣灵群岛还有大半个月时间，许多的偶然、偶遇及可能出现的麻烦（比如错过飞机，这是我常常制造的麻烦），可能导致不能准时出行，不敢预先订这个需要 430 纽币的行程。可是，明明那一晚，我们又搂又抱，又亲又摸的，碍于中国人特好面子的国民性，我还是从了吧。但是没带信用卡，我说我回去取了回来。

要去圣灵群岛，我需要先从墨尔本飞到悉尼，悉尼飞往黄金海岸，再从黄金海岸飞到某个岛，再坐船过去，然后才能找这家旅行公司，跟这艘豪华游轮出海。这中间，得穿越半个澳大利亚，接踵而来的是这里的冬季，在船上享受的是比基尼的性感还是保暖衣的温暖，很难说。如果能够一路走到那里，再定也不迟，这是理性的做法。内心的声音告诉说，但是，面子……假我开始作怪。面子好贵哟！

最终，我还是听从了内心的声音，没有付全款预订这个行程。事实上，我只在黄金海岸待了两天，就火速订票，经新加坡回国了。一是因为公司有事，二是因为澳大利亚即将入冬，一下雨，就冷得哪儿也去不了，实在不适合在这个季节出海。在皇后镇的一周里，守着火炉，在旅馆躲了三天时间。南半球的冬季马上到来。

真我的声音永远是对的。只要找到她。她在哪儿，你在哪儿。

行走中的奇迹

与工作断舍离

许多人都羡慕我为什么会有那么多时间去旅行，那是因为我爱自由，工作，是为了自由，但绝对不能为了工作而拱手让出自由。我将自己的公司设置成半自由状态，发展为可以遥控的地步，然后将宏观规划、财务大权交给生活伴侣，相信他有钱不会变坏。

当然，不是所有的事情都可以完全在掌控之中，我们可以掌控一切，但掌控不了人心。现代人的心隐藏得太深，深得简直快看不到心了。相信所有的私营企业老板都苦于同一个问题：在猜客户的心的同时，还得猜测员工的心，在哄客户的同时，还要哄员工；有多少次，自己已经累到了不想说话的地步，还得听员工的唠叨，诉说着工作带来的不满和压力；在自己感冒的同时，还要叮嘱员工按时吃药，实在不行，休个病假，但自己还得带病工作；有多少次，苦苦地与员工交谈，想了解他想要什么，然后给他想要的，以激励他留在公司工作，明明知道这不是自己想要的；有多少次，员工突然离职，苦劝不及的同时，微笑着递给他一叠钞票，祝他前途无量，而自己却得处理他留下的一堆烂摊子。因为同样的原因——招人难；管人难；留人，更难；让留下来的人长久地安心工作，难上加难！即使这样，也难以判断他们顺从的外表下面隐藏着怎样善变的想法。有的抱着尝试的心态，一旦发现营销工作如此风餐露宿，便知难而退。有的昨天还好好的，今天突然来请辞，留下一片空白的区域等待我去处理。

业务员突然离去，倒也无伤大雅，如果高级管理者，尤其是你一直极为信任的高管，突然撒手不干，那就不只是区域空白的问题，而且一切都会空白。在2014年去西藏之前两个星期，副总经理突然在一个傍晚将钥匙交给助理，告诉她他离职了。没有原因。仅仅是在当晚夜半给我发了一封辞职信，严格地说是指责信，信中罗列出他对公司及我不满的二十一条。打电话过去，不接。再打，关机。一切显而易见，他是故意的，要么，他是真的想离职，要么，以此要挟想提条件。最初的感觉自然是愤怒，如果他站在我面前，想抽他耳光：一个中年男人，做出这样的事情，真觉得面子上很有光吗？职场是有规则的，职业是讲道德的，想辞职没有问题，多年的职场生涯没有人教育过他离职要提前一个月申请吗？他伪饰了那么多年忠诚老实的外表，不累吗？接下来，就没有时间愤怒了，而是立即着手处理他留下的所有未交接的工作及客户关系。

接连一个星期，几乎忙得没空吃饭、睡觉。夜深人静时，会想：工作的无常与人生的无常是相同的，无论你多么信任一个员工，他总能找出不信任你的理由。无论你多么重用一个员工，他总是认为还不够。无论你多么相信给员工自由会换来他们真心做事，他们总会以某种形式给你伤害和打击。当伤害来临时，不要觉得是伤害，一切只是无常。无常时，尽量缩小痛苦的范围与长度，尽快恢复正常。原谅自己的一切，一切的发生都有因果，都有助于你和我。

终于理解人不可貌相的深义了：既不要因为一个人长得奸诈、猥琐而鄙视他，也不要因为一个人长得憨厚、老实而偏信他。还有那可笑的指责信，唯一能够证明的是：这是一个内心阴暗自私的人，他总是只看到公司和他人的缺点，将缺点放大成全部，他是最无辜的。就像他跟我说过离开上一家公司的原因，也全是老板和公司的不好，他是完美无缺的，当时，我完全信任他，没发现负面倾向，因为，他长得太正面了，是那种不用化妆就可以演党代表的形象，即使演坏人，也是打入特务内部的地下党，如今看来，他用特务的心理在党内浑水摸鱼。

因为他，来不及过多准备，便匆匆登上飞往拉萨的飞机，到了拉萨，严重高反和感冒。他发来短信，索要一个他留在公司的物品。在海拔近四千米的云端，我灿然一笑，红尘中事，该了则了。手机打过去，仍然不接，用酒店电话打，他接了。你想挂电话吗？他不作声。老B，该是你的就是你的。先不说别的，你这样突然离开，你觉得哪家公司可以容许？关于对公司与我的指责，纵然都是事实，可以作为你无视职场规则的理由吗？还有，你可以说一条公司与我的优点吗？哪怕只有一条。这个世界上，全部缺点和完美无缺的人都是不存在的。他竟然说不出来。

我们之所以不快乐，是因为抱怨太多，而他抱怨别人的能力如此之强，可见让自己和别人快乐的能力有多么弱。对于一个如此脆弱的人，何必计较！"秘密"早就告诉世人，吸引力法则的根本前提是爱与感恩，感恩的前提是要能够感受得到对方的美与好，即使不美都要找出美来，更何况，我是那么美！我是宇宙间独特的这一个！怎会因一个副总的离弃就自我否定？失去员工不可怕，失去自信，天会塌下来，未来，会暗淡无光！这个时代，混迹江湖，必须自信！搁下电话，长呼一口气。生活中出现不美，是为了让我们感受美！感恩你做出这样不美的事来，让我觉得拉萨的天空湛蓝和纯净得异乎寻常！

要想在繁忙的工作与人生义务中抽出时间旅行，还有最重要的一点：不畏得与失。为了得到旅途中的美景与快乐，必然要失去一些小的利益，许多人不愿意舍弃小利，忙碌一生，也未见获得大利。大得必先大失，大失之后必然大得，不想失，也不会得。没有一如既往的得，就像没有永恒的快乐一样，失时不要捶胸顿足，那只是宇宙间恒定的法则。老、庄早在几千年前就已经告知后人，是喧嚣贪婪的人没有听进去而已。

用失去一两个无关紧要的项目换来身心灵的丰盈和愉悦，不值得吗？还有，也许，是我一直注重在人生中修行，教育自己无论遇到什么事情都要感恩，相信一切的发生都是来祝福我的，也会愤怒，也会痛苦，但很快就让自己安静下来，然后感恩这个人的伤害，感恩这件事的出现，让我明白什么是包容，什么是坚强，什么是人生。

表面上，为了旅行搁置了工作，实际上，在旅行中工作，常常会有许多奇迹发生。

2013年底，本来要一份合同，但他说老板去美国了，何时回来签字未知，想了又想，我决定信任他，信任宇宙，将此项目移交助理，依然按照原定计划，去东南亚旅行一月。2014年1月3日，我从新加坡樟宜机场飞回成都。第二天来到公司时，却发现空无一人，心下奇怪，上班时间，助理都是在办公室的。等了一会儿，终于按捺不住，打给她。孙总，您走之前不是留下一个项目吗？今天我来拿对方盖章的合同，而且是货到后全额付款，没有质保金。Oh, yeah! 这种感觉……无与伦比！

2014年5月，为了庆祝生日，去了马尔代夫。才到香港机场，就得知一个关系极好的客户帮着签了一个合同。利润颇丰。

2014年9月，在尼泊尔生活的一个月期间，一直跟进两个非常重要的客户关系，10月中旬回国后几天，就立即中了一个大标。

有的时候，太在意一个人或者一件事情，反而会惯坏它，又把自己弄得像个奴隶，一旦发生变故，便捶胸顿足、撕心裂肺。我们之所以会被伤害，是因为太在乎，用情太深，忘记了自己。许多女人把人生交给了丈夫和孩子，一旦孩子出现意外或者丈夫另觅新欢，她的生命就空了；许多男人把所有精力交给事业，一旦金融危机、股市动荡，半生的积蓄付之东流；许多老人把一生交给了儿孙们，刚想喘口气，儿孙发生巨变，或被诊断癌症晚期。意外来临时，人们才觉知：一直追求的是外在的、易逝的，根本没有真正享受过生命本身，没有好好地看看我们这个神奇的地球，没有到海边吹过风、喝过茶，没有抬头看看天空，夜晚欣赏月光。

慢下来，少欲少求，适当地放手，放弃控制，去好好爱自己，做自己内心想做的事情，会有更多奇迹发生！

西藏的传奇

许多深深爱上西藏的人,发过这样的誓:以后,每年,都要来一次西藏。在初次入藏遇到的若干发过誓的驴友当中,我是第一个实现重返西藏的人,距离发誓的时间是——七年之后。

没有任何人,比自己更值得忠诚和守信。

许多誓言,说起来简单,行动起来,难于上青天。实际上,第二次入藏,也系强行进入,启程之前,公司发生巨变,高管突然离职,撒手而去,忙得快没时间吃饭睡觉。但在梳理了公司事务之后,决定:不辜负自己的誓言,必须出发!绝大多数时候,我们只对别人信守承诺,却忘记对自己守信。自己也是一个顶天立地的汉子,也要对自己言必信,行必果。没有任何人,比自己更值得忠诚和守信。我们经历了太多背叛和伤害,已经忘记了如何去爱;经过了太多失信和辛酸,已经忘记谨守君子之约。

不要轻易发誓,发了就必须履行誓言,无论对谁,尤其是对自己。我们可以不相信别人,但不可以不相信自己。我们可以遭遇他人意外伤害,不能受到自己的伤害。自己内在的那个小孩很认真地在看着你,等着你像它一样真诚、真实和真切。

拉萨,已经不是从前的拉萨。古朴的味道已淡漠,大昭寺对面琳琅满目的八角街不见了,取而代之的是八廊街商城。常去的雪域餐厅也变了,还是原来的位置,但盖起了两层小楼,二楼楼顶处还放了一个豪华的小喷泉。服务员还是原生态的,还是那么简单开心,一边干活一边唱歌,一会儿藏族歌,一会儿汉族歌,一会儿开怀大笑。在武汉是客人嘈杂,吃顿饭耳膜要被震破,在西藏是服务员嘈杂,几个女孩子时不时地笑成一团,某人突然来了一句"想你的夜!"然后没了下文。

初次入藏时的悸动和震撼,已经淡漠如昨日世界的云烟,毫无印象,打开七年前写的行记:啊,原来是这样的!还有这般细致而生动的体验!许多时候,许多事情,似乎是做给别人看的，其实受益的是自己。做的过程已经有别人无法获得的美好体验，多年以后，想起当年的那些过程，津津乐道的首先是自己——原来，我曾经在西藏开过家庭客栈！原来客栈里上演过那么多人间喜剧！

这一次，只想要一段安静、简约的生活，不想收获任何传奇的人或传奇的事。但是，西藏，本身就是一个传奇，是传奇的人聚集制造传奇的地方，是一个只要深入其中，就会浸染传奇的地方。不管你找不找传奇，只要你够传奇，传奇就会找你。在我看来，每个人都是传奇，至少都有传奇之处。

当车子经过拉萨河边时，心弦被拨动了三两根，那是我曾经在西藏生活过的地方，是我曾经做客栈的地方，我的拉萨传奇，它还在吗？七年之后，是否一切依旧？

这里，依然有许多客栈。每一个客栈都是一个故事，每一个客栈主人都是一个传奇，我曾经是其中的一个，现在来寻访另一个。在小区里悠闲地随性漫步着，经过一道门，看到一个坐着轮椅的女子，正在往头上戴魔术巾。一股强大的气场吸引着我，不由自主地走进去。心里告诉自己：结识她——就像一个好色的男子流着口水走向一个迷人的曼妙女子。嘿！全世界的男人初识美丽的女子时都是这样打招呼的吧。她转过轮椅，笑着，笑容中散发着无尽的故事、莫名的沧桑与惊人的超脱——她本身就是一部小说，至少是部纪录片，记录一个人与命运搏击的历程！她并不很漂亮，但十分有力量，气场非常强大，即使一个漂亮的模特儿站在她身边也不会吞噬她的光芒，那是仅有漂亮的女人永远没有的内在的力量。

你是这家客栈的老板？她笑着，两腮酒窝儿深陷，黝黑的面庞显示她在拉萨久居的客观事实：是啊。噢，我可以看下房间吗？当然可以啊。对不起，我不方便，你想看自己上楼。我笑着：不管你方不方便，我都要自己亲自走上楼。像模像样看了下房间，说实话，房间真没看上，看上的是人。故意赖着不走，讨茶喝。

这是两栋小楼打通的客栈，中间的墙拆掉了，院落很大，种满了格桑花，有太阳伞、藤桌椅、小秋千，这些适合拉萨气质的物品，如果不出现在家庭客栈，是一大缺憾。大厅里有一个巨大的茶盘，茶盘上摆满了茶具和茶杯。

喝什么茶？她问。什么茶都行。目的并不是喝茶。男人在追求和俘获美女时与我所想应该是一致的，吃什么都行，干什么都行，只要能与你在一起，只要最终能够达到占有你的目的，而我只想占有她的人生故事。我叫蓝天。你呢？如果可以的话，我很想叫白云。哈哈，她爽朗地大笑：可惜你不叫白云。是，我叫如风。是风不是云，我……是故地重游，我曾经……像你一样，在仙足岛开过客栈，七年前。想回来看看，结果看到了你。那是前辈喽，请用茶。我爽朗地大笑：不敢当。

寒暄之后：如果你不介意的话，能问问你的腿……噢，蓝天轻描淡写地说：我与朋友们去墨脱徒步，夜晚在客栈二楼的阳台上仰望星空，贪恋月色，栏杆断了……腰椎以下都失去知觉。我用了好几年的时间接受这个现实，恢复生活自理能力。原本很简单的几乎被我们忽略的事情变得艰难而需要技巧，比如上厕所、洗澡……所有的一切一如她为《北方的空地》所作的序。

你要住多久？9月，北京的一个剧组来拍电视剧，已经订下了所有的房间。我不确定，此次为阿里而来，只要能去阿里，其他的一切随遇而安。对了，你去过阿里吗？蓝天豁达地笑着：哎呀，就是没去过阿里！所以，想做的一定要尽快去做，谁知道，命运会带给我们什么？意外来临之后，我们所有的精力都用来对付意外了，已经忘记曾经的誓言。谢谢。我接过茶杯，品茶，顺便打量整个客厅。

墙壁上挂着几幅字画：我喜欢那一幅，莫名的喜欢，有毕加索之风。蓝天依然笑着：那是我一个中央美院的朋友画的。这边这一幅，是我一个朋友半夜失眠时所写，哈哈哈。

蓝天收到一个微信，是一段视频，一段震撼人心的短片。蓝天介绍说：这是中国首部户外3D片《七十七天》，我的朋友杨柳松用77天的时间穿越羌塘无人区。不知该说什么，那漫天漫地的黄沙，那随时可遇的野狼，当那个英雄喝自己的尿时，我们在客厅里喝茶，生命多么可贵！每一天都如此可贵！这就是杨柳松……那里有他的书《北方的空地》。我郑重地点头，承诺：一定会看。许多时候，发誓，不一定用语言，肢体、内心都会散发某种誓言，原来，人是如此容易承诺，又如此容易忘记。今年，一定想办法去阿里。蓝天似是对我说，似是对自己发誓。

当我刚刚抵达尼泊尔时，蓝天真的去了阿里，她坐着轮椅到过我所到的每一处地方。在翻越卓玛拉山口时，一个顶天立地的汉子背她过去。真正体验过那个过程的人明白那意味着什么，没有体验过的人看过我的《转山》一节之后，一样明白那是一次多么艰难的穿越，而且，背着轮椅和人翻越！真朋友！真男人！许多时候，我们总是用资产的数字、事业的成功来彰显自己的真性情、真超越，实际上，有时候，就是那么简单：你能够背一个朋友过海拔近六千米的山口，能够在翻越山口时帮助一个陌生人，能够信守自己每一个承诺，能够不伤害每一个爱你的和你爱的女子，这就是真男人！真汉子！许多时候，男人总是去追求虚无缥缈的空中楼阁，却忘记自己的围城里的真实生活，男人总是让自己和女人受伤，其实，不伤害别人和自己的方法最是简单：面对与承担。

蓝天坚强地面对了自己生命中的惊天意外，承担了意外之后的无比严重的后果，将平淡的生活变成了真正的传奇。一个传奇中的传奇!

迷途中的邂逅

　　十六岁的康巴小伙子洛桑蹒跚在喜马拉雅山脊上,不知道走了多少天,还要走多少天,只知道必须得走出喜马拉雅山,走到尼泊尔,至于为什么要这样,他根本说不清楚,只觉得好玩,很神奇,仅仅是走个路就能走到另外一个国度,却根本不知道这叫偷渡以及要承担的后果。其他藏族汉子没告诉他,只说那边不一样,很好玩,至于哪里不一样,他们也说不上。正是因为一切未知,才吸引人去探索。

　　但是,已经走了二十几天,好玩变成了折磨,期待变成了恐惧。水和食物已经吃光了,刺骨的寒冷已经超越野兽,成为威胁生命的第一杀手。今早,一个年纪大的同伴没有睁开眼睛,昨晚,他还跳着锅庄舞,却倒下去再也没有起来,永远睡在喜马拉雅山。闭上眼,不再睁开,就离开了这个世界,生命究竟是简单还是复杂,神奇还是卑微?洛桑擦去脸上的泪水,半滚半爬地前行。

　　从日喀则出发的时候还有四十几个人,现在只剩下二十几个活着的人了,被警察抓回去六个,被疾病和寒冷夺走四个,被狼群逮去三个,被河水冲走两个。原本强大的狼一样的生命在大自然面前变得像羊一样脆弱。所幸,他还活着!会活着走出喜马拉雅吧?会的!会!

　　可是,他已经整整四天没吃东西了,眼前无数星光,那原本应该在天上,不在天上,就在心里,可是,此时,心中的门是关闭的,天上只有太阳,他眼前无数金星。他倒了下去。旺姆立即去扶他,却扶不动,也倒了下去。接着,倒下了一片人,实在是被饥渴、寒冷、劳累折磨得快要放弃生的意志了。此时,死亡,不再可怕,也许是解脱,是永久的温暖与幸福,那里住着慈祥而智慧的佛祖。

　　洛桑勉强抬起头,半眯着眼,他看到了另外一种光,绿色的光。两只狼在猎杀两只野鹿。洛桑眼中有光了,他用特有的信号告诉同伴既有危险又有希望。二十几个藏族汉子都有了光,一跃而起,用声音、号叫、舞蹈与光亮吓跑了狼,烤熟了野鹿。生命,有时如此依赖食物,吃饱喝足(鹿血)之后,整个喜马拉雅山都有了光,前方有一个光的国度,于他们而言,那意味着生的希望。却不知道,他们放弃了真正的光,走向了黑洞。

　　十年后的加都满都,泰米尔流光溢彩的夜晚,洛桑站在酒吧二楼的栏杆旁远眺着回不去的家乡,心中酸楚至极,那里有他想念的阿爸阿妈,何时才能回到他们的身旁?每个人躁动不安的青春总会留下若干磅礴的遗憾与美丽的感伤，而他的遗憾却一生难以弥补。他看到，看到一个孤独的女孩背着一个孤独的背包孤独地走在街头。看不清她的脸庞，只感觉她周身笼罩着一股激情而智慧的强大气场，那气场包裹着她所有的愿望，彰显着她所有的坚强，提供着她所有的能量。嘿，美丽的姑娘，可否上来一坐？女孩仰头一瞥，恰巧看到了他的眼睛。旅人不同于寻常人，有一种独特的心境和穿透力，在大漠偶遇，在街头邂逅，一抬眼就能彼此沟通。他们临窗小坐，然后，他讲述了上面的故事。

　　你！徒步整个喜马拉雅山？从西藏到尼泊尔？是的，整整45天！哎呀，那个过程，一生难忘。告诉我！也不知道该从哪里说起，很艰苦，死了好多人……他一仰脖儿干了一杯白酒，又倒上一杯：我也差点死在那里。干吗不坐车？哎呀，我哪里知道？太小了嘛，觉得好玩，现在想回也回不去了。你的英文在哪里学的？印度。这大大超出我的认知范围：你啥都没有——护照、钱，就可以到印度？因为我是藏族人，被送到达赖在印度开的学校学习佛教和英语，免费的，学了六年，又回到尼泊尔。我的故事长着呢！我就喜欢故事，越长越好！这个心花怒放啊：讲给我听嘛！许多已经忘记，忘不掉的又不敢去想……命运这个东西，都是固定的，谁也改不了。就像你上一秒在做什么，我在做什么，为什么我们刚巧在那一瞬间遇到……

　　我淡然一笑，将头转向窗外，遥看加都的夜晚，似乎，远远地，能看到喜马拉雅山。跟我谈命运，他既找对了人，也找错了人。命运，在我这里，只是一个名词；在他那里，却是定数。折中一下吧，我用薯条蘸了一下芝士酸奶（洛桑的创意，非常独特！）：命系天定，运可以人为！那是不可能的，所有的一切都是命里注定的。我笑而不答。曾经信过宿命论，但没带给我什么好处，自从接触了存在主义、超人哲学、理性辩证法、吸引力法则之后，我积极寻觅、重建和创造，扭转了命运的罗盘之后，切实相信：除了极端情况之下，命运完全可以由自我掌管。但，没必要告诉他，那有悖于他的信仰。信仰根深蒂固于信徒头脑中的思想，一时半会儿，难以更正。更何况，他的思想，不会伤害他人，伤害世界，只影响他自己的自由意志和理性抉择。

　　你想回西藏吗？当然想啦，只是……我想阿妈、阿爸，想我的小妹妹，她现在也长成大姑娘了。想回家而不能，无法感同身受，是否类似于想回青春而不能？后者还可以在心态上取胜，他怎样在政治上取胜？

　　洛桑，感谢上天让我遇到你，感谢你的故事。时间不早了，我该回去了。还早呢！我们去蹦迪吧。下次。还有下次吗？呃……时间确实有点紧张，还有两天，我就要离开。如果明晚有时间，我会来找你。加我微信，好吗？好。即使我们不再相见，还可以一直相联。不要走,可以吗?这个刚强的汉子瞬间变得柔情,我似乎看到那个十六岁的洛桑抱着同伴僵硬的身体,哭着、摇着、喊着:不要走!所有的一切都会走,包括自己……有缘自会相见,一切都是命中注定,不是吗?以彼之矛戳彼之盾是我最拿手的好戏。洛桑果然无力反驳:一定加我!一定保持联系!一定!

离开尼泊尔之前,果然没有机缘再见他,倒数第二个夜晚,在喜马拉雅山脚下赏月,最后一个夜晚,在巴德岗的屋顶教我斗风筝的朋友来加都送我。回到深圳,才加他微信——答应别人的事,必须做到。洛桑屡次邀请我重返尼泊尔,我一边转着地球仪,一边流着口水看着欧洲、美洲、大洋洲和南极洲:整个世界等着我去探索,时间有限,要把有限的时间投入到无限的探索和创造之中!

浓情斯里兰卡

斯里兰卡的早晨是从一杯红茶开始的。

科伦坡许多旅馆的大厅有免费使用的立顿茶包和糖,自己烧水、泡茶,我买来一盒鲜牛奶,自制皇家奶茶。

在斯里兰卡,喝斯里兰卡红茶,怎么喝都是美的。当年的英国殖民者,本想将斯里兰卡变成又一个咖啡产地,没想到,意外的一场灾难毁了几乎全部咖啡树之后,绿色的茶树便盛开在整个锡兰,成就了锡兰红茶的世界美名。

无论是前国名 Ceylon(惜兰或者锡兰),还是现国名 Sri Lanka,译成中文,都过目不忘,而且念念不忘。一直很想给自己弄一个汉字组合又柔美又有意境又简洁又直抵心窝的名字,努力了十几年,最终宣布放弃。斯里兰卡真不错……

在斯里兰卡,如果每天不喝几次红茶,便觉得辜负了韶华,就连上火车,也要带着红茶包。为了携带大批红茶回国,特意在

斯里兰卡的浓郁一如其红茶的色泽:血如残阳。

尼甘布买了一个大牛皮包，一路辗转到努瓦勒埃利耶，信誓旦旦将其填满。在努瓦勒埃利耶入住的家庭旅馆，一定要提供免费红茶才行。行李还没放下，便让老板沏一壶红茶，这可是地道的高山锡兰茶，享誉世界的四大红茶之一。

比起高温的科伦坡，这里是冷的，科伦坡的旅馆没有任何遮盖，这里的床上却铺着厚厚的被子，被子上面有毛毯，还有热水洗浴。收拾完毕，穿着裙子、满头卷发的老板（不努力分辨，还真看不出性别）端来一套英式茶具，一见那阔口细嘴的优雅气度，立即喜笑颜开，温暖而亲切，倒上一杯，看着艳若残阳的色泽，先就醉了。披荆斩棘地流落此处，都是为了她呀！

茶叶最能彰显茶叶的品质，茶包只是便于冲泡和携带。茶汤醇润，入口微苦，回甘郁甜，香味清芬，布满口腔，红茶汤汁流入身体后，立即带来温暖，抵御着清冷的温度，幸福在身边蔓延。加入牛奶和白砂糖，别是一番滋味在舌尖儿。喜欢红茶海纳百川的品性和变幻无穷的能力，在红茶中加入柠檬、生姜、威士忌、伏特加或者冰块，都会摇身一变，成为一杯诱人的特饮，供奉着善变的人们的味蕾。

入住的旅馆是主人家的小别墅。

国人喜饮一成不变的绿茶，饮祁红、滇红也是工夫茶而已，不喜英式红茶的花红柳绿、千娇百媚，总觉得不定性、不易管理。但，世界是瞬息万变的，人性是容易厌倦的，英式红茶，彰显并适应了这种风格。

在阴雨连绵的黄昏，与来时公交车上相遇的两个成都男孩小毛、小马一起包车去 Mackwood 茶厂。他们明天下午就要回成都。去茶厂的道路与高山之国尼泊尔类似，蜿蜒曲折，九转回肠。路边是绿油油的茶园，绿莹莹的茶树，因为阴天雨雾，反而让它们若隐若现、神秘莫测。远远地，看到一些白色的英文字母嵌入绿色的茶海中央：Mackwood，感觉很像 Hollywood。

在高、大、上的接待室里品饮了特别新鲜而正宗的红茶之后，讲解员带领我们走到外面的茶园讲解采茶、制茶的过程。用只有斯里兰卡人才能说得出和听得懂的英文,我是一句没听懂。好在,我身边有两位神人,可以同声翻译:她说这些茶树已经有五十年了。天哪!五十年!怎么看起来如此年轻和碧绿。人若如茶,该多好啊!

我一向阳光正面,但在那一瞬间竟然把人类社会存在的各种危险罗列了一遍:它们有没有遇到地震、冰雹、海啸、飓风什么的?火山爆发有没有?小毛委屈地:你这是考验我的英语的哪一部分能力啊!我十分认真地说:能够听懂她、也让她听懂的能力。他们是来考托福的,要去美国留学,这点单词岂能难倒他?没有,什么都没有过。他们每周都采一次茶,茶树每六天就长齐一次,每年生产约 25 万吨茶叶。如此旺盛的生命力,使得锡兰红茶成为世界红茶市场的佼佼者。

🄾 努瓦勒埃利耶成片成片的茶园。采茶女一天只有一千卢比。

讲解员带领我们进入烘干车间,很清凉,一个巨大的长方形的大厅,空气中蔓延着红茶的香气,而且是积聚了半个世纪的味道。巨大的叶轮一直在飞转着,无数绿叶等着烘干,一次可以烘 2000 斤,需要 14 小时,然后便只剩下一半的重量。氧化车间很闷热,烘干后的茶叶在这里分离、切割、氧化、滤去杂质,分装往世界各地。讲解员拿出装在巨大的袋子中的茶叶,让我们查看叶子的形态和等级,常见的有四种:

OP：Orange Pekoe，通常指的是叶片较长而完整的茶叶。适合中国人的口味，适饮清茶。

BOP：Broken Orange Pekoe，顾名思义，较细碎的 OP。滋味较浓重，一般适合用来冲泡奶茶。比如做英式下午茶。

FOP：Flowery Orange Pekoe，含有较多芽叶的红茶。

CTC：Crush Tear Curl，在经过萎凋、揉捻后，利用特殊的机器将茶叶碾碎（Crush）、撕裂（Tear）、卷（Curl），使成极小的颗粒状，方便在极短的时间内冲泡出茶汁，所以常常用作制造茶包使用。比如办公一族常用的立顿红茶。

汤姆斯·立顿的雕像立在努瓦勒埃利耶的显眼之处，这个被英国女王授予爵位的"世界红茶之王"，出生在一个贫穷的英格兰家庭，却创立了世界闻名的饮茶方式。19 世纪末，锡兰红茶是英国上流社会非常钟情的饮料，售价高昂，很难买到。立顿来锡兰旅行时，发现了最适合茶叶生长的茶园，于是大量购买下来开始种植、加工红茶，口号是："从茶园直接进入茶壶的好茶"（Direct from tea garden to the tea pot）。

红茶在英国的地位是这样的："当时钟敲响四下时，世上的一切瞬间为茶而停留。"即使天要塌下来，也得等英国人喝完了下午茶再塌。英式下午茶的"诞生"缘于一位公爵夫人，18 世纪的英国人一天只吃早点和晚餐，贵族一般在晚上 8 点后才用晚膳。公爵夫人便在下午四五点钟，命女仆备一壶茶、几片烤面包、奶油和点心以果腹。此后，每天下午四点广邀三五知己，一同品啜用上等瓷质餐具盛装的香醇好茶，配以精致的三明治和小蛋糕，同享轻松惬意的午后时光。意外地成了上流社会的流行风尚，名流、名媛趋之若鹜，俨然形成一种优雅自在的下午茶文化，成为正统的"英国红茶文化"。"维多利亚下午茶"有非常严格的要求：

a. 下午四点钟。

b. 男士着燕尾服，女士着长袍。现在每年 5 月，英国女王都要在白金汉宫举办花园派对，送上一席传统的"下午茶"。男性来宾仍着燕尾服、戴高帽及手持雨伞；女性则穿洋装，且要戴帽子。一次要吃喝 2.7 万杯茶、2 万个三明治和蛋糕，服务人员大约有 400 人。

c. 一般来讲，下午茶的专用茶为祁门红茶、伯爵茶和锡兰红茶，若是喝奶茶，则是先加牛奶再加茶。

d. 正统的英式下午茶点是用三层点心瓷盘装盛，下层放三明治，中层放英式松饼，上层放蛋糕及水果塔。吃的时候讲究由下及上、由咸而甜的顺序。

e. 品赏精致的上等茶器。一套完备的英式下午茶，必须配备的器皿：陶瓷茶壶、杯具组、糖罐、奶盅、七英寸个人点心盘、点心架、放茶渣的小碗，皆为白底描花瓷器。茶壶加热器、茶叶滤匙及放过滤器的小碟子、茶匙、奶油刀、蛋糕叉以及两层或三层点心架，都必须是擦得锃亮的银器。瓷器发明于中国，英国人则发明了在陶瓷中加入动物骨粉，于是，全世界人一享用英式下午茶，必要配备最正统的英国产骨瓷茶具——Bone China。

精致的斯里兰卡高山茶园小镇——努瓦勒埃利耶。

今天仍用传统下午茶待客的有英国女王、英国贵族和大型酒店。欧洲的基本原则是女主人倒茶，绝不让仆人倒茶，因为茶和葡萄酒一样，都被视为一种重要的东西。

深受"文化沙龙"影响的英国贵族的字典里，下午茶是要请最好的朋友，用最好的茶叶，最好的瓷器，在最好的房间，谈论最恰当的话题。其实与英国有关的一切一如人们最熟悉的英国红茶，浓郁而深沉，犹如一位风度翩翩又魅力不凡、保守传统又矜持幽默的英国绅士。

锡兰红茶通过英国传入香港后，发展成具香港地道特色的饮料：丝袜奶茶及港式鸳鸯。中国内地最早品饮英式下午茶的城市是最欧化的上海，开始于20世纪初期。

至于我，爱上英式红茶是因为在杭州学会喝绿茶之后，看了一些茶书，其中有一本一个日本红茶商人所写的红茶书，立即爱上红茶的色泽与变幻多端，学着喝英式红茶，并且开始买各种英式红茶具和茶点。杭州阴冷潮湿的冬天，我的暖气便是英式红茶。当时，在杭州的南山路，有一家极其正宗的英式红茶店，从装修到茶具呈现的是地地道道的维多利亚风格，自然价格不菲，虽然手头拮据，仍然被吸引前来。最终，被吸引至红茶之国，亲见红茶生产的过程。红茶如人生，丰富而无常，要慢慢品尝。

尼泊尔人的幸福生活

在尼泊尔晃荡大半个月，见过了无数平民之后，一直在想，尼泊尔的有钱人过着怎样的生活，他们的钱从何而来？一个山的王国，种点地，仅够吃饭，养点牲口，献给宰牲节杀了。商业根本谈不上，服务业，Oh my God！那真要侮辱这个词儿了，任何一个厨子和服务员在中国是找不到工作的，个把小时才能做好饭菜，会让老板赔得血本无归。在 Wine Bar，叫一个服务员买单，他一个小时之后过来了。在博卡拉，四个人吃西餐，AA 制，让一个服务员计算各自的餐费及服务费，他算了半个多小时！哎哟，本来可以五分钟做完的事情，就这，还敢收 13% 的服务费，他都服务什么了！在喜马拉雅山顶，100 美金的房间，让服务员多加条毛毯，我都退房了，他还没送来！旅游业，好像就靠旅游业了，可食品、商品、旅馆又便宜得很。我忧心忡忡，人家幸福满满，见天儿地插科打诨、晒太阳，用噶古中文说"你好吗""进来看一下下"，悠闲地敬神拜佛，在神庙上呆坐，一坐大半天。过个节，能过十天半个月，全民放假！

是的，他们的"幸福指数"——我认为是休闲指数——很高。是真的幸福，还是处于

📷 尼泊尔人的懒散生活。

自闭落后状态中的自我满足，未见过世面、不了解世界的傻吃、傻喝、傻睡？就像中国人三五十年前的状态，鉴于举国上下一个生活水准，一种头型，一种服装色彩，城市人仅仅有班上、不用种地、烧炉子，并无太大区别，也就不用奋斗和创造了，是幸福还是麻痹？那为什么没有理智和分辨能力，无论对错，上面说什么就做什么……2001年的中国关注的是：北京申奥成功，加入WTO，上海召开APEC会议，中国男足世界杯出线，尼泊尔王储却持枪射杀了包括亲生父母在内的八位王室成员，据说仅仅因为父母反对他的婚事，震惊世界的王室血案改变了整个尼泊尔的命运。是真幸福，还是大愚昧？

我认为，真正的幸福是理性的幸福，是智慧的幸福，是在了解人性、世界和自己之后，淡泊名利，坚守自己的内心，创造心中想要的生活，进而造福亲友乃至更多人；是苦尽甘来、峰回路转、明心见性之后，觉得喝白水都知足，吹着夏日的凉风、晒着冬日暖阳的大幸福、真幸福。理性就不会随波逐流，智慧就不会欲望冗长，感恩就不会伤害他人，知足就不会物欲横流。

我明白OMEGA、COACH是高贵的，也会买一两个，但不为其所累，在能买得起的时候买，买不起的时候不流口水，能买得起、用不上的时候依然不买。我明白几克拉的钻戒是闪光的，复式、别墅是舒服的，但更坚信心的舒服才是真正的舒服。我也知道兰博基尼是多么魅惑人心，每次看到，都要围着转几圈，既感慨它的奇特，又感慨它的价格，拍一张，然后继续走自己的路——只是路边的一辆车而已，绝不把得到它当作奋斗目标，有就有，没有就没有，我一样是我，而且，自始至终都明白：这些根本不能为人类带来幸

这样坐车都会觉得幸福，虽然看上去总要捏一把汗。对于这些人类，安全感原来不是最重要的。

福感（与人PK时是有虚荣感和虚无感，感觉瞬间消逝之后呢？）。幸福是一种美好的感受，不需要与他人比较，幸福依赖于美好的心灵和高尚的理性所带来的感受幸福的能力，与拥有多少财富、名牌毫无关系。

放完风筝，从隔壁邻居家的楼顶上下来，准备背包回加德满都，门前又是成群结队的平民轰轰烈烈地经过，却与以往不同，人群中有荷枪实弹的军人，后面一辆豪华越野车，军人和百姓簇拥着一位戴着大大的花环的男人，一看就是大人物——那贵族的派头，政治家的气场，军人的护卫及百姓的拥戴。问旅馆老板，他大致意思说这是尼泊尔的什么主席，相当于中国总理的级别。跟着人群过去，看他会干什么，有什么精彩言论。大人物被簇拥到一个简陋的台子上——像中国农村自建的戏台——坐下，有人主持，有人讲话，然后是掌声，在掌声中他起身，为身边的人发放花环，双手合十。看到军人没有阻止看客拍照，我就拍了几张，觉得无趣，不如在楼顶上放风筝，也不如回加都同驴友们会合去饕餮，就溜了。让自己的国家尘土飞扬、发展落后，真是大人物！

相处多日的驴友们要分道扬镳、各奔旅程，晚上到酒吧喝酒。结识了一个尼泊尔人，他说他有个朋友可以帮助我办理印度签证，明天晚上请我吃饭时详谈。

第二天傍晚五点，在泰山宾馆门口等他。他说他就在门口，而我也在门口，里里外外转了两圈儿，只有门卫、游客、商家，还有一辆车。他摇下车窗，一身西装。哇，还真是让我大吃一惊，在尼泊尔，能有一辆摩托车就不得了。这是个有钱人，刚好，可以了解他们的生存及思维方式。

尼泊尔朋友问我是吃 Japanese food、Indian food or French food，我说随便，是真的随便，因为选项中没有 Nepal food，那让我吃到快绝食的地步，已经衣带渐宽了，却不是因为真爱或理想，而是因为饭菜太难吃。

他开车离开泰米尔，去城郊。在加德满都的一月里，从没出过泰米尔，实在没有想法，外面更脏，灰尘满天飞。车子开进一幢普通的小区，夜色中，看不太清，没看到幌子，倒像人家。上了二楼，是一家地道的日本料理餐厅，才坐下，大人物与另外一个男人热情地打招呼，说是昨晚一起跳舞的朋友，斜眼偷偷打量，他换了身行头，真没看出来。

大人物递给我菜单，不过是三文鱼和寿司，唯一吸引眼球的是价格，这在尼泊尔是上等消费、高昂的享受，一份寿司要三千多卢比，一份三文鱼合人民币 100 多块。大人物说这里的食物都是从日本空运过来的，但是品尝起来，口感不如深圳高档超市里售卖的三文鱼，芥末偏淡、没有辣味，放了好多，放得大人物心惊肉跳，你喜欢芥末？不……是的，很喜欢……

看着他的车钥匙：很久没有开车了。你也有车？中国人买车跟买自行车差不多，只是苦于道路不够用、停车位不够多，而红灯又太多。他用 iPhone5 为我展示了他的两家公司、三家旅馆,在Booking.com中有其中一家高档宾馆的预订,我淡淡地告诉他我也差不多,他的神情立即有所不同。但我深知,在尼泊尔,他是个的的确确的一流大Boss,而在中国,我只是亿万个大Boss中最小的Boss。转念一想,他赚的是卢比,我赚的是人民币,立即不用自卑了。

饭后,大Boss驱车回泰米尔,一起泡吧,大Boss点了杯洋酒,为我点了杯威士忌。No, I don't like Whiskey. But, that night……Because……丢人的事实总要现眼:洋酒中我只会那一个单词,麻烦你帮我推荐一下别的吧。他哈哈大笑,点了杯加了薄荷的冰饮。清润的薄荷叶漂浮在橙红色的冰水中,色、香、味俱全,还没喝过。Wov, it's very nice!

喝完这一杯,他说带我去看看尼泊尔人泡的本地吧,打了人力车,驶出泰米尔,在边际处停下。一进去,我们就成了众矢之的,他的西装革履、我的异国风情都与当地风格格格不入,整个吧像……20世纪80年代农村的戏院,顾客穿得与泰米尔街上遇到的平民是一样的,台上表演的人的戏服也是穿了许多年的,吧里有一股浓浓的尼泊尔的味道,所有人都盯着我们看。大Boss问我感觉怎么样,立即摇头。于是,人力车又送我们到了一幢房子面前。大Boss一进去,就有侍者热情地招呼,他给了一百卢比的小费,侍者殷勤地打开电梯门:哇噢,泰米尔还有电梯啊!在尼泊尔住的一个月中,这是唯一一次见到电梯,也就四楼,门开后,一个金碧辉煌的世界,似是来到了中东,这是迪拜吧。大Boss提议去蹦迪,我则引导大他讲他的人生故事。

大Boss出生在距离加德满都十几公里的地方,小时候,家里很穷,他

尼泊尔的苦行僧,喜欢把自己弄得鲜艳欲滴。脸上画着各色条纹,据说是代表不同的教派。一生只洗两次澡(出生和死后各洗一次)。苦行僧把身体看作是罪孽的载体,希望通过折磨身体、把物质需求降到最低来获得心灵的解脱,得到神的庇护,从而摆脱无尽的轮回之苦。

十六岁就到加都来打工，十年之后，兑下一个旅馆，再十年之后，创建了现有的一切。妻子领着女儿去美国旅行，问及他是否有一定要生儿子继承家业的想法，他灿然一笑：No。问及他未来的目标，政治，他说，他想成为议员，改变尼泊尔落后的现状。一提及现实，他变得有些沉重：我去过许多国家，包括发达的国家和城市：新加坡、中国香港、日本……我们的国家非常落后，亟须改变，需要有热血、有责任感的政治人物去改变。太棒了！首先要治理肮脏的现状，我已经快无法忍受了，你怎么忍受得了这么久？他尴尬地表示遗憾。首先，要先修路，治理环境；然后，重视国民教育；再次，发展商业、旅游业、服务业（工业还是算了吧，尼泊尔人懒惰、反应迟钝，做出来的产品十有八九达不了标）。他兴奋地说：我也是这么想的！你真厉害！这哪是我厉害！三十年前，中国就是这么发展起来的，那些口号我不会翻译：要想富，先修路；少生孩子，多种树；大力发展第三产业；知识就是生产力……但真理是可以拨云见雾简练传达的。

大Boss说：我了解中国的改革开放，读过许多此类书籍，还有《毛泽东传》。尼泊尔也需要一个像中国一样的发展历程。我说：是的。但尼泊尔有自己的国情和特点，你要酌情考虑。中国地大物博、资源丰厚，是不一样的。大Boss说：你们的习主席上台之后，又不一样了！是不一样，中国就应该越来越好，政治家也越来越亲民。大Boss举杯敬我，是真正的尊敬，他原本想找个酒吧美女来一场随心的"艳遇"，没想到遇到一个"外交家"，进行了一场国际时事讨论！大Boss竟然还知道主席夫人在中国百姓的心目中地位很高，我倒对他刮目相看了：Yes, She used to be a famous singer. She is now a chairman madam.（是的，她过去是一位著名歌唱家，现在是主席夫人。）She is wise and gentle, amiable, on behalf of our nation and national style.（她是智慧的、平和的、平易近人的，代表我们的百姓和国家风格。）问及成为议员需要什么条件。Money and success（钱和成功）！我举杯敬他：I hope you will realize your ideal!（希望你早日实现理想）Kumar, you will be my friend for ever。（你永远是我的朋友）I'll remember you。（我永远会记得你）Me too. You are a wise and beautiful Lady。（我也是，你是一个智慧而美丽的女人。）

为了感谢他，第二天，我在他那里订购了500美金的回国机票。他为了回谢我，定了纳加阔特山顶最昂贵的宾馆，期望Kumar早日实现他的政治抱负！希望他能够早日让尼泊尔人过上真正幸福的生活！

我承诺过他，当他实现他的政治理想的时候，我一定再回尼泊尔！敬重全世界有理想、并切实为理想而奋斗的人！

找寻生命本源的快乐

追风筝的人

盘坐在深圳二十一层的飘窗上，遥望着远处高楼大厦的楼顶，离天空越近，就离自然越遥远。第一高楼京基一百根本没有屋顶——椭圆形的建筑，屋顶是一条直线。地王大厦屋顶有两根长长的避雷针。我所在的楼顶是像金茂大厦一样的皇冠，鳞次栉比，呈金字塔形盘旋上升。生活在都市中的人们，哪里会知道，屋顶带来的快乐。在拉萨的屋顶，可以看到布达拉宫，恍惚间，可以抛却人间所有愁怨，就想望着它，只是望着，就很幸福。

在尼泊尔巴克塔普尔的屋顶，隔壁的尼泊尔妇女正在楼顶晾衣服，几个孩子在楼顶上放风筝，成片成片砖红色的建筑鳞次栉比地排列着，屹立了几个世纪的尼亚塔波拉庙映入眼帘，远处的绿色的树木及连绵不断的喜马拉雅山脉尽在视线之中。坐在楼顶，就不愿意下去，看着日落，看着天黑，看着月牙儿升起，看着星辰渐密，看着时光悄悄流逝，看着一天从身边溜走。看着看着，渐渐忘记了自己，忘记了一切，只有天地，只有空。

每一天，尤其是清晨与黄昏，一定会站在屋顶看山、看天空、看历史、看人烟，看整个巴克塔普尔。看高楼大厦，想到的是房子好贵，房贷好高，压力好大；看自然与黄昏，感受的是自己

看着看着，渐渐忘记了自己，忘记了一切，只有天地，只有空。

好渺小,生活好美妙,时间易逝,莫等闲,白了少年头。才发觉,不去远游的都市人除了高楼大厦、车水马龙,没见过别的,除了被物质束缚了腰身,没尝试过转山、露宿湖边、夜半看星云密布的天然滋味。

尼泊尔巴德岗的杜巴广场。

离开的前一天,再上屋顶,坐了半晌,看到旁边的楼顶上有许多人在放风筝,好奇地站起来看了好一会儿,看那在蓝天上飞翔的风筝,忽高忽低,忽隐忽现,究竟是人在控制风筝,还是风筝在控制人?我看他们,他们看我。我拍他们,他们拍我,究竟,谁是谁的风景,谁是谁的模特?他们好奇着我的好奇,观赏着我的观赏,双方伸手致意,伸手变成了招手,热烈地邀请我过去,仿佛我只是一个邻家女孩。我本来是去看风景,结果却成了别人的风景;本来是一个客人,却变成了主人;本来是旅行,却变成了人生。

看了看连接旅馆的楼群,想象中像一个武林高手一样飞檐走壁,倏忽间飞到他们面前,想了想,还是作罢。他们做着手势,先下楼,再上楼。Which one(哪一幢)?Just downstairs(下楼就好)!Ok! 当我下到一楼时,一个十岁左右的男孩已经在等我,一看到我,就飞奔出去。我跟随他拐到一条小路,从一个很窄的门走进去,然后上了一道很窄、很陡、很古老的楼梯,陡到疑心孩子和老人该如何上下,我需要低下头,才能拐上另一道楼梯,楼梯右边分别是厨房、卧室、客厅,可那分明很像……羊圈。拐了三道弯,来到楼顶,一一和大家打招呼,七八个人:四个人在玩扑克,满地的卢比,三个人加上两个小人儿在放风筝。每个人的额头上都点了寓意吉祥和节日氛围的红点,点得并不均匀,似是随性一抹。

寒暄之后,看他们放风筝。一个帅气的大男孩,拿着一个大大的线轴,遥控着风筝,卷几下,放几下,停住了。What are you waiting for(你在等什么)? Wind(风)! I'm waiting for the wind(等风来)。It need wind(风筝需要风)

等风来，在喜马拉雅山脚下。在巴克塔普尔的屋顶。

我踩踩用铁皮铺就的简陋的屋顶，他说没问题，很结实。我不好意思地笑笑。

Wind! It's coming（风来了）！Nezor 迅速放线，远处的风筝开足马力，扶摇直上，当真是好风凭借力，送我上青云！风筝迅速缠绕着另一个，Nezor 紧张地摇动着线轴，左右拉扯着，只见到一只风筝摇摇欲坠，最终还是跌落云端，落入谷底。众人一齐鼓掌。Nezor 笑着看着我：I win（我赢了）！Wow。其实，我根本没看出来。

Do you want try？ May I？ But I can't play. I will teach you! 他教我放风筝，我拿着线轴，卖力地操纵着，看似收放自如，却是乱放乱收。风筝卡在对面屋顶的栏杆上，男主人呵呵笑着，不紧不慢地走出来，慢条斯理地把风筝取下来，送上天空，一阵风来，风筝飘摇而上。You are too smart! Thank……说了一半，却见风筝一头栽下云端，落向未知的角落。众人哈哈大笑。You lose! 什么都没看出来，风筝就被剪断了，而且不知对手是谁，是如何做到的。我甚至都不知道自己输了！不知道该不该沮丧，Nezor 一边缠绕上另一只风筝，一边轻描淡写：Never mind. Sometimes, we will win, Sometimes, we will lose. It's life! 我微笑着，表示认可（还是不要点头摇头，到底没弄清楚是不是相反的），有时候，朴素的生活中会诞生朴素的道理。

Do you want to eat something（你想吃点什么吗）？ No, thanks! 但是姐姐已经端来香喷喷的奶茶，妈妈端上来一个托盘，盘子里放了好几样食物。This is our food. We eat every day（这是我们的家常食物）。This is ……他热情地介绍着，但我的英语词库中可没有储存这些单词：咖喱土豆、干麦片和大米，几种不知是什么肉的黑糊糊的烤肉，我象征性地吃了几粒米，只说自己刚刚吃过。玩了一会儿，Nezor 饿了，很快把它们吃光了。他已经 26 岁了，却像个孩子一样，饿了就吃，吃饱了就玩，玩累了再吃。他的哥哥 32 岁，有三个孩子，与孩子们在屋顶斗风筝，面相单纯而恬静。

这是尼泊尔人的一天！或许是一生！可以这样过！真想做只风筝，飞翔在单纯的喜马拉雅的天空。

直玩到夕阳西下，才依依不舍地离去。一边下着低矮的碰头的楼梯，一边遗憾：为什么缘分开始于离别之际？不然，这八天，也不会百无聊赖，没准儿，还会成为斗风筝的高手。

第二天早晨，给 Nezor 电话，却是关机。而我根本找不到他哥哥家，房子大同小异，那道门窄得似乎不存在。回到 Hotel，点了早餐，想去外面小店买袋鲜牛奶，没走几步，有人呼唤我：Sunny! 惊奇地发现是昨天一起放风筝的孩子，他竟然记得我的名字！I call Nezor, but his phone is off。Come with me。孩子带我又穿过了一条小巷子，又进入一道窄门，又拐了一个小弯，站在一栋小楼前。Nezor，孩子在下面大声疾呼：Sunny is coming! 楼上传来几句尼泊尔话。他说：He is just get up。You can upstairs!

不知这些独具特色的尼泊尔风格建筑在2015年发生的八级地震中是否有幸得以保留，祈福尼泊尔！同时感慨：有花堪折直须折，莫待无花空折枝。

　　一样狭窄的楼梯，房间里也仅有一张床、简陋的柜子，电视里放着印度电影，却一会儿清晰，一会儿模糊，纯英文对白，没有字幕。难怪这里的孩子和老人都会讲英文。孩子换着台，央视新闻出现，熟悉的中国播音员却说着尼泊尔话，令人忍俊不禁，内容是十一期间天安门游客们每天留下的成吨的垃圾。Nezor不好意思地下楼，没料到我会来做客。我说请他一起去用早餐，他婉拒了。说话间，美丽的姐姐已经端来了热气腾腾的奶茶和一碟饼干。Our breakfast。Wow! 我真诚地说：这是我在尼泊尔喝到的最好喝的奶茶！这是真的，家里的饭总是温暖的，家里的茶总是馨香的，不管好不好吃。Your sister is so beautiful! Yeah, thank you。She has married, that boy is her son。Oh, my God! 他姐姐像一个20岁出头的女子，不只因为漂亮，还有少女般的羞涩，她的大儿子却已经8岁了。

等待 Nezor 洗漱的时刻，叫上鸽子和云一起去买了好几只风筝，以补偿昨日被剪断的那只。尼泊尔的风筝很便宜，制作相当简单，不过一个十字架的骨干，粘了一块花纸，售价 20 卢比，才一块多人民币，有一只风筝 100 卢比，我很喜欢，便买下来。路遇一个卖充气玩具的二八大自行车，想给 Nezor 的外甥、侄子们买几个玩具。我们挑选时，一个三四岁的小女孩用一双清澈如水的大眼睛肯求我给买一个，她妈妈就站在旁边。

我有点小纠结，知道这样是不好的，可是，那雪山一样的眼睛一直盯着我看，我的无奈的大眼睛瞄向鸽子，她也很为难。好吧，我选了一个适合她的娃娃，送给她，没有送她想要的那个，意图是告诉她，不是你想要的别人都会给你，别人给你的也未必是你想要的，但你要安静地接纳。我要听到她说"Thank you！"她的妈妈想再索要一个，No, Just one! May you happy!（只能有一个，祝你们幸福）！这些玩具真的很便宜，但养成她们不劳而获甚至乞讨的习惯，昂贵的代价。在我们与人交往时，能够带给别人什么？是能够轻而易举用钱购买的物品，还是知识、道理、快乐、人生态度、爱……

嘻嘻哈哈地搂着玩具和风筝，随 Nezor 一起又上窄梯，这次不是独上高楼，一听到能够到当地人家做客，放风筝，两位同伴立即放弃一切计划，随之而来。这样的楼梯对于内蒙古姑娘鸽子来说挑战更大，她往那里一站，头就已经到了楼梯顶，身躯已经塞满整个楼梯，还好，没卡住。Nezor 昨天穿的是件黑色背心，露着胳膊上的刺青，今天穿了件红色衬衫、一条牛仔裤和白色的球鞋，文气了许多。仍然有几个男人在玩扑克，几个男人在发呆，几个男人在放风筝。

我熟练地放飞风筝，看着它越飘越高越开心，就像母亲看着孩子越走越远却越来越好一样开心。Put away! Let it go! Nezor 指挥着我。突然，这只最漂亮的风筝似乎被缠住了，Nezor 赶快接过来，拼命拽着，直到风筝又自由飘荡。一阵欢呼，他成功地弄断了别人的风筝。不一会儿，远处的屋顶一阵欢呼，我们的风筝被剪断了。而我根本还分辨不出危险何来，孰赢孰败。一个妇女端着托盘上了屋顶，她微笑着：Namaste（尼泊尔人的问候语：你好）！递给每人一杯奶茶。Nice to meet you! 然后热情地与我们合影。

天色已晚，我们需要赶回加都，便告别了尼泊尔朋友。

多少人尤其女人总是选择去做风筝，欣欣然地把线交到男人手里，你确定，男人一生只想放飞你一只风筝吗？你知道放手是多么容易，想要重拾自己，是多么困难。无论何时，都要做放风筝的人，不要做风筝啊！风筝看似自由自在，翱翔天空，却是假象，如果突来一阵狂风，便不知去向，或者突然挂到树尖儿上、高楼顶上，连主人都够不到，他所做的不是竭尽全力去把你弄下来，而是轻而易举地再买一个风筝。有时，你飞得太高，太美，其他的风筝会嫉妒你，想方设法把你剪断，那就更是进入悲惨世界了，想东山再起已无可能。因为你是风筝，不是放风筝的人，你的命运把握在别人手里。Maybe，你会被别的主人捡到，他会让你复飞，但前提是你还可以飞！你瞧，即使你交出自由，交出命运，其实，最终，在某些人生的转折关头，能够决定我们命运的却是自己，唯有自己！

后记：临走之前，Nezor 承诺一定会到加都看我。之后的几天，我们一直用尼泊尔式微信——Viber 联络，得知我第二天一早要走，他晚上七点开着摩托车到加都来送我。本来刚好用完尼泊尔手机卡，但为了联系他，特意充值100。在成都饭店门口找到他后，带他去中华面馆吃中餐。他问放在碗上的两根棍是什么！又问怎么用。这可真不是一时半会儿能学得会的！那就用叉子吧。我把烤羊肉和烤羊腰用筷子撸下来，看着他用叉子叉着烤羊肉串儿吃，心里真不是滋味儿。他又去叉花生，我觉得头疼：你可以用勺子……他恍然大悟，用勺子去舀花生……可叹，我又点了手工面。两个人望着面大眼瞪小眼：这可怎么办？学孙悟空吧，虽然他不认识。我用叉子卷着面条，多绕了几圈，递给他。他已经崩溃了：中国的食物这么复杂，中国的餐具也太独特了吧。我也懊悔不迭，没吃过这么蹩脚的饭。本来想带他尝鲜儿，却让我尝到了另一种鲜：我们司空见惯的一切在某些人面前却变成了不可思议的挑战，一双筷子横亘在中西文化之间，外国人吃中餐简直就像重新投胎！

10点钟，他骑在摩托车上，作别。是永别吗？再见，朋友！某年某月某日，也许，我会到巴德塔普尔的楼顶找你，陪你和你的孩子一起放风筝。也许，这只是想象中的画面……唯愿你好！I wish you happiness for ever!

南半球的天空

新西兰清晨六点，醒来，在中国，许多人才刚刚睡去。披衣起来，想看看奥克兰的晨空。许多星，亮了整夜，只等你来。一眼望去，七颗星像勺子一样布满天空，另外那一个也像勺子……南半球与北半球的星，看上去是一样的吗？

在北半球，必须翻山越岭上到青藏高原，才能看到这么亲近的天空和油亮如灯的星，不然，会逐渐淡化：天空中可还有星存在？在南半球，天空一直亲昵着地球，云彩一直缠绕着地平线，晴朗的夜晚，星辰密布，触目即是，伸手可及。仿佛在彰示：人类没那么孤单，不曾被宇宙遗忘。

📷 在南半球，天空一直亲昵着地球，云彩一直缠绕着地平线，晴朗的夜晚，星辰密布，触目即是，伸手可及。仿佛在彰示：人类没那么孤单，不曾被宇宙遗忘。

  上午十点，北岸还一片沉寂，只有湛蓝的天空和清新的空气，勤劳的蚕声和悦耳的鸟鸣，鲜有人迹。若有，定是工人在劳作，收垃圾、送快递、锄草，青草的味道混杂在空气中弥漫着浓浓的思念的蓝。

  沿着小径向上，在陌生的树木的陪伴下寻找熟悉的感觉，一片蓝得夺目的光彩，纯粹的蓝色，但无他尔。再有，就是熟悉的胸膛里的那个小姑娘。

  奥克兰是新西兰最大的城市，却像中国的乡村一样安静，到达的初夜，便感慨于这静，白昼没有隐藏在耳边的车声、机器声；夜晚，竟然可以听到蝉声蛙鸣，还有风声……

  之于人类，什么是最珍贵的？花了三十年建设的楼宇的世界，到头来还是要千里迢迢到地球的另一端寻觅最真切、最原始的那些：蓝天、白云以及安宁的夜晚。多么酸楚，人类最珍贵的感受已经被毁于人类……

马尔代夫的月光

凌晨意外醒来。觉得身上潮湿，便放了洗澡水。窗外，皓月当空，星光璀璨，一池碧水，满目银光，寥落灯火，岛屿皆眠。泡在浴缸中，望着马尔代夫的月夜，忆起故乡的月夜。三十年前，故乡的夜空与马尔代夫是一样的，除了海、水上别墅和热带风光，蓝天与空气都是一样的，但人们在同样的月夜所想、所做却大相径庭。在同样的星空下的人生方式截然不同，同样的茅屋上演着南辕北辙的人间戏剧。

从浴缸里起身，轻轻擦拭了，套上睡衣，来到阳台，欣赏月色，靠在躺椅上，打开 iPad 写下这些文字。当我周围亮时，远方的世界便暗了，若隐若现，熄灭光亮，一个摇曳多姿的月夜呈现在面前。人不能太自私，不然，感受不到别人的感受；人也不能太短视，那会忽视更美的世界。更不能为了客体与规则而忽略自己，那会连内心的亮光也不见。当一切处于黑暗中时，内在的光是带领自己前进的力量。

月夜中，并不凉，只是有些潮湿。进房间拿了两个柔软的靠垫，把晾在浴室里的比基尼拿到衣柜里，会干得快些，明天要去浮潜，它必须干。人生有许多的必须，到头来变成也许，最终似是而非，烟消云散。

马尔代夫的月亮通常是在夜深人静时出其不意地绽放空中，睡时还一片漆黑，夜半醒来，站在阳台上，便被半空上的月光迷醉了双眼，久久地、久久地凝望，只是，静静地吮吸它的美，不敢亵渎它的魂。男人，是否应该像我膜拜月光这样对待女人的美？

脑海中冒出一个怪兽，从水底跃起，于是小清新的文艺电影变成了科幻片，另一个我哈哈大笑，讥笑这个我看多了饱含化学元素与催化剂的美国大片。国人从不操心未知的世界与神秘的未来，他们更关注物质生活与现实利益。

潮声并未因夜或晨而改变。依然有规律地唱颂着，一如寺院永不停歇的莲花经。马尔代夫的日与夜一样安静，不同的是，白昼属于蓝色与白色，夜晚属于墨色与银色。

多年以后，仍然会记得：那夜，突然醒来，浩瀚云海，一地银光，如雪灿灿，如水淡淡，打开室外花洒，仰望宇宙苍穹，繁星点点，星光闪闪，却掩盖不住月的光芒。回到地球，只有椰林树影，茅屋小筑，没有来自星星的你，可以让我为爱疯狂、为情宁亡。真遗憾，那个马代的月夜，没有守着月亮离开地球。

快乐的印度洋

去斯里兰卡的激动人心的理由是喝了多年的锡兰红茶，向往这个红茶之国，龌龊的理由是离尼泊尔很近，签证好签（只需要电子签证），而且还有人帮着签。尼泊尔签证到期的前三天才决定去斯里兰卡，国内订票网上已经没有优惠的机票，四五千块的机票是否值得，未可知。在酒吧跳舞时结识的尼泊尔朋友 Kumar 帮了大忙，两张机票 500 美金——从尼泊尔飞斯里兰卡，从斯里兰卡飞往泰国。

飞机一从加都机场起飞，便揪心于这个国家的领导人如何能够允许自己的国家烂成这样，整个尼泊尔像一个巨大的贫民窟，房屋紧簇、低矮、破旧，没有一栋现代化的高楼，从这堆刮阵飓风就倒塌的老宅子中凸显出博大哈塔的雄伟和崭新。迸出一个想法：夷为平地，重建！十分钟后就忘了刚才视觉所受的刺激，因为被另一种美刺激：连绵不绝的雪山高耸入云，嵌在朵朵白云之上，惊艳了人的眼，直抵人的心扉！上帝赐予了尼泊尔喜马拉雅，便不再赐予它财富。

窗外，一轮皓月，坐在云端，淘气地招手，如果可以开窗，我一定飞向她的身旁，哪怕，飞翔也许是坠落。坠落在万丈红尘，不如坠落在浩瀚云海。一生中，人

坠落在万丈红尘，不如坠落在浩瀚云海。

总要犯几次傻傻的错误，为了心怡许久的那一个。月儿，前天夜里，我还在巴克塔普尔的山尖儿仰视你，此刻，你竟然在我耳边，与我的视线持平，飞机飞了多久，你就注视了我多久。我已经飞离了两个国度，而你依然在这里。我可以坐在你的怀里荡秋千吗？可以拿你当飞盘，扔到我的天空，永远与我同在吗？可以深入你的宫殿，寻找玉兔和嫦娥吗？你笑着说：可以呀，来吧。可我怎么过去？飞机开始下降、下降，圆月上升、上升，越来越远，在心里却越来越近。孤独的人生之旅中无怨无悔的陪伴者除了自己，就

徜徉在心海，无边无际的快乐蔓延在印度洋边。

是——心爱的月亮。

在美丽的月夜中，飞机抵达科伦坡机场。真如锦囊中所讲：科伦坡机场最大的特色到处都是家用电器！谁会大老远跑到机场来买洗衣机！游客会带个空调柜机回自己的国家吗？他们是怎么想的……还是有一些高端化妆品、香水和巧克力的，导购小姐热情地邀请游客体验，热情地往空气中喷着香喷喷的香水。可是，什么香水能够比得上大自然的味道！一出门，便嗅到一股浓浓的海的味道，吹着清凉的海风，连走路也似乎踩在沙滩上，如风一般飘着出去了。飘到车站傻眼了，到尼甘布的大巴车已经停运，只有到科伦坡的车，而我却在Booking上已经预订了尼甘布的住宿。青柠一样酸涩的海风袭来，吹皱了一身疲惫，同时吹出了严重的感冒。

月，淡淡地趴在海的肩头，俯视着我，我也仰视着她，同时，平视着大海。沿着海边一路前行。车子发出"突克突克"的声音，于午夜时分，到达一幢民宿，老板娘热情地出来迎接。简单办理了登记手续后，进入一个有两张上下铺的房间，一个欧洲女孩趴在下铺睡得正香，开着最大风量的大吊扇。床上只有一个枕头，什么都没有。刚关上风扇，她就醒了，告诉我她怕热。于是打到二挡，倒下就胶着睡去。夜里，女孩起来后，仍把风扇调为五挡，将我的感冒吹到极致。第二天早晨醒来时快起不来了。但还是要起来，需要兑换货币，因疑心机场的汇率太低，

民宿的美，不只在温馨，更在于家的氛围，对于长期游历的行者来说，住民宿就像回家一样。

昨晚只兑换了一千卢比,打个的,没了!

跟老板娘打了招呼,说出去吃早餐,她说,如果今晚我还要住这里的话,提供免费早餐。意外的惊喜,我告诉她我想搬到楼上,她说可以。坐在院子外面,吹着风,不一会儿,老板娘端出一个五颜六色的盘子:煎蛋、烤面包配牛油、果酱,几样切片的热带水果,外加一杯纯茶、一杯浓香的奶茶。还没吃,就醉了。用餐时,两个年轻的姑娘和小伙子,拎着成串成串的青香蕉走进院子,那香蕉串儿像灯笼串儿一样,又像手风琴一个一个紧挨着,放多久,可以变黄?想问,一考虑到那么多陌生的英文单词,需要连比画带翻译,还是喝奶茶吧。

对一切充满好奇。这是一幢普通的斯里兰卡民宅,纯欧式的建筑,房子很通透,巨大的客厅,从客厅到厨房是一个拱形的门廊,粗壮的房梁,在几个墙角都有天主教圣母圣父的雕像,墙壁雪白雪白的,地上一尘不染,落地窗户高大明亮,但所有的窗户都挡着窗帘。仿佛是一座微缩版的小教堂,这幢房子,已有百年历史,却像新居。若在此,能有一幢这样的宅子,时不时来度假,真是惬意得如同飞天了。

去院子晾衣服时,旁边的院墙有株高大的香蕉树,树上结满了成串儿的青色的香蕉,

印度洋边渔民的打渔生活。

好想摘一串啊！香蕉树旁是高大的椰子树，长满了金黄色的椰子，这个，就算了吧，好高啊，爬不上去……上去也下不来……下得来，椰子也打不开……这东西，生来是侍候人的，还是刺激人的？得到它那么难……

走在街道上，全镇的人都跟我打招呼：Morning，Madam！头昏重得快抬不起来，依然挤出笑容。挪动沉重的山一样的身躯找遍小镇的取款机，却无法取款。Oh，my God！这可如何是好。兜里只有500卢比，饥肠辘辘，急待填充。Tuk-Tuk车车主等在银行外面，跳上车也不讲价，就说去镇上取钱。

这里距离镇上还有十五分钟车程，但镇上的取款机依然不能取款。幸好，还有一百六十美金，用比机场还低的汇率兑换了卢比，顾不得计较得失了，没钱真的寸步难行。原来大家拼命赚钱，不是没有道理啊，钱直接涉及人类两大本能的满足：安全欲和食欲。没钱，心里真是没底儿啊。

回去的第一件事就是坐在海边，吃了顿无比丰富的海底生物大餐，住宿才一千卢比，吃就吃了三千卢比，有"钱"，就是任性啊！

吃饱喝足之后，晃晃悠悠地回客栈，洗所有的衣服，洗自己，然后，睡觉，药劲儿加酒劲已经把我给搞垮了。不知何时，醒来，一看，四点多，便到印度洋边散步，把鞋一脱，走向海边，没过一会儿，就折回来，海边的沙被晒得烫脚，跳着回到岸边，穿鞋子，鞋子却不见了。便赤脚走到路边的小店，也不挑，随便指了一双凉拖，码够大就行

斯里兰卡，前天夜里，我还在喜马拉雅山顶上遥想你的英姿，此刻，你竟然在我身旁，陪伴着我的孤独和孤独的我。拥有这么美丽名字的你，是怎样的千娇百媚？

（小时候，我妈就总刺激我，说我生在过去嫁不出去。才五岁的我就奇怪妈妈的思想怎么那么奇怪：第一，为什么女孩是为出嫁而出生的？第二，男人娶的是女人还是脚？第三，脚大走世界，那么大的人却不懂得这么小的道理，唉……）。请老板娘打了一桶水，冲了脚，穿上新鞋，找食儿吃喽！当然还是海鲜啦，已经被尼泊尔的咖喱鸡、咖喱羊肉折磨疯了，不狂吃印度洋中的活物实是难平心头之恨。

落日熔金，夕阳如丹，霞明玉映，海滩边燃起油灯，一把桌椅，一只蜡烛，一杯红酒，一个独行人间的女子，书写着移动的人生。烛光摇曳生辉，在玻璃罩中婀娜多姿，栏杆上的油灯吱吱作响。桌上呈现女子孔雀耳环的倒影，精妙入神。斯里兰卡，前天夜里，我还在喜马拉雅山顶上遥想你的英姿，此刻，你竟然在我身边，陪伴着我的孤独和孤独的我。拥有这么美丽名字的你，是怎样的千娇百媚？

时近十点，散着步，唱着歌儿往回走。无数的 tuk-tuk 车停下来想招揽生意，摆手让他们离开：No, thanks. I'll just walk around myself! 一个年轻的帅小伙不离不弃，什么招儿都用尽了，还是用最慢的速度跟着，差点就推着车陪着了。他问了好多问题，我懒得回答，懒懒地走着。You are my friend! No money! 不是钱的事儿，是自由！你懂吗？他肯定不懂，他继续努力着，虽然发音不准，但我听出了 Christ Church（教堂）有什么活动。我终于动心了，上了车。车沿着荷兰运河开到了一处热闹之处。他把车停在

斯里兰卡的尼甘布这座弹丸小镇却有着数不清的教堂，而且四大宗教的教堂应有尽有。

路边，下车时，我的嘴张成 O 形，但没发出声音：他穿着裙子（锦囊上似乎没提到这一条）。他带我到圣玛丽亚大教堂的外面，许多人在院子里祷告，很快，就结束了。人们陆续往外走，绝大多数人都穿着裙子，无论男人还是女人。这才知道，斯里兰卡的男人有穿裙子的习俗。

年轻的姑娘们穿着柔情蜜意、勾魂摄魄的纱丽，楚楚动人（比起尼泊尔女子的丰腴圆润，斯里兰卡女子窈窕纤细），少妇们则将纱丽的精髓诠释到极致，令那纱下的一切若隐若现，若即若离，荡漾了多少男人的眼与色心。纱丽的奇妙之处就是，无论多么丰腴的女人穿上都会扬长避短，变得活色生香，无论多么沧桑的老者穿上，岁月的味道随之浓浓地流淌。擦了下口水，问 tuk-tuk 哥，哪里可以找到这样的纱丽。他大喜，忙带我去镇上最大的商场，不厌其烦地看着我试了一件又一件。隆重的纱丽既不易穿，也不易带，简单的纱丽质地、做工非常廉价，总疑心洗一水就成了变形金刚。为了不让 tuk-tuk 哥过于很失望，选了一条玫瑰色的披肩，一看就是南亚风味的那种。

尼甘布这座弹丸小镇却有着说不清的教堂，而且四大宗教的教堂应有尽有。不经意间左边冒出尊佛像，用玻璃罩着，下面放着香火。右边，又冒出一个小基督教堂。再往前，又有印度教堂和伊斯兰教教堂。每到一座教堂，他便停下来，让我拍照。我说不需要拍。他哈哈大笑着：你们中国人就爱拍照。无语，我知，但，我不属于那一类，懒得解释，勉强拍了两张。

表面上，对 tuk-tuk 哥像对待异国友人，其实心里已经明白，他就是靠这种方式来谋利的。他把 tuk-tuk 车停在路边，说这家的冰激凌好吃，我请他吃了一个。他又问我是否喜欢去酒吧喝酒，又说朋友有船，可以早晨出海看日出、捕鱼。假定约到后天早晨，特意让他停在离客栈很遥

印度洋边，有许多这样古朴的帆船，给斯里兰卡带来浓郁的风情和味道。

远的地方，以防止他能够找到我。结果，遥远的我自己找不到回客栈的路了！走了大半个小时（不敢再跟 tuk-tuk 哥们打交道了，出租车极少），才看到那扇充满异域风情的大门，老板娘睡眼惺忪地来开门。道歉后，一头扎床上呼呼大睡。不再失眠，不再多梦，旅途中，像婴孩一样，困了就睡，饿了就吃，吃饱了出去玩。遇见的人也一样，大家相约一起吃、睡、玩，就像小时候的玩伴儿，满心满眼都是快乐和游戏，再无其他。

到院子里收衣服时，老板娘问我绿色的旁遮比在哪里买的。我说尼泊尔。她说太美了，她以为是在斯里兰卡，想买一套。我笑着，从香蕉树下的绳子上取下绿色纱丽：Send to you! 她十分惊慌：That's not what I mean. I just…… It doesn't matter, Try it on. 很显然，这套衣服拿回中国将永远压在箱子底儿，不如留在斯里兰卡，为它增添一抹绿。老板娘穿上它之后，明显年轻五岁，瘦了很多。Great! The gift for you! 老板娘十分真诚地千恩万谢。Remember me, I am a Chinese Lady. 只要她能够善待之后入住的中国同胞，一套衣服算什么？种下了一个爱的种子。

时光回溯

无论多么挑剔的眼睛，无论有多少年的旅行经验，即使看尽天下的水，九寨的水一

即使看尽天下的美水，九寨的水依然会瞬间把你折服。

映入眼帘,都会让你折服,把你清空,使你惊艳,满心、满眼、满世界,只有它!只有眼前的绿得心碎的海子!

抛弃数不清的珍稀动物、彩林、雪瀑和蓝冰,单说九寨的水,就言之不尽,美得无法着色,只有深深地、深深地观望她,轻轻地、轻轻地从她身边穿过。九寨几乎拥有水的各种形态:沼泽、湖泊、瀑布、小溪、群海、大海……她的母亲在孕育她时就做好了令人叹为观止的规划:每一种形态是一个独立的区域,区域之间连接得天衣无缝,各自独立呈现着极致的美。盆景海里处处是天然的、水做的盆景;芦苇海要穿过一片长长的芦苇,海子在芦苇中静静地蛰居;箭竹海里有清澈见底的箭竹,倒插着,等你来。诺日朗瀑布则把瀑布宽到极限,就是要让人们过目不忘、终生难忘。想忘记也不能忘。

多年以后,回想曾走过的大江南北、世界山水,无论记起多少,都不可能不记起九寨的水。她是独特的存在,绝美的一笔。

去九寨前,确实几乎看尽中国名水:黄果树瀑布的壮观,喀纳斯湖的清澈,天池的碧蓝,西藏众多圣湖令人发指的纯蓝,青海湖的淡蓝,南海、东海的磅礴,黄河、长江的雄浑,西湖、瘦西湖的小巧,湘江的淡然,洱海的宁静……

📷 假做真时真亦假,无为有时有还无。

之后,来到九寨,哦,都忘记了,眼中再也无水,只有眼前的沉醉!即使以后还要看更多流着口水、合不拢嘴的水,九寨的水依然在心尖儿,化为一点红,融入血液。

在马尔代夫的海边一边迷醉,一边不忘记对国际驴友宣扬中国之美,中国也有这么美的水,同样美得心发颤、灵魂发抖!

天、云、山、树,倒映在一尘不染的水中,恍惚中,已分不清哪个是

📷 九寨是独特的存在,绝美的一笔。

真实的世界,哪个是虚幻的倒影。不需要睡眠,不需要仪器,就能直接进入梦境,想进入第几层梦境就望着它,痴痴地望着它,但必须有人在身边。盯得太久的后果是被一股神奇的魔力牵引,不由自主地想跳进去,就像看到一个长得像花仙子的小女孩,总想在她脸上亲个够一样。看久了,已经分不清哪一个是真实的世界……

满眼的碧绿与清浅,许是怕水仙寂寞,几乎每片海子里都沉着千年古木,不需承诺,不需誓言,只是伴你一生一世,一个又一个千年。看似清浅,直想伸手去摸,却极深,深不可测。

看到经幡和白塔,就到了树正寨。卓玛已经在寨口迎接。从原始森林一路走到犀牛海,确实是又累又饿。今天,走完了九寨的这个美丽的大枝丫的一个树杈,路程是18公里。时间是六小时。还未黄昏,海子的颜色比之清晨已很是不同。都知九寨是四季变幻的,没承想,一天当中,海子的颜色都不相同,将人世间所有的绿色都着色一遍。

千年的古木伴着千年的海子,千年的承诺,千年的依恋,羡煞凡人。

日落时分,入住卓玛家。九寨沟里是没有宾馆、客栈的,想留宿只能住藏民家中。房间简单得不能再简单,但卓玛神奇地提供了一顿不简单的晚餐。简单的餐厅里,六菜一汤,外加自酿的青稞酒。没有比劳累过后的热气腾腾的晚餐更暖心的了,没有比长途跋涉后的一杯酒更加销魂的了。举杯,碰杯,相视一笑,无须一言,尽在酒中。举杯邀明月,不若把酒对知音。醉翁之意不在情,在乎山水之间也。在旅途当中,寻找的不是爱情,是自己;欣赏的不是异性,是风景;讲究的不是艳遇,是猎奇。不用说话,就很丰盈;不用交谈,就很圆润;不用幻想,就很真实。这是更高于物质的精神盛宴,无欢胜有欢,无欲胜有欲,无情胜有情,无爱胜有爱。

酒足饭饱之后,做什么呢?两个人相视一笑,异口同声:发呆去!

盘坐在树正海的磨坊边。漂泊人在天涯,天涯处处皆是家。莫言举世无谈者,解语何妨话片时。

我想起童年了……我也是……童年真美，真纯，像九寨的水……是……最美的景色会引起最美的联想。童年时，大山，大水，大庄稼；大风，大雪，大人家。关内人在关外。中原人在边塞。天上，繁星，若干；地上，人儿，一双，心思两样。他想他的忧伤，我想我的跋涉；他享受他的宁静，我享受我的梦想；孤独，但不孤单；动心，但不动情。这是灵魂伴旅的境界。携手走天涯，相约不相守，相伴不相爱。

童年的印象中，村儿里人夏季总是扛着锄头或拎着镰刀，挽着裤脚，穿着军绿色鞋，黝黑的肤色，单纯的笑容，黄色的牙齿，无论碰到谁，都立住，聊几句家常。村子实在太小了，除了嫁出去的和嫁进来的，没有谁不认识谁。冬季，棉袄、棉裤、花头巾、皮帽子，两只胳膊永远抄在一起，偶尔拿出来用袖子蹭蹭鼻涕，有鼻涕可蹭时还是暖的，一定是在火炉旁，只要在外头，来不及蹭光的鼻涕必定立即变成冰棱，悬挂在围巾上、帽子上或者胡子上，遥看瀑布挂前川在生活里再现。全家十一口人，只有姥爷有胡子，夏季挂着糊涂（玉米糊糊），冬季挂着冰凌。喜欢姥爷的胡子，总是用小手去摸，摸到的不是粥就是冰。别人的胡子是硬的，冷的，独独姥爷的是软的，滑的，充满爱。

不知道 K 的童年什么样，一样的是纯粹的快乐，美丽的童真；不一样的是，他的故乡的冬天是下雨的，他没见过雪，没见

童话般的世界无法不令人回忆人生唯一的童话生活——童年时光。

过那种可以把一个孩子淹没了的雪，没感受过把糖水放进仓房、一个小时就可以变成冰棍的冰冷。

九寨的夜静得可以听到心跳的声音，冷得可以听到血液凝固的过程。但，一想到童年和这个童话般的世界，心是暖的，人也变回了孩子。

如风：Sorry，我从小蓝、绿不分，你能告诉我，这水究竟是蓝的还是绿的吗？

K：答：反正不是黑的。

如风：……

如风：我饿了。

K：（看看时间）：才九点！不刚吃完早餐吗？

如风：我饿了。不行吗？

K：……

如风：我饿了，我要吃东西。（说着，就坐在长海边，拿出包里所有的食物，开始吃起来）你要吃吗？

K：我不饿。（但看如风吃得那么香，K也轻轻凑过来，悄悄捏了几块饼干。当如风再去拿饼干时，只剩下一块了，她赶紧把它塞入口中）某个人，不是不饿吗？抢我的饼干！

K：原本不饿，吃着吃着就饿了。

如风：不带这样的！

如风：哎，前面的，九寨挑夫，拿着包！吃完了就跑，什么情况？

K：吃饱当然跑啊，饿的时候跑不动。

如风：想揍你很久了。别逼我动手！

K乖乖地走回来背包。

离开九寨沟的那天是端午节第二天，沟里已经被游客占领，走到哪里都是人，摩肩接踵，挥汗如雨。等车等了四辆，挤了三回才挤上去。

如风：还是那么多人！上吗？

K：上吧。人会越来越多。

车门关上了，把K的背包夹在门中间。

如风：你！本事忒大了，还能再干点更本事的事儿吗？

K：活这么大就是本事。

在树正磨坊，两个人买了青稞酒，坐在磨坊的窗内看海子。

如风：这个角度……太绝了！太美了！哎，有偶像剧在这儿拍的没？不用上色，不用剪接，Perfect!

一个男性游客站过去，扭捏造作着，挺着啤酒肚，让同伴拍照。

如风：可惜呀！这种完美被人破坏了！好多余哟。那声音大得连天庭都能听到。男游客瞄瞄窗口，灰溜溜地夹着尾巴逃跑了。

如风脸红了，埋下头：我的声音是不是太大了？

K：不大，比水声大而已。

如风：如果把我比作鸟，是什么鸟？

K：火凤凰。

如风：凤凰涅槃，浴火重生。我喜欢！

K：凤凰只是传说。假的。

如风：！……

两个人嘻嘻哈哈、蹦蹦跳跳地走到了出口处，却都不约而同地停下了脚步，互相用眼神交流着心声：就这么走了？真要走了吗？可不可以永远不走？

如风：似乎，已经来了很久。

K：从童年起。

如风：重新过了一生！

K：我已经过了三生三世了。

……

两个人在成都春熙路吃完烤猪蹄、龙抄手，在网上查了最后一班车，立即赶往客运站。到之后，车却早已开走了。

K：网上不是这么说的。

如风：尽信网不如无网。（说完，又淡淡地补了一句）古人说的。

K：古人？！

如风：书和网的功能是一样的。

K：……

如风：（一时兴起，将墨镜借给K戴上拍照。）哇噢，还挺酷的。（看到K洋洋得意的表情，她立即补充）我是说墨镜酷，不是人酷。

K：（不屑一顾地撇撇嘴）那，给树戴上墨镜，树会酷吗？

如风：无语……

路过几棵树，如风停下来，将墨镜戴在树干上，拍了张照片，得意非凡地对K说：哇噻！树戴墨镜也很酷。比你酷。

K：……超级无语……正常人不会真给树戴上墨镜！

如风：正常人也不会和树PK！

如风：九寨沟！太……太美了，可惜名字不够浪漫，我重新取一个。

K：谁批准了？！

如风：我呀！天知，地知，你知，我知，九寨知，就够了。

K：你确定九寨沟会知道吗？

如风：我确定别人叫她'九寨沟'时，她也没反抗。暂名'绿群海'吧。回去后，有闲、有心情的话，再好好想一个。

……有这么任性的吗……

境由心造

要吃，要吃，可还有薯片吗？

打开 Chips 时，掉了两片出来，引来一只红嘴鸥，迅速抢了去。原来它吃薯片！又撒了几片出去，飞来更多的红嘴鸥，还有黑嘴、黑脚的，尽管没那么赏心悦目，也可勉强一观。于是，我坐镇龙庭，挥洒着薯片雨，更多的红嘴鸥飞来，抢夺着、享受着意外的可口的美食，才扔出去，便不见踪影，瞬间被抢了个干干净净。眼见，红嘴鸥们为了果腹，开始引起内讧、同室操戈，几只鸥开始互相啄掐，便不敢引起国际事端，于是，手一挥：去吧！却有红嘴鸥以为又在撒食，张开美丽的翅膀，媚人地飞翔，却什么也没捞着。再挥手，便不再妄动，先看空中是否有物。

平时，你们吃什么呀？你们喜欢自己找食吃，还是被喂食？它们不回答我，只知道抢薯片，岂有此理。我吃梨，红嘴鸥们看着、等着，好吧，送梨核给你们，它们却犹犹豫豫地啄了几下，不肯吃，不知是不喜欢，还是吃不动。免费的午餐，还要挑拣，这习惯可不太好。

起身散步，带着一臀细沙，竟有几只红嘴鸥不离不弃地跟着。

想要一双翅膀，像海鸥一样飞翔，徘徊在长长的、弯曲的金黄色的海岸线，从东到西，从西到东，飞过来，飞过去。

在海边逗狗，享受着天然和萌宠的双重乐趣。

痴等着天降美食，一只等得不耐烦了，还叫了起来，提醒我：别忘了，我还等着呢！我大笑：你们生活在这里是多么幸福，你妈知道吗？告诉你们了吗？我拿人民币买澳大利亚的食物喂澳洲的鸥是多么昂贵，你可不可以叼一条鱼给我吃？公平交易好吗？它们却不理我，一味叫着：Chips, I want chips。

只好拿出薯片，一只红嘴鸥悄悄地走来：小眼睛好尖呀。扔出去两片，又飞来一群。我走，鸥跟着走，我坐，鸥就看着我。有些鸥陆续飞了，七八只围在我身边，静候着。

海鸥在沙滩上留下了长长的伞形的脚印。紧随着我，期待更多的食物。给我呀！给我吧！

与鸥抢食儿抢累了，躺在沙滩上，躺得长长久久，睡个香糯绵软的觉，一睁开眼，白色的沙滩上，睡着几只鸥，沙滩外面是蓝色的海洋，海洋尽头是天空。几只大海鸥从天空掠过，它飞翔的样子好性感，翅膀好神奇，只要轻展，上下扇动，便可飞天，摸摸自己的脊梁，只有排骨与肉，却是坚强的。Where is my wing? 我想要一双翅膀，像海鸥一样飞翔，徘徊在长长的、弯曲的金黄色的海岸线，从东到西，从西到东，飞过来，再飞过去。就只是飞呀、飞呀、飞。

三个拿滑板的人跃进我的视线，两个散步的人走过我的眼帘，一个跑步的人跑入我的瞳孔，还有一个人在逗狗狗玩儿。有人拿着冲浪板，突然从海里冒出来，走在浪里，走到沙滩上。

不远处，七八只海鸥围着我小憩。有的跷着二郎腿，有的金鸡独立，有的半眯着眼睛，有的干脆闭上，有的轻轻地叫着，有的卧在沙上：吾与汝孰白？有的脸颊贴在沙子上：吾与汝孰美？

沿着蜿蜒的海岸线找鞋子，沙滩洁白细腻，鞋是多余的。不知道扔在哪儿了。遇到三个澳大利亚男孩在玩飞盘。Hi, girl, Would you like to join us? Ok, why not? 可是我的飞盘技术……压根儿就没飞过……一顿乱飞，飞到对方实在无语，还是踏浪吧。

沙很细，水很清，海水很温暖。把双脚埋入沙中，光滑柔软舒适，用脚蹭啊蹭啊，像婴儿的脸,任海水蔓延过双腿,然后回流,带走脚下的沙,深陷、深陷、深陷在南太平洋里。天不很蓝,风很凉,浪花一朵朵、一排排,一浪接过一浪呼啸着来了,呼啸着又走了,海只有在浪花喘息的瞬间,才安宁一会儿。

也曾在印度洋边与鸥共舞,但那里的人不安宁,总是跑过来打扰,坐船呀买东西啊,忙活着生计,处心积虑从别人那里获得生存资本。太平洋边上的人生活富足安详,静静地与大海和自然相处,不打扰别人的独处时光。

在太平洋边,拍海,写海,看海。看太阳从东到西若无其事、优雅无情地飘移着。已经过了黄金海岸的花样年华,但它明年会再有,而且年年有。人的花样年华一旦错过,就永远错过了。让生命在花样年华绽放,莫在生命之秋才发觉,永远错过了生命之夏!

重返十七岁

当游乐园遇到电影会发生什么故事,来到新加坡环球影城可以一见端倪。一到门口,那个蓝色、旋转还带喷雾的地球就吸引了众人的眼球和相机,还没开始排队玩乐就得先排队排照,圣诞节时期,要拍一张只有自己和地球的合影除非站在地球上,前提是能上得去,还得站得住。

其实是十分不情愿地去,游乐园不就那些东西,过山车、海盗船,诸如此类人类设计出来为难人类的器械,坐在上面的时候,不亚于被施以重刑,真是生不能、死不成、想下还下不来,下来之后,一个个面红耳赤、气喘吁吁,又拍胸口又按脑门还得安抚跳得过快的心脏别蹦出口腔,一边想大口喘气,一边还得闭上嘴的感觉着实难受。更难受的是,一个人去玩!没事儿找孤独嘛!这种地方最适合亲朋好友、一家老小欢乐,游乐园不像写作,是一个众乐乐的地方,而写作,必须独乐乐。

📷 尽管早已不是孩子,但历练像孩子一般快乐的能力是一件多么快乐的事情!

但是，新加坡虽然精致得像芭比娃娃，天天看一个娃娃也还是想看变形金刚啊，至少得给芭比娃娃多配些美丽的纱裙，换一套裙子像换了一个娃娃，细看看，还是那张脸……喜欢看自然风景，但在新加坡，除了圣淘沙的海，新加坡的河，其他都是人造的，虽然也美得心惊肉跳，但不能天天跳，在高度发达的国际性现代化国家，只能看人类建设出来的创意风景，毫无疑问，圣淘沙的环球影城、海底世界、赌场、高尔夫乐园都是。唯愿，一个人，不要玩出落寞和孤独，花一千五买一个心酸又胃酸的冰激凌，吃完还要腹泻，可就不好玩了。

换完房间，扭搭到US，已经正午了，还没开始活动，又该吃饭了，转了一圈儿，打包了两份鼎泰丰的小笼包，坐在外面吃（坐里面排队又寂寞）。嗯，好吃得不得了。扔掉垃圾，擦擦嘴，开工。大义凛然地进入US，欧式的小镇，百老汇风格的好莱坞剧院、餐厅与购物场所，有乐队在室外演出。地图也懒得看，走哪儿游哪儿吧。许多地方排队，找了一个不排队的，进入一个黑乎乎的影院，看了一段斯皮尔伯格导演的科幻大片片段，类似于《后天》那种灾难片，视听的震撼效果胜于任何一家超级影院的巨幕厅和3D影院。寥落了一下，又进入另一个黑乎乎的废弃的工厂，站在栏杆外等待……鬼知道等待什么。

一段标准而流利的英语画外音，没听明白。等待中文翻译，没有……突然间，漆黑一片，然后面前出现一片大海，海上狂风大作、电闪雷鸣，屋顶的灯碎了，横梁掉下来了，船沉没了，一片惊叫声，能坏的东西都坏了，能沉的东西都沉了，身边的女士们尖叫成群，比沉船还可怕，突然一只手紧紧地抓住我，一直发抖。是人还是鬼……

灯亮了，扭头一看，一个不知国籍的美女攥着我的手，我要是男人该多好啊……This is a fake. 立即携手同游。虚幻的灾难没吓到我，她吓到了我。I know, but, all too real。Thank you very

📷 在成人游乐场，除了像孩子一般开怀大笑和尽情玩乐，心无旁骛。

much。是挺真的，不真也没人看，可是，再真也是假的啊！一边往外走一边想：太理性了，会不会失去很多快乐？你看这位美女泪光点点、娇喘微微，连我都想把她抱在怀里好好安抚一下，虽然拥有男人般的内心，终究还是披着女人的皮囊，还是算了吧。看来，今天的旅程不会寂寞。

US 是一个无国界、无性别、无年龄的地方，瞬间让大人重返十七岁。再大，就是成人；太小，过于幼稚。十七岁，既拥有童年的回忆，又有成长慢慢靠近；可以在草地上撒野；可以爱得翻天覆地、支离破碎；可以允许任何伤心事儿都感觉像是世界末日，却还是有一点点小希望：有一天，这些都会过去。

随意慢步着，双轨过山车没有开放，孤独地像龙一样交错盘旋空中。再往前是古埃及和失落的世界，免费寄存包，什么都不能带，又要排漫长的队，没人说话，没有手机，考验与自己相处的能力！排队的隧道像迷宫一样，曲折漫长，所有的设施、建筑都与木乃伊、法老有着千丝万缕的联系，越往里走，越感觉这是一座法老的陵墓，我们肩负着解开金字塔之谜的重任。不错，已经入戏了，其实根本都不知道前方等待我们的是什么，反正早晚要玩嘛。等得快站不动了，坐进一列短小的过山车中，唉，不过是个小过山车，弄了这么长的序幕。

身边坐了一个欧洲少女，紧张地问我：Are you scare？ No。像我这种特立独行的非女人的女人，除了蹦极和攀登珠穆朗玛，哪有让我害怕的？I'm afraid。她伸伸舌头。车子缓缓向前，在黑暗中前进，突然一个急转弯、大翻转，眼前无数的火球掉落下来，身边无数的爬行虫要吃掉人类，前方还有数不清的木乃伊大军。怎么办？无处可逃，漆黑一片，下车更可怕，还不如车上。可是，车子竟然急速倒退，虫子、火球铺天盖地像潮水一样涌来，怎么办？除了狂叫还是狂叫，手无缚鸡之力。过山车又突然快速旋转，来到古埃及之门，法老的巨大的头像现身，说了些英文，哪有心思猜他说什么，逃命要紧！还能说什么？不过要我们的命，我们除了命，还有什么可给他的！对，还有更值钱的——灵魂。他要窃取我们的灵魂！过山车大转、大翻、光速前进，带我们逃离了法老的魔掌。

只有"生之书"能够破解法老的魔咒。过山车会带我们去找的，但它跟得了疟疾一样，时而剧烈晃动，时而火速后退，时而拐入另一个黑暗，反正把人类折腾得快拱手让出灵魂了，才缓缓地走到终点。所有人的第一反应是长呼一口气，然后，下意识地热烈鼓掌，互相击掌：终于活着逃出来了，差一点就没命了！心脏已经跳到喉咙，我和欧洲少女热烈拥抱着，并互相搀扶着下了车，腿儿都软了。

到出口要经过一个售卖埃及物品的小商店，还有一个照相馆，贴满了摄像系统自动拍摄的照片，所有人的表情跟达利笔下的画一个样儿：简直没了人样。欧洲少女紧张地低着头，只看到长长的金发，像欧洲版本的贞子；我的……Oh my God！丑陋得不忍心再看第二眼：古铜色的皮肤，黝黑的脸庞，无限放大的瞳孔，大张着的嘴，快脱臼的下巴，双手紧紧抓着扶手，上半身僵硬地直立着，头发四处张狂着……笑得下巴快掉下来，扭头就走：花一百块钱买一张藏也不是、留也不是的照片，图个啥？（像我这么抠门儿的企业人，会不会被同行唾弃……）

在侏罗纪公园排队，因为队伍过于漫长和曲折，以至于根本不知道要排多久的队。天下起雨来，越下越大。我打开伞，把就近的两位女士纳进安全世界，她们来自马来西亚。雨大到伞也不起作用了，她们不耐风雨，钻过排队的绳子，跑进有篷遮挡的地方避雨。心里也在活动，是否也要插队进遮阳篷？回头一看，那么多人没有伞，宁可在雨水中井然有序地排队，便忍住了，尽管仍有一些东南亚人不停地往前钻。幸好，很快停了，但那些在雨中排队的西方人给我留下了深刻的印象。

打开手机，看古龙小说。都快看完了，才轮到我，王母娘娘啊，早知道，去排别的……有些人买雨衣，我也不管那个，就跟随皮筏进入了远古时代的恐龙世界，穿梭在茂密的原始热带雨林，时而在高空中穿梭，时而直插地面，时而360度旋转，时而翻越巨墙，去探秘和体验恐龙世界，真正明白一个真理：恐龙在时，岂容人类独活？它们没了，才能有我们……皮筏进入一个黑暗的电梯，上升、上升，水不停地上涨，就像葛洲坝水电站，大船走楼梯、小船坐电梯一样，皮筏坐着水电梯上升，突然冒出一只巨大的恐龙头，舌头已经舔到脸，所有人尖声号叫，叫声比恐龙还可怕。然后电梯门开了，水哗啦倾泻出去，皮艇剧烈下落，所有人都湿身了，但都快乐得大叫大笑。

被法老和恐龙折腾得筋疲力尽后，走进地中海风味馆，这是以古埃及为主题的餐厅，餐厅里布满了悬梁而下的浪漫铜吊灯，墙上刻画着古老的字符和古埃及壁画，处处流溢着浓郁的古埃及风情。这里供应的是地中海和印度风格的自助餐，我点了份塔里（Thali）套餐：Kheer（有米香有牛奶的甜点）、Chapati（全麦饼）、Salad（色拉）、Kadhi（豆腐）、Paneer Vegetable（奶酪蔬菜）。风卷残云、气定神闲之后，突然想起：进门前好像吃过饭了……

夜幕降临，门口有穿着古埃及服饰的士兵和美女陪同游人免费拍照，埃及美女身材火爆得真想摸一把，穿得像肚皮舞娘，让多少吃饱了撑的男人心痒难忍啊。人少了好多，不用排队，坐进了一艘木筏开始漂流，那熟悉的大木箱，带领着狮王亚历克斯、斑马马蒂、河马格洛丽娅和长颈鹿麦尔曼，一起出逃纽约中央公园并漂流到马达加斯加的神秘世界，深入深邃茂密的原始森林，狐猴首领朱利安国王需要我伸出援手，然后在随时可能爆发的火山口击退狐猴的天敌——窝灵猫。刚好夜晚，所有的灯光闪亮，使得此次马达加斯加的旅程精妙绝伦。胜利到达后，受邀参加朱利安国王的旋转舞会，登上旋转木马开怀大笑。

科幻世界修好了，单身游客还有惊喜哟，US里的管理特别温馨贴心，工作人员总想办法让一起来的同伴坐进同一辆车或游艇，如果少一两个，便让单身游客补充，于是，我从特别通道进入，坐进车里。主题背景是：人类的命运岌岌可危，NEST部队总部遭邪恶的霸天虎入侵，为了保护火种不被夺取，我们将挺身而出，避开霸天虎的追踪，穿梭于地下隧道及街区，甚至跨越天台。联手擎天柱和汽车人与威震天和霸天虎展开激斗，捍卫地球。哈哈，做女超人的机会来了！我摩拳擦掌、跃跃欲试。

身边是一家子，母亲带着两个孩子，我告诉孩子，如果怕就抓住我的手。擎天柱与霸天虎在我们头上展开激烈战斗，每一招一式就像打在自己脸上，霸天虎一记铁拳砸在汽车上，引得所有人尖叫着躲闪，却无处可躲，擎天柱一脚把车踢翻，车子迅速后退。打得稀里哗啦，根本分不清哪个是好金刚，哪个是坏金刚，反正它们的目的是吓唬我们，既让我们觉得刺激，又觉得离不开它们的保护，实际上，断掉电源或下车就能恢复和平。男孩兴奋得不能自已，伸手去握擎天柱的手，母亲赶忙拉回他的手。

出门后，圣诞老人花车巡游，热闹非凡，整座环球影城在灯光和圣诞老人的点缀下，就像欧洲小镇一样。跟着圣诞老人巡游了一路，又把我喜欢的恐龙世界玩了一遍，直玩到管理员们请最后几个游客离开为止，但所有的项目，只要有游客玩，哪怕一个人，也会继续。依依不舍地离开，管理员们也邀请我们再次光临。会再来的！这是一个可以让成人瞬间变成孩子的地方。当孩子真好啊！全部人生内容就是吃和玩，而且天经地义！还有比这更爽的吗？

不忘初心

在马尔代夫，爱上了沐浴。一天要洗几次，那个茅草中的室外浴室实在太诱人，早起，沐浴；游完海泳，沐浴；午休后，沐浴；入睡前，沐浴；半夜醒来，还是想淋一下，偶然一抬头，惊呆了，一棵枝繁叶茂的椰子树伸出一枝长长的枝丫，一轮圆圆的明月悬挂枝头，还有几只不知名的失眠的小鸟从头顶飞过，墨蓝色的天幕深沉、优雅、迷人。

📷 在太阳与大海之间不留一丝障碍：来时就是这样——赤条条来去无牵挂。

真的不想睡，真的舍不得这样的画面。但不能再冲了，否则，皮都要脱掉一层。如风一般踩着林间小径，飘到藤椅上，痴痴地仰望天空，直望到脖颈支撑不住头颅，身上的水已经风干，才依依不舍地去睡。早上一睁眼，立即跳起来，冲向海边。

海边的独栋别墅已经很惊艳了，不晓得水上别墅还有什么名堂，一打开门，放下行李，就四处参观，卧室不比从前，但是，哇！浴室叹为观止，阳台与海天连成一体，从木梯下去，就是大海。浴室就在海水之上，打开两边的百叶窗，躺在浴缸里就像躺在海中裸浴一样。还能更享受吗？还能吗？金沙酒店、帆船酒店……迫不及待泡了杯咖啡，把自己脱了个精光，跳进浴缸，浴缸上有一个活动的小架，可以放沐浴用品、茶或咖啡，闻着咖啡香，看着碧海，吹着温和的风。诗人所写"面朝大海，春暖花开"已经是至高无上的享受，那么躺在海上浴缸，泡着玫瑰浴，喝着咖啡又该怎样着笔呢？打开百叶窗，周围是一望无际的海水，分不清是泡在海水中还是浴缸中。遗憾自己不是诗人。却有诗人的淘气和情调，从浴缸里跳出来，站到阳台上，伸手向天，与天地、自然融为一体！在太阳与大海之间不留一丝障碍：来时就是这样——赤条条来去无牵挂。

一听到楼梯下有人在浮潜，立即冲进房间，拉上窗帘。虽然，三点衣，也多不多少，但是，多三点还是不一样。穿上比基尼到阳台的躺椅上进行日光浴，与浮潜到我的小屋的人聊天。还是中国人。中国游客占马尔代夫所有游客的40%，相当厉害。国内有类似的旅游资源和气候的唯有海南，可惜，没有尊重和服务，只是一味猛宰游客，把大批大批的中国游客宰到了东南亚和马尔代夫的海边。为了鱼，丢了熊掌，为了熊掌，也没捞到鱼。

许多人认为，人世间最大的享受莫过于巫山云雨，此时，独自一人，却享受着同样的乐趣。海泳累了，把自己扔进浴缸，一杯红茶，几片丹麦曲奇，一块比利时巧克力，当曲奇进入口中的瞬间，奇怪的是，想起了童年，那个光着屁股在村里儿乱跑，时常弄得大人们无计可施的疯丫头。能跑哪儿去？从东头跑到西头不过十几分钟，很难想象，那个疯丫头却一跑跑到了马尔代夫的浴缸。

马尔代夫的天空好蓝哪，姥爷，我想你哪！马尔代夫的水好清澈呀，姥娘的笑脸浮现在水中，感恩你们曾给过我的无私的爱。如若你们还在人间，一定带你们来这里看海。可是，你们在哪儿？在天堂吗？而我就在天堂，人间天堂，泡在天堂的浴缸里，想你们俩儿，想咱村儿，想咱在一起生活的美好日子，虽然一无所有，虽然住着真正的茅屋，却是我来到地球上最初八年的童年时光，那是被人类终生怀念和无法割舍的纯真年代啊！谢谢你们给了我一个无忧无虑的童年，无私无求的真爱。希望你们生活的那个世界如天堂一般。

📷 在天堂般的马尔代夫，看着七彩的天空，遥想天堂般的童年时光。

啊，好多鱼啊！声音从海水中传来，透过百叶窗的缝隙，一个穿戴着浮潜三宝的人，夺走了我对童年的回忆和对亲人的缅怀。笑笑，该起来了。披着一身水滴，裹上浴巾。夕阳正渐渐接近海面，碧海变成了五彩斑斓的世界。换好比基尼，拉开所有的窗帘，热切地迎接黄昏的到来。一个降落伞出现在夕阳之上，大有孤帆一片日边来的意境。美妙的一天又过去了。

随着夕阳西下，海水开始涨潮，远远地，形成了一线潮向水上小屋涌来。走下木梯，站在最后一阶木板上，一只小蟹被打上来，俯身，想要拾起，一个浪头打湿了我的双腿，又把小蟹卷入海中。面对强悍的大海，它只能随波逐流。顺手拿起喷洒：天浴。躺到躺椅上，静静地等待，日入云海间，月上柳梢头。

在马尔代夫，一天可以这样度过：北京时间十二点睡去，马尔代夫时间六点半醒来。在海边散步，然后吃一顿迪拜式的富贵早餐。换上一袭长裙到海边拍照。拍到再也摆不出任何pose，端着咖啡壶来到海边，看天看云看海。午睡。坐快艇去浮潜，看海底世界。晚餐后，看夕阳西下，彩霞满天。看火烧云在天空上演各种时装秀。就那么看。看累了，回海上小筑，泡在浴缸里，看繁星点点和渐渐沉睡的海。直泡到自己也想像海一样沉睡，起身，闭着眼抹两下，扎进舒适的床，充电。

如果可以像孩子一样活着，为什么还要做无聊、无趣的大人？

莫失莫忘

新加坡是美的，新加坡是安全的，因安全而更美。时至夜半，人们仍在河边发呆、狂欢。我也一样，或坐或站，在新加坡河边，写下这些文字。这是身临其境的真实感受。离开后的文字，便成了回忆。

如果城市也分星级的话，新加坡是超五星级，她除了提供城市所能提供给人类的一切便利之外，还提供了超乎想象的舒适与安然！原来，不只是山水可以让人发呆和平静，城市也可以！

马六甲是可以让人发呆的，那种发呆，是真的呆，一呆呆到一个世纪之前。然而，高度的危险指数不仅无法让人沉醉于时空交错，反而一听到机动车的巨响心就悬起来，发呆变成警觉。新加坡可以让灵魂发呆，呆到灵魂出窍。

新加坡属于夜，夜晚让她分外美丽魅惑，克拉克码头属于国民，几乎半座城的人都簇拥到这儿。有的围坐在一起畅谈，有的在一起打牌，有的在开怀畅饮，有的放声歌唱，有的坐着人力三轮车在岸边漫游，有的乘着游船在河中徜徉，有的手拉手散步，有的在发微博，有的在听微信，有的在回忆过去，有的在遥想未来，有的在河边餐厅吃着海鲜，有的在酒吧里开怀畅饮直至深夜清晨，有的一个人坐在那儿，静静地发呆，感受着凉风习习；有的两个人一起发呆，男人从背后拥着女人，像一尊雕塑；有的拎着一瓶啤酒从对岸的酒吧里出来，往河沿上一坐，仰头咕咚一大口；有的在玩蹦极，狂叫着从天空剧烈坠下，又以迅雷不及掩耳之势反弹到半空中，那叫声也听不出是舒爽还是恐惧；在河边或者人行隧道里，有许多街头艺术家在拉小提琴、弹吉他，隧道的墙壁上都是五彩斑斓的，手绘着艺术家们的梦想和理想中的世界；有的什么也不做，就在观察形形色色的人们的形形色色的姿态（除了我还会有谁）；谁能想到，这里原来只是商人卸货的码头，岸边迷人的轻吧原来只是仓库和货栈，凡是你想得到的、想不到的，都被新加坡人变为奇迹。

时值凌晨二点，路上行人仍然从容不迫地悠闲地踱着方步。岸边酒吧里

飘浮在天空中的游泳池，俯瞰整个国家，管它过去和未来，只是现在，呆，发呆，只是发呆。

的人们仍然载歌载舞。布鲁斯音乐飘扬在河畔，原味摇滚随轻舟摇曳。一向早睡的我也舍不得睡去，在河边陪伴着人们一起狂欢快乐。狂欢一夜不够，夜夜来狂欢，后来干脆住到河边儿，站在阳台上就能看到狂欢的人们，夜半醒来，站在露台上，沏一杯红茶，看着灿若星辰的河面及飞架在金沙酒店上的"外星人飞船"，不管天上人间，眼是满足的，心是和平的。

沿着新加坡河岸一直往金沙酒店的方向走，过了一座美丽的桥，从桥下穿过，被美震惊了！河面上浮游着无数小球，金沙酒店的墙体与河面折射出美丽的光芒，酒店基座似是一朵盛开的莲花及三枝横斜的枫叶，大榴莲滨海艺术中心作为衬托，巨大的摩天轮像是夜空的一个璀璨的手环，营造了一个美轮美奂的极乐世界，人世间所有的色彩应有尽有，灯光所能变幻的身姿无穷无尽。

偶然回首，鱼尾狮身像用独一无二的姿态吸引着世界各地的人民，蓝色的基身，白色的躯体，一股清泉自口中缓缓喷出，力与美，刚与柔，阴与阳，是怎样的创意将陆地与海洋的两种生物组合在一起？苏门答腊的那位王子在14世纪驶入新加坡时看到的美丽动物，真的是鱼尾狮身吗？一个代表着智慧、力量与霸气的狮子，与一个代表着柔情、富贵、自由的鱼的结合，如李光耀总理所愿：像埃菲尔铁塔是巴黎的象征一样，鱼尾狮身像成了新加坡的象征它所代表的"不断跟随时代变迁及持之以恒的精神"之于任何时

代、任何国家都是通用的。《马来纪年》中记载，是王子将此岛命名为新加坡，在梵文中是狮城之意，他没想到的是，21世纪，狮城仍然光耀东方、享誉世界。

转到滨海艺术花园，仿佛进入了潘多拉星球，人间美景应有尽有。一个现实版本的《阿凡达》，十八棵用灯光、植物堆积的艺术之树高耸入云，树身上的灯光变幻着世间最美丽的色彩，在两棵艺术之树中间连接一条长长的空中走廊，走廊也熠熠闪光。立即想飞上云天，却发现已过了时间，树中间别有洞天，既有餐厅，又有电梯。

这些高几十米的"擎天树"似是垂直的花园，树干种满200多种超过16万株的热带攀缘植物以及蕨类植物。部分树装设有太阳能储电板，为树上的灯供电；部分树与冷室的系统连接，作为排热气的出风口；此外，Supertree还能收集雨水，将大自然的资源再利用，兼具造景、遮阳、发电、照明等功能，令人叹为观止的创意和设计！而这样的创意竟然能够在花园城市变成现实，在一个寸土寸金的城市国家，竟然舍得拿出101公顷的土地建设一个恍若天上人间的奇幻世界，怎样的胸襟和气魄！更加巩固了新加坡的花园城市的美名。

新加坡赋予了国家鲜活的生命，赋予了城市艺术的温馨，让建筑也能直抵人的心扉，见过，就悬在心里，一生，念念不忘，一定要再回到它身边，走在空中，做一回Na'vi公主，为拯救自己的星球和人生，战斗！

人类建设出来的美一样可以让人流连忘返、心旷神怡。

尽情享受当下的快乐

生命的行者

　　生活中有那么多不美,偶尔使我们失去了前行的动力和勇气,我们必须寻找美,以便生活得相对快乐和幸福,比如孩子的笑脸,新西兰的天空,马尔代夫的海,喜马拉雅山上的月,阿里转山时藏族人的眼睛和扶携。

　　有时候,生活变得琐碎和冗余,为了清理不必要的生活程序,来一场旅行,遂发现,生活是那么简单,简单得只有一些生活必需的基本要素就够了。就像梭罗隐居在林中的小木屋,生活不仅在持续前进,而且给头脑腾出清灵慧明的空间,用来思悟人生、感受世界。

新西兰绚丽的秋天,只一眼,就念念不忘。

整个新西兰，只要在路上，处处都是：蓝天白云，雪山树林，草原牧场，悠闲自得的绵羊和奶牛，智能化灌溉机。时时感慨：新西兰的牛羊都活得这么悠闲、自在。想想许多国人为物质所累，不若新西兰的一只羊，更能体会自然的生命的魅力。

做培训的朋友一直推荐我上静心课，可我看到新西兰的蓝天、白云、草原就很静心。心不静是可怕的，正如一直无法理解顾城如何能生活在天堂却做出地狱的事情。怎么能够在面朝大海、春暖花开的地方舍得杀死自己？捏着钢笔的手怎能去拎斧头，还砍向自己的妻？黑夜给了他黑色的眼睛，他曾用来寻找光明，却制造了比黑暗更黑的人生的黑夜。

由此可见，才华和财富都是用来装点人生的，不能用来指导和光明人生。

心，是最重要的。心不静，在哪儿都是黑暗的，即使身在天堂，心也在地狱。

开心是静心的最简单而直接的方式，像孩子一样开心。

人生的颜值是靠心来点亮的。

修行就是在变幻的世界和人生中去修炼一颗不变的心。无论何时，淡然平和地面对自己和生活。

📷 天然的静心课堂，即使心在地狱，也会转念天堂。

📷 降伏我们自己这匹野马的过程是人世间最艰难的旅行。

我是一个生命的行者，一生都要在人生的路上行走，身动，心定，心动，身定。

我也注定是个生命的行者，要独自完成所有的生命体验，独自绽开生命的灿烂！

欧美旅行风

在基督城住的旅馆是六人间，一道并不引人注目的小门，开启一个自由而舒适的院落，里面有几处低矮的建筑，几处院子，院子里有秋千、草坪、露天SPA浴池，每一处木屋都有一个公共的大厅和厨房，出得来，进不去，必须有门卡。

打开旅馆院子的门，倾斜的夕阳滑过草地，映射在正在做俯卧撑的几个男孩身上，旁边一个长方形的桌子上摆了十几只蜡烛，烛光摇曳在五彩的黄昏之中，显得整个世界深邃而安详。走过几栋小木屋，坐到木桌椅上，泡一杯红茶，静静地陪伴黄昏消逝、夜晚归来。男孩们打开SPA的木门和浴池的盖子，脱去外套，泡进水池中，一个穿着比基尼的法国女孩从桑拿屋里出来，也跳进了水池。遥想皮箱里搁浅的中国红色的比基尼，又把外套的拉链往上拉了下，还是不下去了吧。

旅馆住着许多来自世界各地来的背包客，只有两个中国人，一个在做攻略，一个在观察老外们的举动。他们不像来旅行的，却是来生活的，放下背包，就打开电脑，一看一天；或者泡杯咖啡，坐在外面，一坐一天；再就是去超市采购了一堆面包、Pizza及各种蔬菜酱料，开始烹制食物。他们不急匆匆地去看景点，或是去体验户外，他们享受着当下每一个和平而喜悦的时刻。与他们的交流也是和平喜悦的。

国际友人们的聚餐，在一个天堂般的大自然里。

厨房里的香味儿飘散出来，才意识到晚餐时光的来临。许多人在烧制晚餐，并端着盘子到院子里，问溪滢后，得知他们要举行Garden Party，只要拿着自己亲手烹制的食物就可以参加。看着仅有的面包片、牛奶、鸡蛋和薯条，过了一下脑子，怎么能够弄出一盘拿得出手的食物？想起《克莱默夫妇》中男主为孩子做的法兰西多士，便把鸡蛋打散，加入牛奶，用面包沾满，煎焦煎黄，切成三角形，端着去了花园。

派对已经开始，满桌子食物，有烤盘中的起司，有土豆泥、蔬菜汤、水果罐头、蛋饼和香肠，还有许多叫不上名字的食物。只要你想，谁都可以参与，自觉端着食物加入，一起分享食物，一起畅谈旅行。各自拿着自己的小盘子、叉子，各取所需。已经忘记吃东西了，因为所有注意力都用来听他们聊些什么，却还是听不大懂。只见他们笑得前仰后合。悄悄问溪滢，她说那个女孩说这是她平生第一次开罐头。我疑惑不解，她笑着：外国人笑点比较低，一点点事情就很容易开心。点点烛光照耀着每一个青春洋溢的脸庞，生命是愉悦的，生活是宽广的。几滴雨点不期而遇，大家端着盘子移到木屋内的休息大厅，我回到卧室。

这是一个六人间，那个靠窗边的家伙仍然躺在床上看 iPad，他已经躺了整整一天，晚上还不停咳嗽；有人盘坐在地上看书，有的玩手机，有的睡觉，有的进进出出，忙里忙外的，一个人就是一个小星球，各自的资源不同，各有各的轨道，偶尔交汇一下，都安静有礼。

拎着笔记本坐到室外撑着太阳伞的木椅上，那两个加拿大帅哥仍然在聊天，他俩似乎有大把的时间享受这张桌椅。他们热切地与我聊起来，他们来基督城打工，之前在皇后镇工作了数月，推荐我一定要去，说那里太美了。我力邀他们到中国旅行，一定要到西藏，他们说会的，而且会去长城。他看着我的 iPhone6 Plus，说这个很酷，他的是 5S，另外一个是 4S。我说只是为了旅行方便，用这个，可以不用带 iPad。我不知道该不该骄傲，如果 iPhone 是中国生产的，毫无疑问——是，可是……好吧，为中国人的消费实力而骄傲吧……

一会儿又加入了几个女孩，大家互相介绍：她们分别来自英国、法国、意大利和美国。她们并不注重外表，穿得很简洁，廉价背心短裤，身材很胖，胖得不均匀也没有曲线，头发自然散乱着，有的只是扎个马尾，不知道是天生卷发还是烫卷，头发的颜色稀奇古怪，看不出年龄，却能看出生命状态，很自然、很简单。也许，当人们活得轻松自如时，就不注重外在的东西。当人们内心压抑沉重时，才会去关注品牌、装束、身材等这些外在的东西。

大家随意加入，不想聊了打个招呼就可以离开。大家相处得真诚而随性，聊天时很真诚，打招呼时也很热情，聊之前去过哪些国家，接下来去哪些国家。投缘就一起分享食物，一起喝咖啡、散步，其他时间只是热情的一个 Hi，便各做各的午餐，各看各的电脑，各发各的呆，各逛各的街。独行者居多，这让我不再觉得异类和孤单，我们享受独行带来的自由和快乐，同时，又能相遇世界各地的交谈者。

他们并不在旅馆中彻夜狂欢，十一点左右，各回各的房间，熄灯、睡眠，准备迎接崭新的一天。第二天早晨七点开始，便陆续起来，做早餐，出发，去另一座城市，或者另一个国度。淡淡地，道别，一如，淡淡地，交谈。分别时，每一个人都笑着，对你说：

Have a good journey! Good luck!

欧美人，活得更能接近真实的自己，他们深切地明白自己想要什么，并去做。他们所受到的阻力远远小于我们，而他们连接了真我之后，力量又很强大。所以，他们很会活在当下，很会享受生活，很会利用和享用吸引力法则，明白爱与感恩的力量，所以，在他们营造的国度里行走，能够深深地感受到被尊重的感觉，这感觉非常棒！这是国人之间所缺少的：人与人之间的信任、尊重与感恩，爱根本谈不上。

他们更有独立意志，不会轻易相信人云亦云的东西。而我们却特别愿意随波逐流，相信传统和祖先比我们更聪明，能说出我们说不出来的真理，其实，每个生命，来到这个世界，就是一个真理，他明白所有真理，只是越来越多的人和教育试图让他们明白真理在先人和别人口中，我们很怕相信自己，总怕自己是错的，总觉得家族的力量强于家庭，人群的力量强于个人。但是，当人群只听一种声音，只过同一种人生时，根本没有力量，是任何一种外力就可以驱散的。

我们不是活在过去，就是为未来担忧，所做的一切都是为了自己的孩子的未来——让孩子有一个更好的未来，让自己能够老有所养。但是，我们却忽略了每一个当下，在当下的时刻一直都在为过去懊悔或者为未来忙碌，而真相是：我们能够拥有的——只有当下！

迪卡普湖边的静心修行

清晨

静谧，只有自然的声音，几只鸭子优游地晨练，嘎嘎的叫声显得格外动听，鸟鸣在半空中，不见影，只闻声。

库克山腰系了一条柔美的丝巾，静静地依偎着湖水，浓浓的云层，厚重地裹着山肩。太阳试图冲破一切，挤出一道金光。

正午

只要有阳光，湖水就是蓝的，不同层次的蓝，一直蓝到山脚下，近处的淡蓝，中间

美得令人无法呼吸，小心翼翼地膜拜和体验大自然的神奇魔力。

的白蓝，远处的深蓝，蓝色连着山脚下的黄色，黄色连着山脊的赭红，红色的另一面残留着夏季的绿色，绿色正在渐渐变幻成金黄色。

踩着松塔和松树针叶，走到湖边，踩在鹅卵石上，咔咔作响。下一刻需要赶车也好，Check Out 也好，定行程也好，这一刻是安宁的。享受这当下的快乐。

什么都不需要做，就进入梦幻仙境，沉沦，神醉，出离。

下午

从早晨起来一直觉得很冷，穿了黑色的衣服，准备拿电脑去咖啡厅上网，路遇阳光，晒靓了整个世界，也晒活了小心思，一屁股坐下来，不舍得离开，相机手机一起上，横拍竖拍拍不够，左看右看看不够。

这片淡淡的湖，总让我想到中国，有时候像泸沽湖，有时候像纳木错，有时候像九寨沟，随着光线的转移，它变幻了不同的姿态，最终变成了童年时村口的池塘，每天都要跑到它身边几十遍，却觉得它就是世界，世界里拥有无尽的快乐！

回小木屋喝了杯红茶，来自世界各地的游客在看《指环王》，每天都有人在出产《指环王》的国度看《指环王》。什么时候，中国也有这样一部电影，能让整个世界观看，看完了就来中国找影片中的风景。中国，不缺风景，缺少能把风景、思想、哲学、力量、神奇、人生、真理、大爱融合拍成电影的人。看着，看着，

这绝美的虚实无度的世界，究竟哪一个是真实的？

屏幕上变成一群说着动听汉语的中国人,英文字幕,观众是肤色各异的地球人……

黄昏

傍晚,来湖边,等待黄昏,日落,彩霞满天,夕阳西下,倦鸟归巢,一杯浊酒醉相逢,惯看世事如风。

安静,湖边,心静如水,水静如画。画中人,自由,如风,无形,如空,无处不在,无所往住。

生命只想停留在这一刻

在新西兰,坐长途巴士也是一种视觉的旅行,仿佛在看一场纪录片,变幻莫测的风景延展着久坐的神经,慰藉着肉体的疲惫。

满眼的雪山,连绵在身边。触目可见,左边是雪山,前面是雪山,右面还是雪山。看不够、拍不够、写不够却还是要看、要拍、要写。车子沿着雪山腹肌一路向上,原本仰视的很快平行了,然后俯视了,最终,被甩在身后,踩在脚下。似乎,融化了!与雪山合为一体。

车子继续盘旋而上,在冰雪世界穿梭,漫山遍野的浅雪衬着棉纱一样的云和浅蓝的天空,一场出其不意的冰雪奇缘,带领人类进入一个奇异的神话世界。那里有白雪公主和霍比特人,有哈利·波特和移动城堡,有快乐的大脚。

从来不相信童话的人却成了童话中的童话,把童话改编成现实:自己这个灰姑娘把自己变成了王子,王子又娶了灰姑娘。王子驾着马车带灰姑娘周游世界——身心灵合一。

在美景中长途跋涉,是一种莫大的享受。

竟无端哭了起来!女汉子不是不会哭,她哭,不是为了获得某种得不到的东西,不是为了显示自己的柔弱以祈求男人的保护和慰藉,而是因为自己艰苦卓绝的努力和奋斗,磨折了许久依然不见太阳;她哭,是为了让自己更有力量去面对失败以及继续创造成功

📷 美醉了！

📷 美疯了！

📷 肉体消失了，只剩下灵魂。

的未来，继续拼搏和跋涉，无论多难，必须一个人硬扛，扛得起、扛不起都要扛！明明知道，扛起江山易，扛起自己难！

太阳出来了，带走了冰雪，瞬间由冬天进入春天！瞧，有的时候，变换季节如此简单，只要在晚秋的早晨，穿越皇后镇的雪山。黄绿色的树林和植被后面仍是淡淡的雪山，一如淡淡的忧伤包裹着离人的泪珠儿。

车子又在瓦纳卡稍作停留，才几天时间，她就不一样了，雪山下的湖水美得令人魂不附体，嗫嚅着、瑟缩着，在它身边稍事喘息，轻轻站立，怕扰了她的小心肝儿，可恶的鸭子优游地游着，无视这绝美的一切，无视我的小心翼翼。真想揪着鸭子的脚扔到山上去：凭什么！你可以这样日日亲近湖水，优游相伴？这是传说中的羡慕嫉妒恨吗？

长长长的、远远远的一望无际的雨林，出现一片浩浩荡荡的、层层叠叠的海，海上层云密布于蓝蓝的、蓝得让人心碎的天空，已经被美疯了心神，不知道下车后可还能找到客栈……先找回失魂落魄的自己吧。

尽管六点醒来，坐五小时的车，却不舍得睡觉，生生地错过了至深至性的美景，情愿为它磨折，为它不眠，为它衣带渐宽。

景色沉醉原来不只是描述和夸张，是真的可以让人醉倒，我就彻底醉倒在一路上的美景，有种酗酒之后的晕眩与狂醉。

最终迷失在风景之中，失却了一切痛苦。只是，深深地、深深地陶醉其中，不想醒来。美呆了！只想让生命永远停留在这一刻。

墨尔本的挑战

2015年4月19日　星期日　15:30

今天是我的阴历生日的阳历。

来到墨尔本的第一天，阴雨。早起后，做早餐，煎松饼，无油，锅又差，煎成了面糊，倒掉。一个从新西兰来的阿姨给了我一盒黄油。说用完了，就放在公共食品区域。

在前台报名大洋路旅行团时遇一中国留学生，聊了几句，他英语超级棒。他已经退了房，寄存行李是需要付费的，想将行李放在我的房间。立即答应了，却没想到带来了不小的麻烦。旅馆实行封闭式管理，只有打卡才能进入客房、乘坐电梯，放行李时，我需要跟他一起去，取行李时，我也要从市中心赶回来刷卡去取。美好的一天被他干扰了大半边。善良，有时候也要付出点小代价。

下午两点四十分，饿了，厨房有人在打扫卫生，暂时关闭。十分钟后，一群人涌进去做饭。YHA的大厨房，除了打扫卫生，几乎24小时都有人在Cooking。搞不清楚做的是哪顿饭，啥时候饿，啥时候做。打开冷藏室，昨晚在超市买的速冻饺子化了（没有冰冻室），只能蒸。但没有蒸锅，于是，就用过滤通心粉的筛子当作蒸锅，蒸台北饺子。

一个矮胖的男人将一整盒巧克力谷物倒入碗中，然后加入一整盒（那种1L的）牛奶。我看傻了。直直地看着：难道他要一次性吃完吗？他看着看傻了的我哈哈大笑。然后，端着一个巨大的碗，坐在一边，一口气吃完了。

饺子完工！Oh, yeah! 把滤篮端出来，直接放到平底盘子上，一个盯了好久的白人帅哥忍了半天还是忍不住问：What's that? That's……才发觉，没有储备"饺子"这个英文单词，可是太饿了，实在不耐烦擦干净手再拿手机去查翻译：Chinese food, a special kind of food, it's very delicious. 说着，便拿起刀叉吃起饺子来。他煎着自己的黄油面包，心里可能在嘀咕：东西方的差异从食物开始。

正叉着饺子，一个清洁人员走过来，用娴熟的中文问：你从哪里来！我爽朗大笑：既然你跟我说中文，我就来自中国。他说：我看你像。你中文说得很好。谢谢，是Lucy教我的。Lucy是YHA前台，曾在北京工作过一年，汉语说得很棒。聊了几句，他说：你漂亮。就走了。回味了半天，总觉得这三个字里面少个什么副词，可主谓都有了，也能成立，但还是觉得别扭，至少中国人不会这样说，如果一个中国人说：你美。啥都没有了……就是别扭。中文的普及率居然这么高，好开心！

外面依然风雨交加，把所有的衣服套在身上还是不能御寒。只得待在旅馆里，好在，这个 YHA 够大，足够我上蹿下跳、东跑西颠儿，有热水，有咖啡，自带了红茶，大厅里有免费 Wi-Fi（虽然时不时会断），还求什么？听歌，写行记，看电影，狂发朋友圈。

全世界的人陪着我。一些人在 Cooking，一些人窝在沙发里看《007》，一些人用手机、iPad 或者手提电脑上网，一些人闲坐发呆，一些人在打乒乓球。大家都很安静，自得其乐，除了乒乒乓乓和 007 炸翻一切能炸的东西、用破坏世界的方式拯救世界的声音。

这个世界真奇怪，人类创建了世界，然后，一些人破坏它，一些人拯救他，一些人仍然在建设，为他们提供战斗工具和战场。但是，我爱这个世界！

我在东马的做工生活

在我眼中，平淡无奇的人生也有传奇，更何况，我的闺密秋的人生是真正的传奇。因而，独自出国旅行的第一站就选择了马来西亚，即使不看什么景点，也要看看她，她就是一个景点，一个生长在岩缝中却顽强向上的野草，无论遭遇什么雨雪风霜，她都能够从石头中汲取养分，坚韧地屹立在世界尽头，带着娇嫩的小草。她在新加坡生活了两年之后，迁居马来西亚古晋，生活三四年了。

我到古晋时，她随男朋友去了文莱，妹妹小秋来机场接我。两只村里生长的丑小鸭一见面热烈拥抱，嘎嘎地叫着：哇！你还是像小时候一样黑。我脸红了，但因为太黑看不出来：本来变白了的，在沙巴晒太阳、游海泳，又黑了。小秋说：黑天鹅也美！拼命想了想黑天鹅的模样，伪命题……

当晚，我与秋的女儿欣睡在一屋。秋于半夜回来。第二天一早，就听到楼下传来熟悉的声音：霞呢？楼上睡觉呢。我要去看看她！七八年不见了。我起身，没找到梳子，用手指理了理头发，用纸巾擦了擦眼睛，揉搓了几下脸——能变白一点。像迎接情人的小情人——我这种特立独行的女人只为女悦己者容！

没有热烈的拥抱，没有惊天的尖叫，没有夸张的热泪，一见面就聊起了天。你不会怪我没去机场接你吧？怎么会呢？来日方长，我又不是住一两天，重庆没有阳光的雾冬，一天也待不下去。你怎么来马来西亚了？说来话长。你怎么去重庆了？说来话长。两个人相视一笑，穿着睡衣，睡眼惺忪地话起了家长。你想吃什么？秋问。榴莲。秋拉着我的手下楼，我紧跟着她，一步也舍不得离开，仿佛我立即要走。秋打开冰箱，拿出一个月饼盒，一整盒剥好的榴莲。我一口气吃掉大半盒。

古晋的第一个早晨是吃着榴莲开始的。以后的每天晨起的第一件事情，就是吃榴莲，每天都要吃榴莲，有什么办法，好吃得让人发疯，便宜得令人发指，霸气地掰开一个又一个，一口气吃了四个！秋终于弱弱地说：不是我不让你吃，榴莲不能多吃……很快，就饱尝了严重的后果，浑身上下有毛孔的地方汩汩地出汗，没毛孔的地方汗水拼命往外拱，热得我坐立难安，就跟在42摄氏度的重庆的夏天吃了一碗加了辣的酸辣粉一样，一会儿工夫冲了三次凉，一出浴室，立即又被汗水打湿，简直像中了情花之毒，欲火焚身。

东马旅游名城亚庇的水上清真寺。

实在不耐折磨，冲出去，满大街找山竹，找到了却找不到秋的家了——所有的房子都一样，也没有路名（是我根本没记，只凭感觉），先坐在路边猛吃山竹，吃完了抹抹嘴，继续找，找的途中还不忘仰头拍椰子树。找了半小时，又出一身汗，冲进浴室又是冲凉。再出汗，就要泡在水里了——都是榴莲惹的祸。再吃榴莲就不敢造次了，只吃一个，然后流着口水剥开另外两个，把榴莲肉放入月饼盒，再放入冰箱。秋说熟透的榴莲会放坏，得剥出肉来放入冰箱。每次路过冰箱，犹豫了又犹豫，还是像贼一样打开，偷一块榴莲扔入口中，只要下楼，只要冰箱里有榴莲，总也抵制不了它的诱惑。

秋摇摇头：这么多年了，还没长大？为什么要长大？一边又揪出一块榴莲往嘴里填：不想长大！你太幸福了！有那么多人宠着你。从嘴里揪出悲壮的榴莲核：就是因为无人宠我，我把自己给宠坏了。拿出装满榴莲的月饼盒，抱在怀里开吃……想想可怕的后果，还是放了回去。

古晋的房子便宜得惊人，秋租了一幢独立的小楼，上上下下、里里外外有三四百平方米，独立的院子，才800马币（约合1600元人民币）！古晋的生活也很廉价，5马币可以吃顿饭，10马币就能吃饱、吃出花样儿来，现煮的咖啡1.5马币，各种饮料二三马币。这里没有边吃饭边喝酒的习惯，而是一人一杯饮料。猫眼儿岭的海鲜大排档比亚庇机场还大，螃蟹像西瓜一样大，通身黑色，像一只巨无霸版的大蜘蛛，看了第一眼，便不敢看第二眼，吃的时候，就不管它色身丑陋了，抓起来就咬！各种各样的龙虾、大虾、老虎虾，有十几种特别的做法：奶油虾、芝士虾、椒盐虾、奶油蛋黄虾、咖喱虾等，只是没有白灼和清蒸。比起国内，价格便宜得惊人，一顿海鲜大餐，丢了一堆螃蟹壳，单单我自己就吃了两只大螃蟹、六只大虾（手掌般大）、一条鱼，眼珠子还瞄着小秋碟子里不屑于吃的大虾，她立即心领神会，拎到我的盘子，瞬间我就剥光了它塞进口中，这么一大堆，不过百儿八十马币。东西也便宜，商场里的衣服才三四十马币，一口气买十件，却件件是中国制造。G2000的西装，在国内至少一两千一套，这里才一两百马币，恨不得买光了，回去开个专卖店，最终拎了一套回去。

古晋的车一两万马币就能买一辆，当地人可以零成本买车，月供很少，政府也提倡买车（想想国内的限购……一直幻想，中国若少一半人口，多么天堂），因而家家有车，甚至人人有车，有的，一人几辆车。她男朋友家只有四口人，却有十辆车。他说等她学好驾照，打算送她一辆。小秋的车就是她的前男友赠送的。貌似这里的华人对待女朋友或者情人仗义和慷慨得出奇，即使分手了也不似国人那样现实，讨回彩礼和曾经的馈赠。秋的两位女友过生日，亲人们一个送了一块浪琴手表，另一个给了两万马币。正碰上小秋过生日，她的前……第N任男朋友一大早驱车从另一个城市赶来，来档口找她，请她和她的朋友吃晚饭和K歌，为她庆生。

秋在步行十分钟的路程开外的Foodcourt，租了两个档口，做砂锅饭、砂锅汤，小秋做中式饺子和面条，女儿欣在华人学校上初中。做档口生意，一个月能赚几千马币，足够一家子的吃穿用度，还有妹妹补贴的一半的房租和支出，以及男朋友的慷慨周济。活得太自在了吧，自在的她们呀，天天晚上出去泡吧、喝酒、吃夜宵，秋和小秋有几个要好的华人华侨朋友，三天两头在一起用餐、K歌，轮流坐庄，十分乐逍遥，逍遥得不想回国找压力了。想想国人承受的物质压力，这里的人过着神仙般的生活。

古晋有很多这种半露天的食铺，类似于国内的大时代、大排档，作为大排档来说是高、大、上的，一个大大的半敞开式的商铺，尖顶的天花板上的吊扇永远是打开的，顾客从四面八方走进食铺，在几十个档口中寻找撩拨自己食欲的美食，每一个档口都是不重复的。闲着没事儿，帮秋做工，同时，吃遍所有的档口便是我的使命。Laksa面、炒粿条、炸鸡脚、椰浆饭、肉骨茶……印度快餐店里的印度飞饼才两马币，只要路过就飞两张来吃,跟白捡似的。一天要喝几杯咖啡,那么好喝的咖啡,才1.5马币,真是不忍心给这么少。总之,每天的工作就是疯狂地饕餮。

秋这里有欣帮忙,用不上我,档口太小了,两个人已经满了,三个人就转不开身,而秋在准备肉骨茶与米饭时,拎起大锅盖,抢起大马勺,空间就所剩无几了,加上她一个人占一个半人的位置,就把我挤到小秋那里了。小秋做的是我熟悉的面食,于是,捏起饺子皮儿就包,包着包着皮儿掉了,小秋捡起来,拍两下,塞进肉馅,"做煎饺,看不出来。"一会儿,有人来要煎饺,她拿出一个平底锅,煎得两面金黄,连我都想吃了,想到它的前世,还是算了吧。

我端着盘子送到客人所在的位置:"5块钱,谢谢。""你是新来的?"他瞄瞄我的漂亮长裙,一看就不是来干活的。"帮朋友做工。"我把托盘拿回去,小秋说,他是老顾客,三天两头来吃。我不怀好意地挤挤眼:他来吃的恐怕不是饺子吧。你来做工,吃的人更多。你知道马来西亚女人,尤其是土著,又胖又丑,比你还黑呢!这么窝心的赞美……人一黑,难道连腰杆儿都挺不直了吗?使劲直了直腰,照了照镜子,还是黑的……唉,脸像饺子皮儿多好。

小秋做的是早餐、午餐,每天三点多钟就起来压面条、拌饺子馅儿,半下午就收工,回家睡觉,睡醒了要打面(用机器和面、压面),晚上还要跟朋友们喝酒、唱歌。秋做的是午餐和晚餐,睡到早上九点多钟才起床,走到档口准备好,十二点陆续有人来吃饭,晚上人最多。两个人同住一幢小楼,若是晚上不一起娱乐一下,经常一个星期见不上面,就跟在大都市里合租似的。

一开始,我还以为她们在异国他乡生活,会有什么不一样,到达的第一天晚上吃完海鲜后,小秋说去酒吧,老板和顾客是中国人。喝完酒后,又要去K歌,我小心翼翼地问:唱中国歌还是外国歌?外国人也爱K歌?她哈哈大笑:去了,你就知道了。中国人开的只有中国人K歌的K歌房——K歌的力量神奇到了国外!没想到这些人个个儿都是K歌高手,那些在中国流行的歌曲在这儿一首也没少,连中国好声音里的歌曲也没漏掉,看样子,这里能够收到许多国内卫视。每次必点歌曲是刘德华的《中国人》,片头曲一放,大家群情激昂,一股浓浓的爱国情怀绽放开来,燃起整晚高潮。原来,这里的中国人的生活方式与国内的都市人一般无二。当代国人的爱国情怀需要通过歌曲在K歌房里展开,哎呀呀。

古晋是一个鱼龙混杂的地方。这里混居着马来人、土著人、华人、黑人、印度人、印尼人、菲律宾人以及说不清国籍的混血儿。至于华人,从福建到东北都有,虽然不会有人问你来自中国的哪里，但华人们在一起时会用家乡话交流，中国北方游客来这里，不仅听不懂当地人讲话，还听不懂当地华人讲的客家话、潮汕话和广东话，那个挫败感哪……发誓一定要学粤语，但一听就头大，还是学英语吧。外国人眼中的中国人都是一样的，中国人眼中，北方人与南方人、西南人与东北人却不一样，包容心哪……

去路边小店吃个午餐，会遇到不同国籍、不同人种的餐友。来自天朝之国的我竟然被当成外国人观赏，真不习惯！偏偏穿了惹眼的紫色旗袍，刚出现在印度餐馆儿的门口，立即引来许多种族和国家的人的关注，死盯着我，就像我死盯着大虾一样，弄得我徘徊了好一会儿，才敢进去，实在是太饿了，顾不了许多。

结果没法交流，印度老板说的英语跟火星语没什么两样，看着他的嘴嚅动了半天，一个字母也没听出来。终于找到比中国人讲英语还咧歪的人了，哈哈！可是，这饭怎么吃呢？打了半天太极，好歹点完了餐，点了杯咖啡，老板说了个单词，没听懂，他急中生智，拿了一个冰块。连 Ice 都自己编曲发音……我投降了：Hot coffee。他疑惑的眼神表明：没有人喝热咖啡，大热天的……本小姐就要喝热的，大姨妈不行啊……

古晋不是一座旅行城市，又因家家都有车，因而，公交车极不发达，我一来就问周围有什么公交车。公交车？秋仔细想了想，好像从来没坐过。问及有没有，秋支吾半天，好像没大有。她做工走路就可以，出去玩搭朋友的车。想出去玩只能包车。包车？这个弹丸之地，有什么可游的？小秋的车闲置在院子里，我也只能流口水，想想坐在右座位上，车子要靠左行驶，往左拐……坐在车里不是干着急，向右多舒坦呀，还是歇着吧。于是，就每天窝在秋家或者去档口帮她们做工。实际上是品尝美食和蹭 Wi-Fi，这里的 Wi-Fi……跟互联网刚刚进入中国时的拨号网络差不多，总是掉线，半天打不开一个网页，还时常有生理周期，上午想订去新加坡的机票，下午还打不开网页！一气之下，决定从马六甲陆路进新加坡。这种网速，怎么受得了？秋想了想，网快了，有什么用呢？这本来就是一个慢得不能再慢的小城。

小城小得，最高建筑只有四层楼，我的产品在这里是没有用武之地的，六层楼以上才用得到。这不是把梳子卖给和尚的问题，梳子还能按摩头皮、保健养生。小秋开车载我去城郊吃野猪肉和蝙蝠肉，后视镜中出现一轮火红的夕阳，在毫无遮挡的城镇上空沉沦，所有美景尽收眼底！原来，小有小的好处！真羡慕你们，每天都能畅通无阻地欣赏日落。

司空见惯的他们彼此交流下眼神，干咳了两声，没……没看过，看它做什么？好吧，我一个人看，多么美的落日呀！居住在高楼林立的都市里，能有几次艳遇绝美的落日？

恰好在那个时刻站在一览无余的落地窗前；恰好在那个黄昏，行走在海边；恰好在那个晴朗天，开车归来，在后视镜中与高楼大厦的间隙争夺夕阳之美？爱夕阳的人必定爱自然，也必定爱生命与地球。

与悉尼歌剧院的恋爱

没想到这样容易，走着走着就走到了举世闻名的悉尼歌剧院。坐看落日熔金，流光溢彩，梦想没那么难以实现。

什么都不想说，那张开的片片贝壳，早就如雷贯耳，此刻映入眼帘。的确美，很美，非常美，别的也说不出来了。更美的是我来到它的路上，一路的欢笑，一路的坚持，一路的执着。为了与它静守一个黄昏，我花了十五年的时间，让自己有闲、有钱、有资格拿到签证、有能力独行世界；为了一亲芳泽，

黄昏时分的她，最是多情。

被悉尼人戏称"老式大衣架"的世界第一单拱桥，妩媚婀娜与巍巍磅礴并存。

在错过了从墨尔本飞悉尼的班机后改乘 12 小时的火车；它不知道，我所做的一切，它也并不知道，我来了，我是谁，将去往何处。我知道它是谁，它没我那么复杂，它是没有生命却被赋予了生命的建筑，它是没有灵性却展现着灵性的艺术，恐怕我需要花一生的时间才能真正知道我是谁，我来自何

在不同的角度，不同的时间，她有着不同凡响的神韵和气质。

方，将去往何处，带着多少个前世，多少代家族的排列来完成我的这一世的人生使命。当我百年之后，它还会存在？而我，是转世为另一个他，还是幻化成了永久的尘埃？

静静地坐在长长的木椅上，就想看着它，静静地陪伴着它。美得无法呼吸，不想多言。许多像我一样的人，来自世界各地的人，用各种方式，付出各种辛苦和代价，来到它。它是有力量的，恍惚间，某个时空里，我也能成为一个让全世界瞻仰的什么。人，一定要轮回动物吗？可以轮回成建筑吗？山或大海可以吗？如果来世，我是喜马拉雅山……幼稚，自己笑起来，人家已经亿万年了，轮回期限也是亿万年……那么，轮回为建筑吧，几百年一个轮回……

就这样，守着它，与情人桥一起，守了它一个晚上。第二天，还想来看它，看它白昼时的容颜。

第二天中午，搭免费巴士去环形码头。天蓝得密不透风，无一丝云彩，空气清新得像纯净水一样，只要呼吸着，就满足了。

艺术中心门口，坐满了发呆的人，一群孩子与一群白鸽在嬉戏，土著人全身涂抹着白漆，演奏着没见过的乐器，长长的牛角做的大象的鼻子，旁边一张兽皮，

在这样舒适的人间天堂，除了像孩子般欢笑还能选择什么？

一旁是流浪艺人在弹吉他唱歌。两种声音交相辉映，相得益彰。

围着环形码头漫步，一直走歌剧院的脚下，人们坐在海边的沙发座上，或坐在木椅上喝酒聊天赏景。许多木桌椅就搁置在海边的露台上，美食、美酒陪同美景，许多白鸽，仿佛是这里的一员，人走，鸽飞，抢食着桌上的剩食。正对着大贝壳，靠坐在栏杆上，享受着自然和建筑的和谐的美。

在悉尼的几天，每天都要到大贝壳建筑身边蹭它的美与闲适。然后，一个声音告诉我，该看看贝壳里有什么。正往台阶上走着，天空

📷 爱了，就是爱了，没有原因，就是因为爱。

下起小雨。飞奔到门外时，突现瓢泼大雨，一些来不及离开和买票的游客瑟缩在门口，避着雨。几个游客埋怨着，中英文交替……

我用手机又拍照又写下当下的感受，不亦乐乎。一些白色的冰球砸到地面上，竟然下起了冰雹！多年不见，你可还好？看着它砸得那么起劲儿，真想帮它。砸得一定很爽，能够想砸就砸还不犯法，砸得如此猛烈的，也就雨雪冰雹了吧。

正拍摄着像天女散花的冰雹的视频，有个工作人员拉了拉我的手臂，礼貌地请我进去。原来，他们看到雨势汹涌，让所有的游人进去避雨，并告诉大家从地下通道可以走到酒吧区域。所有工作人员对待避难的群众都很友好，热情地介绍着歌剧院的诞生历程。

心里的笑容像贝壳一样绽开：原来，悉尼美的不只是建筑和天空。转身再看久违的冰雹，竟从圆形幻化成了心形。

马来西亚闲适的小镇

才不过一两小时，刚刚浮游过的海面已退潮几十米。因为雨季，天空只是浅蓝，天上的云层厚重而浓烈。面前的巨云形成一个展翅翱飞的大鹏，大鹏并非平面图形，而是四维空间，由多层云团组成，每一个部位又由不同形状的云团构成，右翼是狮子群云，

左翼是老虎群云，头则像一只火鸟。离地球最近的一层，仍有不少散云团飘过，自左向右。云，总是自左向右流动，总是。

大鹏的左翼尖儿出现了一段孤独而断层的彩虹。细数之，自上而下，的确是赤橙黄绿青蓝紫七种色彩，而且总是赤橙黄绿青蓝紫这一个顺序。大鹏组云的下方有些散云的组合，有的像奔马，有的像玉兔，有的像蝙蝠，就是不像云，但它就是云——人类叫作云的物质。

竟有半个月亮爬上来！不经意间！从哪儿冒出来的？招呼都不打一声？她淡然地遗世独立，不细细追寻，难得发现她的存在。然而，她就在那里。你见或不见；她就在那里，你爱或不爱；她就在那里。众里寻她千百度，她在暮然仰首处。

黄昏时分，海边的度假屋亮起了灯，是那种迷人的黄昏的色彩。放眼望去，海边的一切都是迷人的、静谧的。无论是一条木凳上的两个甜蜜的背影或是一个孤独的剪影，还是正在朝岸边走来的若干个背景，无论是在踢球的孩子，还是在烧烤台上忙碌的母亲，无论是在荡秋千的晃影，还是躺椅上静止的身姿，无论是灯边小木屋还是天边的一抹红晕；无论是沉默的沙滩还是喧嚣的蝉鸣，不知是它们迷醉于海，还是海迷醉于它们，总之，这一切，都让人迷醉！

太阳留给地球最美的时刻，总是黄昏。黄昏并非结束，而是另一个开始。

达喽小镇是闲适的、安宁的、阳光的，即使下了一夜雨，早晨立即放晴，海边的一切立即鲜活起来，海岛的生活虽然缓慢而悠扬，但人们是不懒惰的，早早地起来，不是为了生计，而是享受海的恩赐。

你有没有试过，站在海水中写日记？站在昨日满是海水的沙滩上回望青山与绿树？

八点左右，来到海边，海水竟退出了几百米之远！沿着裸露的原本是海底的沙滩，一直走到海水身边，感觉很神奇，那是曾被厚厚的海水包裹的地方，这么轻易就可以走到它的内心深处。就像云南的石林，湖南的张家界，贵州的喀斯特地貌，亿万年前，都曾经是深海之底，是巨人或外星人潜水的地方。如今，专供人类在里面穿梭、浏览、嬉戏。

很快，我发现海水在涨潮，迅速而温柔地回流，我也一样，一点点撤退，陪伴着海水一起涨潮。昨日黄昏，曾陪伴着海水一起退潮。很快，海水就包围了一切。

天苍苍，海茫茫，有位佳人，站在海中央，一手执本，一手执笔。一只小鸟，飞来飞去，尖尖的小脚儿，在沙上滑着，小嘴儿在啄着，另一只，飞过来，与它为伴，追逐，嬉戏，成双，飞天，翱翔！

发现一只美丽的贝壳，喜之，拾之，里面却还有生物，它爱它，我也爱它，于是，我们开始斗智斗勇。自己爬出来吧，宝贝小蟹，留给我一只完美的贝壳，它也许希望爬出来，可只要我轻微一晃，它就立即缩了回去。出来吧，小乖乖，离了这只贝壳，你还可以生存，离了海，你将无法独活，而我会带小贝上岸，你将失去生命。小蟹屡次想爬出来，只要外面有些许风吹草动，就立即退回原地。

外面的世界也许有风雨，但还有天地，有生存的机会。自己的家园虽然表面安全，却易被夺去一切。它以为，这是威胁，其实，是为了放它一条生路。爬出来，只是换一只贝壳，一切不变。最终，它选择留在贝壳里，被我带上岸，放进房间。但当我把贝壳重新放回大海时，小蟹已经奄奄一息……多少人选择像寄居蟹一样的人生……

海边渐渐涨潮至白天应该在的位置，偌大的海滩仅留下一个小土包儿，我迅速退守高地，很快，它也被淹没。沙滩上有一只竹椅，走过来，坐下，遥望刚才站过的地方，已变成大海。

椰子树下，清凉清净，既能观望世界，又能遗世独立。无论身在何方，所做何事，看人，看世界，写人，写世界，永远是我最大的乐趣。

所有的发生都是来祝福我的

一切都是最好的安排

从迪卡普到皇后镇的路上很像从乌鲁木齐到伊犁，道路绵延曲折，贴近山体，两面的山淡黄色，不时地冒出些淘气的绿，让山黄也不是，绿也不是，索性黄绿相间。天阴沉着脸，像因循守旧的族长压抑着新生的大地，银灰色。一排排艳黄色的树木摇曳着秋的波澜。一袭白雾萦绕在山间，使得山若隐若现，摇曳多姿。一条小河淘气地叉开土地，定要开辟出一个属于自己的世界。依然不变的是蓝色的背景，永远绽放在新西兰的天空，总让人艳羡，这是个被上帝宠爱的孩子。

新西兰的秋天，一排排艳黄色的树木摇曳着秋的波澜。

辽阔的绿原，几棵绿树，蓝蓝的天，一群白鸽飞来，绕树嬉戏。

艳丽的黄色的草原像梵·高笔下的麦田，金光闪闪，洋溢着生命的热浪。绿色的农场上嵌着洁白的羊，偶尔低头吃草，在天空与大地之间悠闲地发呆。棕色的奶牛在黄绿色的草原上悠闲地晒着太阳。披着白纱的雪山招来墨色的山予以陪伴，使得新西兰的羊肉鲜嫩多汁儿，肉厚味美。

空旷的草原，孤独着一棵丰盈的树，坚守着本心，与世无争，淡然处之。

山似乎开了一个口儿，露出一张老爷爷的脸，笑眯眯地给我讲着指环王的故事。草原问我是否疲倦，我笑笑：不，我享受这绝美的风光！只是，那么美的牛羊，怎忍心吃它们的肉？（不过，新西兰的羊肉太好吃了……从来没吃过那么好吃的羊肉……生活像在天堂还是地狱决定着肉的美味程度呀……那人呢……）

车子停在 Wanaka 湖边，有人上，有人下。环顾四周，一个精致的湖畔小镇，简约的建筑，绿色的植被，缓慢的生活，悠闲的牛羊。Wanaka 湖增添了柔美静谧的生活乐趣，更贴近人间，迪卡普湖是遗世独立的，远离人烟。坐在湖边就清空身心，安然独守寂寞，却并不觉寂寞。

瓦纳卡是外向的，迪卡普是内向的；瓦纳卡是热情如火的汉子，迪卡普是优雅含蓄的美人。

美人，若美在内心，并无迟暮之说。

听到哀伤而躁动的青春歌曲，我并不缅怀，是青春直面未来的恐惧和勇敢拼搏的坚守才有今日的灿烂繁华，青春是有价值的！若说遗憾，就是没有早点出来看世界。但以当时的心态，定不如当下感受深邃。所以，一切都是最好的安排，不缅怀过去，不忧患

艳丽的黄色的草原像梵·高笔下的麦田，金光闪闪，洋溢着生命的热浪。

空旷的草原，孤立着一棵丰盈的树，坚守着本心，与世无争，淡然处之。

未来，快乐当下，是最好的生命状态。

缘分，有时天定，有时人为

总是有人说，今生的一次相遇是前世的五百次回眸，前世修行十年，才能同船渡，修行百年，才可以共枕眠。人生中的一次缘分会人为地延续若干年，久了，早已忆不起人生初见时的浪漫与欣喜，所有的所有都化解在日复一日的日常琐碎当中，但在旅行当中，缘分时时出现，天天出现，总是在不断地体验着缘分的惊艳和狂喜，这，也是旅行的魅力之一。

从阿里转山回来，在珠峰脚下的老定日，用强力意志聚集起累得快散成一摊水的骨肉，硬是用坚强这个容器将它们重组为一个人形，走到西藏交警设的限速绳旁，将沉重如山的背包放在椅子旁，暗暗流着口水盯着另一张空椅子，这个交警已经坐累了，一直在伸着懒腰，围着椅子闲转，而我几乎已经没有力气站立了。我说想搭车去樟木。他们很热情地邀请我坐下，不做虚伪的客套，立即粘在椅子上就不肯起来。怎么搭车呢？还不曾搭过车，瞬间的兴奋之后，随之而来的是惶惑。两个路警热情地出谋划策，很快在一张大纸上用藏文和中文写上"樟木"，有车来此，必然限速，我便举着纸走上去，一边举一边想笑。这个游戏挺好玩。

比较难搭车，从拉萨来的车，要么是四个驴友凑好的越野车，要么是小巴车，即使是私家车也人满为患。来了一辆有空位的西藏货车，路警用藏语跟他交流着，他摆了摆手。路警说：他不肯拉你，因为，曾经出过事情，车翻了。我说我是福星，所到之处，必然安全。在路警的笑声中，货车还是开走了。唯一的期望是等待从拉萨开往樟木的正规班车，但需要运气，因为屡屡出交通事故，既限速度又限人数，每辆客车只允许坐18个人，而且至少配备一个警察随同。能有位置的可能性很渺茫。

班车如时而来，立即飞奔上去：请问有位置吗？藏族司机看着我：你一个人？我郑重地点点头。他呵呵笑着：你运气真好！定日下了一个人，就只一个位置。哇噢！立即一蹦三尺高（累成那样，竟然还能蹦得起来，可见人的潜能无穷），神仙一般的速度拎着背包就上了车，上了车就不肯下来。司机却宣布：在此吃午饭，停留一小时。再不舍得下来，也得下来。

这辆车坐着后来一路去尼泊尔神游的驴友：熊猫、鸽子、港姐、刚哥、宝弟及Wi-Fi哥。

车子抵达樟木时正值黄昏，有些阴雨，道路狭窄而冗长，浓郁的异域风情扑面而来。迅速查了下樟木的国际青年旅馆，订了个单间。车子停下后，不知该往何处去，一个阳光、热烈、气质浓郁、气场强大的瘦弱女孩背着50升的登山包，声音洪亮而润泽：你也去阳光吧，跟我走吧！我就不由自主地追随她了。她叫了辆的士：上车！啊，我还以为走路呢，不是很近吗？还有一个女孩，过于平常，没记住。

　　哎呀，明天徒步很难吗？我一直担心这个问题，因为刚从阿里转山过来，又到珠峰被折磨了一天一夜，真的担心走不动。不知道，背夫除了背东西，还背不背人？还行吧。大家一起徒呗。气场女孩声音婉转。听说有直升机，好想体验一下。我只是随口一说，不知道怎么就得罪她了，她不再和我说话，到旅馆前台办理住宿时，尽管我热切地希望她能与我同房，但耐不住她冷淡的态度，摆明了不想与我续缘。即使我们够强大，能够主宰自己的一切，包括情绪和情感，但无法主宰别人的想法。眼睁睁地看着她从我眼前消失，却无力挽留。她选择住十七人间！额滴个神！十七个想法，十七个就寝时间，排队洗澡也得排到后半夜，今晚还想睡觉吗？

　　独立卫浴，热水，已经八天未见了——整个阿里线儿上，根本没有带独立卫浴的房间，有也冻得不敢洗——死也要死在浴室里，还得放着热水。再强烈的念头也因为现实的冷酷而作罢。洗澡原来如此之美！洗到没有力气再洗、再洗就脱一层皮的地步，依依不舍地离开喷洒。弄干净色身之后，人生第一要义是喂饱这个色身。

　　晚餐时，结识了熊猫、宝弟、刚哥等人。第二天徒步时，结识了鸽子。似乎，在尼泊尔找车时，遇见过那位气场女孩，但不确定是否是她，她还是不愿意与我发生故事，遂作罢。

📷 有两样生物是加德满都杜巴广场最大的特色：一是数不清的鸽子，二是形形色色的苦行僧。

📷 加德满都的风铃摇晃在庙宇的屋檐下。

在加德满都与熊猫、鸽子同住了四天、养好元气之后，与宝弟坐车去了博卡拉。入住拉萨遇见的驴友 M 入住的心巢旅馆。与 M，也系偶遇，也系前生多次回眸的今生相遇，能够再续缘，是因为一路上，只要有信号，都在用微信联系，一路联系到了博卡拉。为了庆祝再相遇，他租了摩托车带我去湖边看飞翔，看费瓦湖畔的麦田，看山间小溪，云中落日。我更神奇地从加都带了三瓶袖珍的红酒，吃牛排，开洋酒，举杯对饮成三人，心照不宣再续缘。当下决定随他们一起去安纳普尔纳峰徒步。

下山的第一件事情是美美地连上 Wi-Fi，拼命发博，拼命联系朋友，一百多条微信留言，两百条 QQ 空间的回复。粉丝们纷纷关心着我：去哪儿了！怎么消失了？赶忙一一回复，弄得比工作还忙。第二件事情，是吃份霸气味美的牛排。给熊猫留了几条微信，不见回复。又联系留在加德满都的鸽子，她说：熊猫也去博卡拉了。

晚饭后，在路边散步，突然有一个人像警察一样凑到我面前，距离我的鼻子只有一公分，声音像《魔戒》里的甘道夫：这是谁呀！第一反应是将脑袋向后倾，然后，就一声尖叫，热烈地拥抱住了熊猫。是尼泊尔太小还是缘分太大？相约第二天下午一起游船。

费瓦湖中，波光粼粼，微风荡漾，两只小船，东飘西荡。大家欢声笑语，随意调侃。很快发觉船上的那个女孩就是我在樟木青年旅馆遇到的那一个！神奇到不能再神奇了！她和熊猫前一天才在博卡拉的一个餐厅偶遇。

一船的人，前世的缘分，曾经，在某个朝代，在某个湖面，我们也这样坐在一起。时空穿越了若干年，又在一起。而且，该在一起的，必然会在一起。缘分来了，谁也抵挡不住。但有些缘分，需要用心来续。之后的一个月内，无论走到哪里，我们总能相遇，不是因为被赐予的缘分，而是因为主观的续缘。一起创造和度过了快乐无忧的尼泊尔时光。

一船的人，摇晃着一世的缘分。

上天赐予的缘分，我们避犹不及，某些缘分，也许会改变一时，也许会改变一世。改变和掌握缘分，就是掌握了我们的未来。再渺小的人，也会改变未来。在掌控未来的旅途中，我们需要先掌控自己，然后激发自己的勇气，增长智慧。上天在赐予我们缘分时，是没有立场的，缘分本身无所谓好坏，在不同的人手中变成了不同的过程和结局。我们需要判别：哪些缘分是对未来有益的，哪些是影响人生幸福的？这些，都需要在人生这场未知的旅途当中历练和修行。

后记：写到此，分别给这几位有缘人发了微信，问他们到哪儿了。下一站是哪儿。港姐在尼泊尔时，遭遇男朋友情变，火速飞回国内，几天之后，火速分手，然后，火速出发，从马来西亚到文莱，从新加坡到斯里兰卡，从伊朗到约旦，今天从安曼自驾车过了死海，晚上露宿沙漠的帐篷里，下一站是土耳其和迪拜。熊猫雷打不动地按照自己的计划在伊朗待了一个月，后天飞约旦，从约旦入埃及，再到苏丹和东非。无论遇到多少人，无论是否遇到有缘人，她的计划不变。

啼笑皆非的科伦坡

时值黄昏时分，从尼甘布的大巴车上下来，站在科伦坡的地盘上。Tuk-Tuk 车主已经包围了我，选择了一位大约六十多岁的老者。车没走两步，轮胎坏了！他现换轮胎，我现看锦囊。路边一位路人热心过来帮忙。我下了车，为了减轻重量。

车子突突地前行，拐上一条大道，印度洋一览无余地出现在右边。有些阴雨，虽不见落日，但一片浅蓝。走了半小时，颠得快五体投地了，跟老者确认一下方向是否正确。给他看地址和电话，祈祷他能看得懂英文，谢天谢地，他能看懂数字，他打电话给旅馆，知道了路线。车子拐到一处僻静幽雅的地方，就像进入了青岛的八大关。

一幢安静的小楼出现在眼前。一开门，真是充满惊喜：只有一张床，除了枕头，空无一物！一个简易衣架，地面是水泥的，床头柜也是水泥的！打开浴室，天！纯水泥的！虽然汗水汩汩外流，心却是拔凉拔凉的。

神奇的浴室，给了我第二个惊喜，进去后用脚一踢门，"砰"地一声巨响，一种不祥的预感：回头一看，打不开了！一是因为太紧，二是竟然没有门把手！整扇门光溜溜的，只有个小门鼻，揪着那个小鼻子，怎么也揪不开，像是绣了十年的铁锁。幸好有扇漂亮的窗，幸好有要洗的衣服扔在洗手池，穿上衣服打开窗呼叫帮助。

站在马桶上跟经理聊了半小时，他才明白发生了什么。他告诉我拿钥匙开门，我说钥匙在门外。那就让别人打开门。我哭笑不得：门外无人。你可有备用钥匙？答案是：No。没发生过这种事情吗？他说门外都有人。没有单身游客吗？他仔细地想了想：反正没出现过这种事。

我需要工具。他拿来一个螺丝刀，还是圆圆的大头的花螺丝刀。如果门缝大到可塞进去一把螺丝刀，怎么可能拽不开！给我把刀。他找来一把切水果的刀，无比佩服：这么薄的刀，别说别不开，一别肯定折。他是怎么想的？我的稀薄而寥落的英文哪里可以应付这种场合！更何况，他的理解能力与反应能力真是……很能体现这个国家的发展现状和速度。

一个欧洲女子，跑过来热心帮忙，她用流利的英文

斯里兰卡的美，是简洁、质朴、安静的。

说完后又用流利的中文说：你是中国人吗？你可以说中文。Really？！ Great! 她一边探头向上同声传译，一边手扶窗，结果窗户竟然掉下来了！还好没砸到她。我们俩哈哈大笑！她说：你中奖了！没关系的，什么都发生过了，接下来就好了。经理终于拿来一把钳子，我用钳子揪住门插的鼻儿使劲拽开了门！他说得找人安窗户。但人得明天来！

女子很热心，让我到她房间洗澡。我感谢了她，问她的名字。我的英文名字叫 Eva，中文名字叫爱我。爱我？Oh, your mean is 艾娃。No, 我喜欢别人爱我。大家都爱我！哇噻，好无望的希望哟。更无望的是：浴室只有凉水！

饿到可以为了食物发动战争的地步，找了家最近的餐厅填肚子，进去后却鸦雀无声，一个童工走了出来。我问他打烊了吗？他说没有，带我到另一个房间，里面不仅空无一人，而且桌上空无一物！好吧，只要有吃的！真正明白什么叫饥不择食！刚才他还说有 Chinese food，但给我的是全英文的西餐菜单。凑合吧，点完后他出去转一圈说厨师下班了。他说指给我别的餐厅，结果站在街口便一片茫然，似乎跟我一样初来乍到。我投降。

旅行中，不只发现风景，而且发现奇遇，乐在其中。

随便走了一个方向，竟然是海边！惊喜！点单时，我说很饿，什么东西快。服务员指给我，Soup! It's enough for me? 他说 Yeah。我翻了菜单，没有三明治、汉堡包之类的，点了份面条汤。就上来一只小碗！一个勺子，叉子也没有！于是，端着碗，用勺子划拉着稀薄的面条，充饥。

一个男孩在沙滩上玩球，球直射我的面门，如果是南亚人，用脚后跟想就知道反应迟钝的他们躲不开这一劫。说时迟、那时快，我把脑袋迅速一闪，球擦耳飞过。躲过了面瘫和毁容之劫！马上用手机查了下皇历：诸事不宜呀！立马回去睡觉。

就这么着，经理也不肯去配备用钥匙。直到第二天下午，我去楼顶晾衣服，发现又打不开房门了——风吹门关，无备用钥匙，竟然采用一关就锁的锁。我的智商无法理解这些：之前就没出现过这样的事情？经理啜嚅着：有……我明天就配备用钥匙。Great!If I were you, I will immediately to do it! 他想了半天，采纳了我的建议。这还用想……

眼见着一个小伙子从浴室刚修好的窗户爬进去拿钥匙，好玩吗？

非凡的体验

当我订下从香港飞奥克兰的机票时，在地球仪上找了半天，才在南极洲旁边找到一只倒挂的小靴子，太平洋上一道狭窄的小陆地，还被一刀切为两块。于是将新西兰的行程定为：奥克兰飞惠灵顿，坐船横跨库克海峡，然后转乘观光火车到南岛的基督城，从基督城坐巴士到迪卡普，再到瓦纳卡，然后是皇后镇。最后，从皇后镇飞澳大利亚的墨尔本，新西兰的签证只能待一个月，澳大利亚是三个月，待到不想待为止。

旅程当中原本能看到最美的风景的一天竟然遇上了阴天，在十层观光区仰望库克海峡与太平洋，些许遗憾。好在，风没有那么大，太阳藏匿在云层中，时隐时现，依然偶尔能见到洒满金色的光芒，乌云旁边的天空依然蔚蓝。

纯粹的观光非常依赖天气，但还是鼓励自己，一切都是最好的安排。这是一种非凡的体验，没有什么比体验和感悟体验更重要，路线可以看别人的攻略，风景可以看别人的照片，只有体验属于自己，仅属于自己。体验到的东西使得我们感到真实，并在大脑记忆中留下深刻印象，使我们可以随时回想起曾经亲身感受过的生命历程，也因此对未来有所预感。经验，是独享的，不可替代的！

从北岛到南岛的船有十层，第八层和第九层是餐厅和休闲区域，设有许多临窗座椅，偶尔成片的阳光洒落进来，处处明朗。吧台提供免费热水和柠檬水并有歌手演唱，旋律优美，类似乡村民谣的味道。两人看上去五六十岁，但头上的白发与脸上的皱纹都充满喜悦。要像这样优雅地老去，似昨日傍晚在博物馆对面的咖啡厅里遇到的那些老人，优雅地喝着英式下午茶，依然风度翩翩，令人惊艳。

船划了一个半圆的曲线，转了个大弯儿，甩掉一堆群山和白云，绝情而去，跷着二郎腿半躺在这艘绝情的巨轮上看着它的绝情，看多了，绝情也系有情，有情莫若绝情。

出了轮船，就询问火车站怎么走，工作人员说沿着门外的黄线一直走，五分钟。我走了十分钟，也没发现火车站。拐上一条路，看到了一小巧的 Museum，询问了工作人员，是个老爷爷，他往回指，说穿过马路，就在对面。可是对面只有 Subway，转悠了好几圈，又拐上另外一条路，遇到一个 YHA，问了前台，她热情地出门指给我，又把我指回 Subway，终于，发现了一个可爱的小牌子，写着 Train Station，一个向里的箭头。疑惑着往里走了走，看到两根纤细的铁轨，担心用手一掰就断了。火车站在汉堡包店旁边，是一间小小的办公室，只有一个工作人员，一台电脑，兑换了纸质车票。

这就是传说中的 KIWIRail！只有五节车厢，还有三节另做他用：第一节是半敞开无座观光车厢，第三节是 Café 车厢，第五节是行李车厢，就这还没坐满！难怪火车票比机票还贵几倍。网友提醒旅游旺季时早订票的原因不是人太多，而是座位太少！

列车的门是感应自动的，洗手间的门需要按一个 Open 按钮，就自动打开，然后按一个 Close 按钮。洗手液、卫生纸、烘手机很齐全。墙壁上用英文和中文写着：用后请冲厕所。我宁愿相信是因为中国游客最多而写了中文，而不是另外一个不阳光的原因。

列车很慢却很摇晃，时时有车轮滑过铁轨的声音，这让我想起斯里兰卡的海边火车和高山火车。几乎是落地玻璃窗，满眼都是自然和风景。左边是太平洋，右边是一望无际的库克山脉与平原。我在最靠近南极的大陆临窗而坐。

长长的太平洋的海岸线，海边有一条公路，乘坐巴士也是一种不错的观光方式，比火车节省很多。列车的右边也是一条公路，公路之外是新西兰式的草原和山脉，精致、绵延、旷远。前面经过一片森林，小巧的森林。穿过一个小隧道，来到海边，同样经过漫长的海岸线。

天公不作美，一直阴天，窗外的景致失却了八成的魅力，虽然调色和美图可以解决这个问题，调成铬黄、岁月或者冲印，依然很美，或干脆调成黑白，但失去了真实。若配上蓝天，窗外的景色将是多么绝美，上天如此安排，一定有它的道理，是让我从关注风景到去关注人。

乘务员们和蔼亲切的笑容是一大景观，她们四五十岁，穿着整洁的工作服，脸上一直挂着甜甜的专业的微笑，检票时微笑着站在一旁：Hello honey！心甘情愿地掏出票给她阅览。这里没有什么乘务长、列车长，每个人都是列车的主人和仆人，每个人都热爱着列车和乘客。一上车，就给每人发了一个小兔子巧克力，打开来真是一只小兔子。啊呜，先咬掉耳朵。

我旁边坐了四位老人，两对老夫妻，一路上有吃有喝，有说有笑，这个年纪的中国老人，大约九成以上都在带带孙子、跳跳广场舞，纠缠于儿孙辈们的生活，他们却像年轻人一样谈笑风生，快乐旅行，丝毫未受天气影响，认真地欣赏着窗外的风景，不时朝窗外自驾的人们招手示意。我举起手机拍摄窗外风景，他们微笑着靠后：China sheep year。微笑着回应，原来中国的软实力不在文学和影视，在于传统文化。

我穿了两件外套还觉得手一直冰凉，老奶奶却穿着短袖，爷爷穿着短裤凉鞋，他们还一人吃了一个冰激凌！我在拼命喝热水和红茶。一个下午，他们吃了汉堡包、饼干、巧克力、冰激凌，买了四次 Coffee 或者红茶（看不出来，杯子相同，有盖），连厕所都没上，这身体真棒啊！看年纪似乎六七十岁了。

到了一站，四人全部下车，桌上的物品没有收拾，知道他们是呼吸新鲜空气，我也下车。遛到最后一节车厢时，一个乘务员看到我，微笑着惊讶地说：你不是在这一站下车吧？我说，不，只是散散步。她微笑着目送我。

听到哨声上车后，我对面上来一位更老的老奶奶，在吃着刚刚叫的红茶、点心。一看到我坐下，便说 Hello，等她吃得差不多，我们聊了起来。她已经九十岁了！我惊讶极了，她呵呵笑着。新西兰的老人都很快乐长寿，我昨天在惠灵顿也遇到一位九十岁的老奶奶独自坐 Cable Car 上山。她依然笑着：我们都是这样。

老奶奶戴了四个戒指，一对耳环，一个长长的项链，我夸赞她的耳环很别致，她竟拿下来给我看，原来是凯旋门的图案，我笑着说：远远看上去，像教堂。她说是。点心只吃了一半，老奶奶吃不下了，便包起来。喝完红茶后，用我递过来的纸巾把杯子擦干，把点心放进去，盖上盖子，装进包里，这才发现，老奶奶的包十分 Fashion，而且，脚底下还放了一个。

接着，她和旁边的四位年轻老人说了几句什么，就像见到老朋友一样，畅谈起来，一位乘务员过来加入他们，听不大懂，但氛围和感觉非常温暖。老奶奶想上厕所，站了几次都没起来，旁边的老人刚想扶她，列车员过来搀扶她一路过去。

记起在新西兰的汉密尔顿花园，游完维多利亚花园出来时，发现一群花白头发的老人穿着自制的艳丽的裙子和礼服载歌载舞。七十岁的花儿一样可以如此美丽、如此灿烂！一个老爷爷唱道：I got you, you got me, we got love! 哇噢，一句话唱醉了年轻人们的心！马上用手机记下这句浪漫的歌词，浪漫到无极。

看到他们，感慨于国人的生命状态及对年老的界定，说不出的味道。竟然有疯狂的人时常提醒我老了！他们竟然认为女人过了三十就老了，男人过了五十也该养老了！为什么，他们愿意相信这人为夺走宝贵的生命时光的可怕信念呢？身份证上的数字和生命状态，哪个更重要？当下决定，七十岁时，来新西兰做年轻人！到了九十岁，也还能一个人乘坐观光火车观光、观人。

一路上，满草原散步的都是悠闲的白色的绵羊和黑色的牛。让我想起南疆风光，从乌鲁木齐到喀什的路上风光与此相同，又忆起进藏的列车，风景也绝美！我们不缺少风景，缺少的是让生命喜悦与宽广的自由、快乐的信念。

旅途中的饮食男女

都说巴德纲寺庙很多，在我看来都是寺庙，连民宅都是寺庙改建的。在那里，少了太多欲望滋生的烦恼，只剩下简单的不需要思考的本能。在巴德岗生活的九天里，每一日的重头戏和全部内容就是：吃。初到巴德岗，与嘈杂拥挤、灰尘满天的泰米尔相比，立即爱上这里——宁静、干净、平静，信誓旦旦：在等待印度签证的日子里，哪儿也不去了。没想到，遇到最大的挑战是比天还大的饮食问题。

入住完毕，放下背包，便出去找食儿吃，已经饿到饥不择食的地步，却无食可择，穿过陶器广场，无心欣赏满地的陶器，直奔餐厅，看到了中国料理，却没找到入口。于是，走啊，走啊，走了半小时，也没见到餐厅。心下后悔不迭，不如在旅馆随便吃点儿。现在想随便吃却没的吃。路遇一个做甜甜圈儿的小摊儿，鸽子用眼神瞄了我一眼，我头一扬：还等什么，上！得嘞！鸽子一个箭步冲上前去：What's this？管它是什么？先问多少钱，Ok! How much？5卢比！哇噻！还能再便宜点吗？鸽子惊呆了。但条件还能再简陋点吗？我也惊呆了。在一块适合做猪圈门的门板上，放着许多面团，尼泊尔女人一边揉面，一边捏了块煤球放入炉子。然后，把几个面团扔进油锅，待一面呈现金黄色之后，翻到另一面，然后用一根类似于炉钩子的铁棍将嘟纳特（甜甜圈）一个一个串起来，扔进一个簸箕里面。然后，拿出报纸的一角，放入四个嘟纳特。虽然烫得手捏不稳，仍然往嘴里塞：好吃！太好吃了！之后的几天里，我俩天天会来寻嘟纳特。后来发现它下午才开门，很早就关门。能赚够面钱吗？

终于找到了餐厅，饿成这样，还觉难吃，那得多难吃！找餐厅的途中路过一道门，被要求买了门票，给了一张小地图。餐

他拍摄风景，我拍摄正在拍摄风景的他。

馆的厨师照例是先买菜再烧菜，不到四十分钟是不肯上菜的，于是，拿起地图，看透了每一个单词。"英国人这样评价这个传奇小镇：'就算整个尼泊尔都不在了，只要还有巴德岗，就值得你飞越半个地球来看它。'"我和鸽子面面相觑之后又看了一遍：你觉得是这样吗？我看不是这样。是我们没发现它的传奇之处？鸽子问。那我们就制造点传奇吧。我看……行。

第二天，我就用三寸不烂之舌把港姐和 Wi-Fi 哥鼓动来，为了加重诱惑，鸽子提议：烧烤。神哪！炭从何来？买。烧烤架何来？砖。这是一座砖砌的小城，不愁没砖。你不是要拆城墙做烧烤架吧。用得着拆城？满大街都是砖。咱们上午去了 55 扇窗宫，里面国王洗澡的地方，你注意到没？一堆砖。我睁大眼睛：大摇大摆地拎着砖就走？这个交给 Wi-Fi 哥。可是……我实在想象不出砖如何变成烧烤架。只要有砖，交给我吧。我可是北漂一族，烧烤轻车熟路。

沿着土黄色的石头铺就的古老的路面，顶着烈日找木炭和竹签，没有这两样，即使满地都是砖，也做不成烧烤。一边用手机把竹签这个单词给店铺老板看，一边手舞足蹈打手语，结果，老板拿出一把软得像荧光棒一样做笤帚的竹子递过来，拿着一边，另一边就像绳子一样下坠。找了一条街，都是这种竹子。尼泊尔人不吃烧烤吗？看样子不吃。即使吃，肯定不是用签子串的。又问到一家，一个尼泊尔女孩十分热情，说带我们去找，走两步，又回头抱了一个女孩。实在忍不住，问大女孩，小女孩是她的女儿吗？她笑着摇摇头，笑容与小女孩一样天真，说是姐姐的孩子。

走了一段路，竟然发现一家店铺门口晒着木炭，成群结队的木炭，哇，立即看到羊肉串、鸡肉串在上面烤得香喷喷的，用舌头舔了舔嘴唇，上前询价。这是一家裁缝店，人家是自己用的。请女孩给做翻译，我们愿意出重金购买。对方开价 150 卢比。啊！200 卢比。老板立即开心地去拿袋子。鸽子无辜地看着我：土豪，干吗加价？亲，200 卢比才 12 块人民币，这一大堆炭，不是明抢吗？也是，这在国内得 100 块。美滋滋地背着木炭，因为过于廉价而忽略了它的重量，仿佛背的是一袋金子。

竹签，竹签，竹签……在心中祈祷着。尼泊尔的九月，温度并不高，但在正午前后，晴天时，日头还是很毒辣的。女孩七拐八弯地把我们带到了她哥哥的店铺——木材厂，满地粗得像眼镜蛇头般的木头。是不是还得真诚地感谢她？鸽子小声在我旁边问。毫无疑问！没有功劳也有苦劳，毒日头底下，多少人肯带路，在国内？鸽子的头点得像拨浪鼓。对方问我们要多少木头，鸽子剧烈地摇头，对方很高兴。我连忙说：你得点头，传说中尼泊尔人摇头 Yes，点头 No，原来不是传说！鸽子的头僵硬了：到底是摇头还是点头？我立即笑得像花儿一样灿烂，赶忙解释，竹签不是木头，这不仅是高射炮打蚊子——大材小用的问题，而是买不到这么巨大的肉，即使买了，也穿不进去，穿进去没有个把星期也烤不熟。我们是否能够等到肉烤好的时刻，还不一定。边走边商量，怎么办？实在不行，就只能买那种竹篾了。

买肉、买酒、买菜、洗菜，五个人在楼顶忙得不亦乐乎，近处是尼亚塔波拉庙，远处是杜巴广场，再远处是喜马拉雅山脉。有几位中国游客在 Hotel 点了菜到顶楼来吃，却屡屡被我们的创意折服：怎么想的，你们！鸽子先把三块砖横放在地上，两边又各自立了三块砖，一个有模有样的烧烤台横空出世，她和 Wi-Fi 哥生火，我与小玉串串儿。天哪！天哪！这种吃软饭的竹篾得有一指禅的功夫才能穿得过去呀！小玉说：如风，你把三根合为一根。肉太小了……先串大的。Sabrina 女王是不会干活的，但等到八点，看还没动静，实在耐不住饿，拿着大蒲扇拼命地煽风点火，瞬间火势旺盛起来。我跑下楼，从旅馆厨房借来盐、油和洗洁精。帅气的老板在走廊上柔声问我们在做什么。我热烈地回应：BBQ, do you know? 面对木已成舟的结局，老板无奈地：Just once, OK? 我能不 OK 吗？先烤了再说。

先烤蘑菇，烤一串儿吃一串儿，嗯，嗯，好吃，好吃，没吃过这么好吃的肉。那是蘑菇。怎么比肉还好吃？饿叽歪了呗。鸡翅，快，先烤鸡翅。我打趣她：女王已经饿得通感了。什么叫通感？我怎么迸出这么个词儿！饿得哪有力气解释，仅存的力气得用于串串儿。就是眼耳鼻舌身意串通一气，你可以听到味道，吃到声音。Understand? No. 崩溃：装懂会吗？女王认真地点点头，往嘴里塞着蘑菇，尽管烫得嘴疼，还是一边吹一边咬。

太好吃了！这是我平生吃过最好吃的鸡翅。随之而来的对白大致相同：这是我平生吃过最好吃的羊肉串儿！这是我平生喝过的最好喝的啤酒！小玉翻翻白眼：这是我平生串过的最难串的羊肉串儿！手指头都麻了！一人一瓶尼泊尔啤酒，也没有杯子倒，打开了，就着瓶吹，北方人也就算了，一个江南女孩，一个广东女孩，也对瓶吹起来，出了国门，就不论南北，只论国内外了。还有我，更可怕，摆明不喝啤酒，拿起一瓶红酒，对瓶吹！真是……可惜了酒了，好容易淘到一瓶澳大利亚红酒，却遭受这样的待遇。

串、烤、吃、喝、聊到无力说话的地步，大家打着手势收拾残局，有处女座人在，其他星座的人靠边，只见鸽子神奇地变出一把刷子，倒了点洗衣粉，瞬间就把油腻腻的桌子刷得光可鉴人，所有的垃圾及未用完的炭装进大袋子，地面用拖把刷、刷、刷。你打扫得比服务员还干净！这得收小费呀，这活干得像刷了漆一样。还不累是吧，干活

尼亚塔波拉神庙是尼泊尔最高的寺庙，也是传统的纽瓦丽寺庙建筑的最佳典范。

瞬间，鸦雀无声，只有风声，水声，刷子声。

如果喜欢巴德岗古老的建筑与宗教文化，住上一月也不嫌烦，如果不喜欢，半天就没地儿逛了。总共就这么大的地儿，两小时就逛完了。没关系，只要有中国人，只要有扑克，就可以斗地主。我有点感冒，他们三个人斗一副扑克，睡到晚上七点醒时，鸽子已经负100了。我揉揉惺忪睡眼：卢比还是人民币呀。鸽子沮丧地：人民币！啊！这还了得，你是不是没赢过呀！鸽子委屈地：基本上，赢也是小赢，输都是大输。闪开！我替你捞本。捞到八点多，只负100卢比了。你玩吧，我去吃个夜宵。

站在杜巴广场的入口处，惊叹不已：空空如也，漆黑一片，餐厅已经关闭，只看得见尼亚塔波拉庙的黑魆魆的身影。有几个人围了两个圈儿，或坐在一起打着手鼓唱着歌，或坐在神像下祈祷、神聊。我看了看他们，他们看了看我。最终买了小店儿最后一袋牛奶，当作晚餐，才一转身，小店立即上了门板。回旅馆后沮丧地对继续斗地主的三个人说：什么都没有了，全关门了。你们确定这是2014吗？他们齐刷刷地点头。我怎么觉得像1904。我决定到顶楼慰藉下受伤的心灵，它将永远为我敞开。抛下一句相当文学的对白之后，五分钟后就从狭窄而陡峭的楼梯下来，回到房间：下雨了，楼顶也待不下去了。巴德岗再小，难道没有我的容身之处吗？三个人笑得前仰后合。我们提供真正的疗伤妙法：食疗。

嗅了几下：怎么一股方便面味？嗯，差不多了，该打鸡蛋了。鸽子掀开壶盖。我瞪大眼睛：Oh my God! 我的水壶！它是用来烧水的，不是用来煮面的。鸽子嘿嘿笑着：我会给你洗干净的！别忘了我是处女座。你是处女座，又不是神女座，你敢保证，烧水后一点面味儿都没有？我狠狠地闻了几下：味儿还挺足！好了没有？饿狼一般扑上去，抢汤、抢面。

当煮方便面已经无法满足食欲的时候，鸽子又瞄上了鸡：不如我给你煲鸡汤？开水壶煮泡面已经超乎想象，还能煲鸡汤？仅仅是这个创意就令人兴奋不已。两只鸡腿，一块生姜，一些绿色蔬菜，从旅馆餐厅借来了盐、洗洁精还有海绵。刚洗完所有的食物，插上插销，停电了！

鸽子出去抽闷烟。我盯着壶看，舔了舔嘴唇，想象着从冷水变成鸡汤的美好结局，又舔了舔嘴唇。实在是被咖喱鸡给弄得没有食欲了，再也吃不下任何尼泊尔餐了。拿出手机，发了朋友圈：每天六点必停电！尼泊尔人做饭不用电吗？为什么会有 Wi-Fi？兴奋至极时，鸽子从外面走进来，我们双目交汇，异口同声说：我知道哪儿有电了！我们冲进走廊，寻找插路由器的电源，竟然在与天花板相接的墙上。鸽子拔下路由器的插头，竟有一只壁虎从后面爬出来。遂轻声问：还插吗？Of cause！多么难以接受的事情都接受了，何况一只壁虎？睡在天花板上的插座刚好在一个单人间的小阳台上，水壶，不，锅，坐落在露台上，既惬意又隐秘。

我走上顶楼的露台惬意又得意地记下这一切。不一会儿，唯一的灯灭了，有服务员匆匆跑上楼顶，打开了楼顶上的备用发电机，顿时噪声冲天。写不下去了。鸽子啊了半声：风，汤好了……我兴冲冲地走下木梯，却发现汤在老板手中，而且，他比我还激动。鸽子站在那里束手无策，其实，她比老板还强壮，文不行，还可以动武呀，笨笨。老板说了半天，最终要没收水壶。我处变不惊地说：I'm so sorry! I swear I don't do that! 老板这才放下壶，匆匆下楼。

什么情况？好像……鸽子怯懦地说：因为这壶，整个旅馆的电鼓了。难怪……现在怎么办？鸽子等待我的决策。有什么怎么办？喝汤。端着壶进了房间，反锁上门，又搬了凳子倚在门上，喝了一口，身心灵超级满足：这是我平生所遇最美的鸡汤。这是我平生付出代价最大的鸡汤。明天还煲。啊？笨，非等到停电啊，午饭就煲，插上门煲。没有鸡汤活不下去了。你刚才发过誓！有吗？有。鸽子郑重地点点头。女人，告诉过你无数遍了：别相信誓言！尤其是男人的誓言。鸽子小声说：你也是女人。女人根本就不会发誓！她的誓言就是普通对白，而且，女人永远是誓言的唯一受害者，男人发誓是为了骗女人，女人发誓，是为了骗自己。鸽子翻翻白眼：女人有那么弱智吗？天生情商就低。男人偏偏喜欢在感情上发誓。所以呀，我才不找男朋友。是男朋友不找你吧……尼泊尔的鸡肉应该没有添加剂。以他们的智力水准应该还没学会造假……吃还堵不上嘴……

第二天中午，照样煲了鸡汤，为了减少愧疚感，在旅馆的餐厅点了两道尼泊尔厨师做的半吊子中国菜：清炒土豆丝和番茄炒蛋，外加一瓶红酒，两个人吃到汗流浃背，幸福不已。倒在床上。还想回国吗？有鸡汤喝，可以暂时不回了。那么廉价吗？鸡肉确实比国内廉价，两个大鸡腿才 10 块钱，而且可以单独割下腿来卖。你说，剩下的部分咋整？今儿中午更神，他竟然从两只整鸡上分别割一只腿下来，你说他咋想的……一会儿响起了呼噜声。

当真是饮食男女，食，永远排在第一位，无论身在何方。

拉萨惊魂

听信了旁人的夸张描述，说看晒大佛的人如何如何多，要早早去，于是，清晨两点半醒来，三点半出发。藏民们起来得更早，他们一两点就已经到达山上，有的甚至就搭帐篷住在山下。大批的朝拜者和游客纷纷向山上走去，一边走一边闲聊、唱歌，路边有许多帐篷，有人在吃东西，有人在燃火取暖。藏民们都穿着厚厚的棉衣、大衣，打着手电筒，提着红松袋子，拿着哈达，拖家带口，有的甚至背着仍在熟睡的幼儿上山。路上有些藏民在向游客兜售哈达和松柏枝，有一个藏族小女孩盘腿坐在地上，面前放着一个篮子，小女孩不过五六岁，才凌晨五点多，困倦得直打盹，惹来了不少汉族游客的怜惜之心，纷纷投钱。

爬了两个多小时！也不知道目标有多远，只一味向上、向上而已。该是尽头时就到了尽头。

售票处前排了长长的队伍，哲蚌寺的入口处人头攒动，几个藏族工作人员对待游客很不友好，厉声呵斥他们，一个男人还将一个年轻女孩推搡下去，女孩冲开了拦了半边的铁门，所有的汉族游客都目睹了这一幕，也只是装作没看到。我愤愤不平，瞄了一眼他的工作牌：江勇巴登。

半个多小时后，我到达一个帐篷旁边，帐篷里挤满了取暖的人，已经满到钻不进一只猫的程度了，我还是伸进去一只脚，似乎有了些暖意。帐篷对面有一个巨大的长方形铁架斜铺在山坡上，这应该就是展佛的地方。

周围一片灰色迷蒙，只看得到就近几米内的人。对面山上有人尖叫起来，接着，一群人都尖叫起来，这面山上的人也呼喊着回应，顿时喊声震天，如雷霆万钧。天色越来越亮，上山的人越来越多，身体越来越冷，人们越来越急躁，周围的山越来越清晰，这才发现我所在的位置只是群山中的一座，对面山上也有许多人，如天空中繁星密布。

漫山遍野都是人，半是游人半是藏人，半是好奇者半是朝拜者，人们在等候晒大佛那隆重而神圣时刻的到来。等待，一味地等待，除了等待什么都做不了，天很黑，风很冷，不能看书，没法写字，也没力气聊天，朋友们都在睡觉，何况，空山里，无边的黑暗中，那一点亮像鬼火一样，只看了一次时间，便不敢再开手机。只有等待。纯粹地等待，等待黎明，等待温暖，等待大佛的出现。

几乎整合人世间所有美妙元素的布达拉宫广场夜景：宗教、历史、文化、传统、建筑、艺术于一体。

一静下来，爬山时的热气就消失了，整个人像冰库一样。寒冷从四面八方浸入肌肤的每个细胞，然后，从细胞渗入骨髓，冰透了血液，冻僵了五脏六腑，冷彻心扉。握笔的手在晃，写一个字得用上好一会儿，就像刚学写汉字的孩子一样，除了脑子能动，手勉强能划之外，整个人像冰柱一样，连呼吸都是冰的。炽热之后的寒冷尤为难耐，犹如幸福之后的痛苦会让人堕入无间地狱，连幸福的滋味都忘记了，只有无边的痛苦。

蹲在哲蚌寺晒佛台的下面，不敢坐，石头浸透了一夜的寒气，比冰还冷，一沾上去寒气就立即浸染了躯体，穿透了原本冰冷的心脏，比不靠近它还要冷上十倍。只有喝热水可以取暖。虽带了水壶，但不敢喝。山上没有洗手间。工作人员指给一片茂密乌黑的丛林。只能冰着，任由冰冷的身体继续在冰冷的凌晨品尝冰冷的滋味，而且还要冰冷两个小时。八点整开始。蹲得腿酥麻无比，想坐下，一碰石头和地面浑身就哆嗦，比较了一下酸痛与冰冷的滋味孰更痛苦之后，还是坐着了。站是站不动了。

四点，天空是黑色的，只能看到繁星点点，密布于空中，黑色的幕布显得云朵异常洁白。五点，天空是灰黑色的，星星逐渐减少，云也变得很淡。六点，天空灰蓝，星星寂寥稀落，云彩变成灰色。七点，天渐渐亮了，但还没看见太阳，天幕呈现出蓝白色，拉萨城的灯光消失在曙光之中，整座城市慢慢苏醒，布达拉宫渐渐清晰，药王山也露出了本色，人们可以看清楚彼此的面孔了，大家之间没有秘密了。

天大亮后，藏民们燃起了藏香、红松和松柏枝，整座山变得烟雾缭绕，散着一股儿呛鼻子的味道，许多游人咳嗽起来。可藏民们烧的特别起劲儿，这叫煨桑，是他们祭天地诸神的仪式，他们认为这种香气不仅能使凡人感到舒适，而且会让山神闻着十分惬意，希望神会降福敬奉它的人们。当然，只是他们认为，在我，是既不觉得舒适，也不觉得惬意，只觉得很呛，寒冷中加上呛人的浓烈的香气，只为了朝见大佛一面，少有的虔诚顺带有点可怜。

那个美丽的火球渐渐地升起，燃红了天边的云，给云层镀上了一层粉红色的金膜，也给山中所有的人披了层粉红色的纱，人们开始耐不住寂寞了，都渴望快些目睹大佛的真正面目，付出所有全都是为了她呀！

七点五十分，人们躁动不安、翘首以待。人群开始骚动，响声震天。遥看他们，像森林的树木一样多，层层叠叠遍布每个角落，只要有个声音一齐发出来，就震彻山谷。尽管人们因为爬山和等候消耗了大部分体力，但声音还是那样巨大。

八点整时，人群开始呼喊，这才发现身旁的高高的台子是最接近大佛的地方，但此时连只苍蝇都飞不进去了。人填满了所有的空隙。在一阵狂似一阵的尖叫声中，远远地看到十几个喇嘛抬着一捆长长的布匹缓缓走来，将巨大的唐卡放在铁架上，有许多人爬上铁架去缠绳子、搭架子，有个喇嘛不小心滑了一跤，滚进铁架下的斜坡中，人群中爆发出一阵狂叫声。

几个扎巴从我前面的位置往最前面挤，我灵机一动，跟在他们身后，竟鬼使神差地挤到了第一排！喇嘛们做好了展佛的各种准备后，在铁架上绑了许多绳子，然后将高三十米、宽二十米的巨大的唐卡徐徐展开，人们沸腾了，欢呼雀跃着，狂叫着，大佛周围的藏民开始向唐卡身上扔去无数的哈达、符咒和钱。一个哈达被扔到我的头上，晒佛台上的人群立即爆发出尖笑声，有个游客还对着我拍起了照片！赶紧将哈达从头上摘下扔到佛像身上。巨大的画布被一点点展开，人们尖叫，疯狂地尖叫。大佛被完全拉开，遮挡了整个铁架，由于离得过于近，根本看不清整体图案，只看到刺绣得艳丽无比的花朵和纹理。

大佛完全暴露在人们眼前，漫山遍野的人狂躁地号叫着。正打算下去瞻仰大佛的全景，身后的人群开始拥挤，藏民们发疯似的往上爬，冲撞得我左摇右晃着，我大叫："不要挤！注意安全！"一个藏族人对我说："你，下去！"我哭笑不得地说："我下不去。"藏人又说："你，上去！"铁架子下面就是土坡，根本没有台阶，藏民从四面八方往佛前拥挤，我不但没法移动，简直动弹不得。

喇嘛在四周拼命地扯着尚未来得及固定的绳索，似乎无意阻止藏民们的疯狂涌入。一个喇嘛看了我一眼，冲我笑了一下，将唐卡一角的绳子递给我，并且在自己头上比画了一下。我不解其意，以为他要让我把绳子套到身上起到固定的作用，我接过来，想套到头上却怎么也套不进去。身边一个藏族人夺过绳子在自己的头上碰了一下，然后双手合十，念念有词。

这才明白其中的重大意义，无论唐卡多么巨大，也是长方形，只有四个角，只有四根绳子，而我能得到喇嘛主动递过来的珍贵的四分之一根绳子，何其幸运！我却想把它套在脖子上！

不仅站不稳，我成了朝拜者们的柱子，胳膊、腿儿被许多人抓着往上爬，更有甚者，只捏起裤子，一拎就上来了！本身就站不稳，现在被拽得双脚腾空，飘浮在半空中。他们使尽浑身解数要爬上来。于他们来说，能爬到佛前是最大的意义，于我来说，能保住命是最大的意义，当他实现他的意义时忽略了我的意义，我得让他明白：信仰重要，别人的生命更重要！为了信仰牺牲自己的生命，那是境界，是献身；为了信仰牺牲别人的生命，那是什么？这还只是开始。

藏民们似乎从地上冒出来的，又像是从天上掉下来的，反正是突然涌现出成千上万的藏民，拼命地往唐卡身边奔涌，早知道大佛不是用来看的，而是用来摸的，谁敢豁出命去站在这里挡了他们朝拜的虔

阿弥陀佛！佛祖保佑我，虎口脱险！

诚！但凡举行个神圣的仪式，汉人们都是毕恭毕敬站在一边观看、遥拜，藏民们偏要亲临第一现场，不是代表，而是所有的人，凡是有信仰的人都可以！倒是众生平等了，可是，我也系众生啊，怎么脱险啊！

　　向后望了一下，如果被挤下去，不仅不会有人接着，估计还会被顺手搛下去——挡了路了。藏民们把我挤得没有一丝力气，双脚时时离地，悬在空中，像菩萨一样，可人家的座驾是祥云和莲花，我的座驾是空气和胳膊腿儿。现在可什么都想不出来了，只想怎样能够不被挤，而站在这里，不被挤是不可能的。唯一的解脱之法是：离开。但凭借一己之力，是不可能的。孤立无援，无所依靠。一如红尘中。

　　随着时间的推移，危险双重加倍，藏民们失去了最后的理智，像发情的公牛一样往佛像身边挤，摸不到唐卡时，就挤站在最前面的游客，拽着唐卡的喇嘛们却稳如泰山，他们根本不打算冒犯。我悬在人缝儿中，快被挤成了黏合剂，黏合的两边却是流动的，脑袋一下子变成一片空白，疑心不能活着回到拉萨了，泪水无意识地"唰唰"流下来。死死地拽着唐卡，却仍然不能控制被挤得东倒西歪的身体。晒佛台前只能站四五排人，台子离地面一米多，如果被挤掉晒佛台，就有可能被踩死，在这里，什么死法，都舒服不了。这种生不能、死不成、上不去、下不来的无力感比死还难受（估计死前也就这样了）。

　　一个喇嘛看到了，忙说："别哭，佛前不能哭。"说完就把我往唐卡下面推。

　　我以为站在唐卡下面暂时安全了，没想到，摸到了唐卡的藏民们又开始往唐卡下面钻！原本平静的唐卡开始剧烈摇晃。在上面还能抓着唐卡的边儿，在下面可真是什么都没的抓了。又被挤走了！又悬在空中！又变成了中转站，又有许多人抓住腿儿、捏着胳膊往上爬，竟有人按着头。挤进去的藏民们虔诚地祷告，往唐卡上面或下面扔哈达、红松和翠柏，以保佑一生祥和、全家平安！可此时，他们就无法让别人平安。

　　唯一的办法就是离开这儿，上到台子上面去。上台子的唯一办法是被台阶上的看客们拉上去。一个身材魁梧的汉族男人，胸前挂了一个专业相机，手里还拿着一个专业相机，也一样被挤得上不着天、下不着地，脑门上全是汗。他看到了同样处于危难中的我，巨吼一声："我先上去，再拉你上去！"说完就使尽全身力气，拼了命往旁边高高的看台上爬，半天却也只是转了个身。

　　台上的游客们目睹了台下人的悲惨境遇，伸出了许多只手。怀着深深地感激抓住那些友善的救命的手，跳上了看台。终于安全了！终于！感动得哭了，关键时刻，还是有人肯伸手的！不知该说什么好了，也不知该对谁说，这样混乱，甚至认不出刚才那个男人和伸手拉我的人了。

眼泪还没擦干，正面冲锋不力的藏民们开始采用迂回曲折战术：挤上看台，再跳下去。鞋带被踩开了，我蹲下去系鞋带，竟然有两个藏族男人用手摁着我的膝盖往上爬去。"你们！……"好吧，如果能帮助别人，只是他们差点又把我摁下去。不知道他们有没有意识到这是个人，能不能支撑住他们。

赶紧下山。人一样多，不仅有下山的游客，而且还有源源不断的上山的藏民，两股相反的势力夹在狭窄的山道上，加上谁都不肯排队，所以，显得极为拥挤，时时都有被挤下山涧的危险。维护秩序的警察们一个也不见，偶尔看到几个，旁若无人地站着聊天。我大声喊："请排队！"没有回应。游人们拼命往山下冲，藏民们死命往山上涌，警察们一边旁观。

有游客的相机被挤掉了，有帽子挤掉了，人没挤掉，就是万幸。在一处狭窄的通道处，队伍停止了，人们成团成团地往前冲，而这里仅能容纳一个人通过，谁都想先过，谁都过不去，过了十几分钟，人们才不情愿地排着队一个一个通过，竟还有人前前后后地手拉着手！

转了个弯儿，站在高处，这才真正看清楚大佛的全身像，是一幅巨大的释迦牟尼坐像，释迦牟尼像周围还有一些小佛像，头顶上是蓝天祥云，坐下是绿色的大地。不由得倒吸一口冷气：为了它死了也值！那种壮观的场面真是独一无二，佛像四周全是蚂蚁一样的人，还有从山的各个方向涌上去的蚂蚁队伍。这样巨大的唐卡得经过多长时间、多少人才能完成！祈祷千万不要发生意外！还真得靠佛祖保佑，可又是佛祖造成了混乱……明白了麦加朝拜时人是怎样被踩踏而死的……宗教啊，不是用来拯救人的灵魂么？却夺去了人的肉身……

走回到哲蚌寺时，人才少了起来，路边有几个年老的喇嘛坐在水边乞求布施。有喇嘛带领游客下山。到处都在燃烧着红松和藏香，四处都是呛嗓子的气味儿。

检查了一下自己，胳膊被捏得紫黑、腿被挤得乌青。太阳高挂在山上，好温暖！劫后余生的感觉相当滋润，仿佛这条命白捡回来似的！

再也无心游览，直奔山下，哲蚌寺依山而建，下山的路狭小而曲折。到了山下，要了一杯酸奶，坐在道边喘息。晒佛节上晒大佛，酸奶节上吃酸奶。这算对联吗？藏族历史上有对联吗？至于晒佛节时为何要吃酸奶、雪顿节为何又叫酸奶节，谁去管它？刚拣回条命啊！先享受生命的存在才是正理，至于死后是上天堂还是轮回，死后再琢磨吧，活在当下啊！如果生时惦记着死，因为死而害怕生，恐怕也违背了宗教存在的意义。没有生命，一切都没有意义。死后，若是上天堂，就享受天堂之乐，若是去轮回，就安心去做人，再苦再累，也得做。如果是虾，就畅快地在海中游泳，享受一出生不用学就会游泳的感觉。在海中浮游时，可否还会记得某个前世——一个孤独而勇敢的女孩，曾如此亲近过佛，差点儿死在佛前。

悲情马六甲

当你到达一个地方，无论觉得它有多美，想留下来，却发现许多天然属于这里的人却能找出一个尖锐的缺陷作为离开它的借口以及寻找新世界的理由。George 的女儿一心想离开、而我想留下的马六甲，同样是因为小。她因为马六甲小，去了庞大的澳大利亚。马六甲虽然小，足够放得下我的心。小只是表象，它承载的历史及文化足够大。

刚才拍照时，得到一个大姐的好心警告，说飞车一族很猖狂，游客晚上出去，最好什么都别拿。沮丧而失望地回客栈，想拍照，想写字，想到路边的小吧喝上一杯，两手空空怎么办？询问客栈的前台，他告诉我还是小心为好。从我走进客栈之初就一直坐在竹椅上的一位老人突然站起来说：不用怕！我陪你去。

George，六十多岁，矮小瘦弱，一口客家口音，普通话不好，白话很流利，我当然不懂白话，于是，我们半中半英地交流着。这里的人都认识我，跟我在一起，没人敢抢你。谢谢！真的……这么乱吗？我一再问这个问题，不是担心自己的安危，而是遗憾马六甲的不完美。George 点点头，经常有外国游客被飞包。我们在鸡场街里闲逛。路上不时地有人跟他打招呼，他便向别人介绍：这是我来自中国的朋友 Wind。本来狭窄的街道被各式各样的摊子和游人们挤满，虽然圣诞节刚过，这里依然炎热。毕竟是老人，总是担心 George 会累，他总是回答：不累。

我看什么都新鲜，什么都想尝试，他就默默地陪着我。许多没见过的小吃、饮品，叫不出名的水果，各种肤色装扮的世界各地的游客，各式糕饼手信：紫色的糯米层糕，绿色的班兰夹糕，黄色的水晶木薯糕，每个装糕点的盘子里都摆着一片同色系的花瓣或叶子，单单看着就赏心悦目、心满意足。

马六甲河两边灯火通明，人声鼎沸，船儿在河中飘荡，桥头的风车吸引许多游客拍照。穆斯林女子站在风车前拍照很是特别，头纱代表禁锢，风车代表自由。束缚与自由碰撞在一起，会激起什么？

George 说：到头了，老城就这么大。我女儿嫌太小，走了。去哪儿了？他先是不说话，然后说，女儿抛弃了他，去了澳洲，不回来了。你可以去找她。她生我的气，不理我。打电话不接，好伤心……我妻子也跟女儿去了，五年了……好伤心……

George 带我到他朋友的食铺坐下，要了两杯现磨的老街白咖啡，一些小吃。没有办法冰释前嫌吗？他摇摇头：五年了，不理我。好伤心。你一个人住在这里吗？是啊，住一辈子了。我妻子拿走了钥匙，我跟弟弟一家住在一起。

我拉着你的手吧。突然间想给他温暖，George 也觉得很突然，先是拒绝了，过了一小会儿，热切地来拽我的手，像个孩子一样：大手拉小手，一起往前走。这顺口溜用浓重的客家味道说出来，很好玩。George，今年春节我会把爸妈接到深圳过年。George 辛酸地羡慕着：他们真幸福。George 拉着这个比他高一头多的"女儿"去看他现在的家。

进入郭陈帧禄路，立即从喧嚣走进了宁静，一排排深长而气派的老屋。老宅的门楣上悬挂着牌匾，写有忠、义、礼、智、信等字样。幢幢老宅，有多么幽深的故事，有多么耐人寻味的历史！

恍如隔世般，George 指了指一幢上了锁的老宅：这就是我的家，但他们拿走了我的钥匙。始终不敢询问细节，怕老人伤心。什么原因让一位年近古稀的老人独自住在客栈里，这才真的是好伤心。George，太晚了，我送你回客栈休息吧。看着老人进一楼的房间休息，一声叹息，又折回老街。

后记：原本想，从新加坡回马六甲时一定再去探望 George，并给他带一样儿新加坡风格的特别礼物，没想到，这一去，竟被马来西亚拒绝入境，未能再回马六甲。早知如此，就在马六甲多住上几日，陪陪伤心的 George。

丽江，惊艳之后的落寞与遗憾

无数的行者到过丽江，写过丽江，一千个行者眼中有一千个丽江，我眼中的丽江五味杂陈。两次到丽江，都是夜半，一次是盛夏，一次是寒冬，都很惊艳，惊艳之后是落寞和遗憾。

初见丽江，是第二天清晨，推开古老的长条的门，一个纳西式的四合院，青石板路，刚起来又打盹儿的懒猫，院子里静悄悄的。用一把古老的锁锁住了古老的门，然后到古老的城中悠游。才知昨夜混沌中寻到的住所是新旧城交替处，一转身，看到了水车。跑入古城中。

洗尽铅华的丽江古朴、典雅，回味悠长。

小桥，流水，人家。古道，西风，牦牛，漂泊人在天涯，丽江的第一印象。第二印象是商业，无处不在的店铺，遮蔽了古城的本色，就像一个化了三小时妆容的女子，美是美的，就是缺少了真实，当下决定第二天清晨，与自然的她赤裸裸地来次真实的约会。

果然，清晨的丽江安静、安然、安好。所有的店铺都关闭着，路上行人很少，只有穿着披星戴月服的纳西族老阿妈开始了一天的忙碌。洗尽铅华的丽江古朴、典雅，回味悠长。

中国懒猫最多的地方，一是丽江，一是鼓浪屿，都是又资又雅又慢的地方，难怪形容人懒惰都说懒猫，见了丽江的猫，就知道为什么了。丽江的猫生来是为了发呆和睡觉的，24小时，不间断地睡觉，实在睡得没什么可睡了，就卧在那儿发呆，尘世间的一切都不能入它的法眼，唯有晒着太阳，趴在藤椅上、石桌上打盹儿才是人生。唯一的运动是吃饭和排泄，估计都懒得去找猫伴侣了，还得费神儿费心机。见天地儿睡觉还睡不傻，真是本事啊。

入夜后，好好的一个古城，却被现代人活生生地装饰出了一个秦淮河，四方街小河两旁的大红灯笼高高挂起来，水中倒映的火红的倒影向你招手，要你与她一起寻欢作乐，休养生息了一整天的酒吧们开门纳客，提供给被都市、他人和自己压抑得快要窒息了的年轻人们一个发泄、放纵的场所，还提供不少人眯着色眼来丽江的另一个消遣——艳遇。那酒吧里满墙贴着的鼓励和激发艳遇的标语，让人看后就想有艳遇的冲动。据说，在丽江一定有艳遇，一艳一个准儿。不能接受艳遇的人可以在别人的艳遇故事里流着自己的口水，咽了几口之后，鄙视地说：现在的人哪！没有原则哪……心里却在期盼着也来一场不用负责任、天亮就分手的艳遇。男人最怕担的责任啊，被艳遇解决了。

丽江已经不是从前的丽江，也不是纳西人的丽江。

为了招揽顾客，摩梭妹子穿着地道的民族服饰唱起了《泸沽湖情歌》：

行者

超悦读公众号
（请用微信"扫一扫"）

本社微信公众号
（请用微信"扫一扫"）

本社淘宝旗舰店
（请用QQ"扫一扫"）

中央编译出版社
CCTP Central Compilation & Translation Press

男：小阿妹，小阿妹，隔山隔水来相会，素不相识初见面，只怕白鹤笑猪黑，阿妹，阿妹，玛达米，玛达米，玛达米；

女：小阿哥，小阿哥，有缘千里来相会，河水湖水都是水，冷水烧茶慢慢热，阿哥，阿哥，玛达米，玛达米，玛达米……

男：情妹妹，情妹妹，满山金菊你最美，你是明月当空照，我是星星紧相随，阿妹，阿妹，玛达米，玛达米，玛达米；

女：情哥哥，情哥哥，人心可比金子贵，只要情意深如海，花儿就会成双对，阿哥，阿哥，玛达米，玛达米，玛达米。

红男绿女们狂欢着，我则剖析着歌词，"白鹤笑猪黑"，好奇怪的写法……"玛达米"什么意思？一个纳西族小伙子探头深情地说：我爱你。啊，哇噢。刚见面就爱上了，可以吗？管它呢，记歌词，别总上脑。

地球，中国，西南，四方街的某个角落，一个穿着粉色毛衣的姑娘，坐在窗前，不求艳遇，不求一醉方休，不求红润的夜色，却在记歌词，写行记，引来不少游客们的围观，竟然有人想拍她。天哪！什么年头了，竟然有人还用钢笔写字，快拍！姑娘用手挡着脸，继续写，实在不耐烦扰，收起行囊，逃之夭夭。

八年之后的元旦的清晨，这位姑娘又一次来到丽江。重庆已经接连四个月大雾，每天起来都伸手不见五指，姑娘快发疯了，仅仅为了晒太阳，再次来到日光城。生活可以没有钱，但不能没有阳光，她快活不下去了。

一进客栈，那温暖的火炉立即吸引了姑娘的目光，她立即放下背包，伸出手来，烤火，只想烤火。冬季，来丽江就是为了太阳与火。

第二天一早，她便带着S在城里悠游，

📷 丽江，有太多这样活色生香的客栈，来了，就不想离开。

他竟然不喜欢这里！不喜欢到了此后的四天，待在旅馆里看电视、打电话的地步。接着，连丽江古城里的饭也不喜欢了，在房间里吃方便面，怎么都不肯出门。她岂止失望，简直震惊——八年前，她一到丽江，就兴奋地给他打电话：我太爱这里了！我们来这里度蜜月吧。他自然说好，但真的来了，他用行动违背了承诺。

她在日记中写下：不要和一个不懂旅行的人去旅行，即使他是你的生活伴侣。不要和一个不懂你的人生活，即使他已经成为你的伴侣。写完了，合上，当作什么也没发生。

冬日里，在丽江，没什么说的，每天就是躺在院子里的秋千上晒太阳、看蓝天。浸在雾都中，人都发霉了，已经忘记天空的色彩。她只想变成一只懒猫，除了打盹儿就是睡觉，除了晒太阳还是晒太阳，最重要的是，没人叫她懒猫。

冬季，来丽江就是为了太阳与火。

带给世界爱与和平的真正力量

尼泊尔稀奇古怪的节日

在尼泊尔生活期间,正值一年一度的宰牲节。一到巴德岗,就感受到了节日的热闹,从晚上六点开始,街道上锣鼓喧天、全民同欢,直敲到晚上十点作罢。

第二天四点又敲。到第四、五天的光景,敲锣打鼓的频率和人数剧增,几乎每五分钟就有一支队伍经过。本来就没多少人,全上街敲鼓吹奏去了。

凌晨四点,锣鼓声又响起来。到顶楼呼吸纯净的空气,但见万家灯火,星光点点。开灯,则周围的世界一片黑暗;让周围依然亮着,则看不清眼前的世界,一会儿碰到桌子,一会儿踢到椅子。于是,关灯,黑暗,有的时候会带来另一种光明。削弱自己的世界,才能看到外面的世界。遥望着喜马拉雅山,她与我同在,只是现在。我只能陪伴她几十年。而她,已经陪伴世界几亿年。我短暂而渺小的存在究竟存在着怎样的意义和必然?有我,无我,于谁都是一样的;但有无喜马拉雅,世界都会不一样。

街上竟已人头攒动、热闹非凡,有不少人在杜巴广场进香祈祷了!早市已经开始,新鲜且寥落的蔬菜摆在潮湿的地上,手扶拖拉机载着装鸡的笼子来到市场。老阿妈已经煮好了热气腾腾的奶茶,慰藉早起拜祭的人们。Namaste(那马斯忒)!互道问候,捧着热热的奶茶同巴克塔普尔一起开启新的一天。每位拜祭的尼泊尔妇女手中都托着个圆圆的铜托盘,里面摆放着分隔五六个小圆的器皿,装满了颜料、花瓣、五谷杂粮,她们往每一处佛龛洒着粮食和花瓣、涂抹着红色的颜料,我则厚颜无耻地见缝插针拍她们。

转到杜巴广场中心,更是人流如织,声震寰宇。人们围着国家艺术馆门口的毗瑟挐人面狮身像纳辛,争相添油添火,扔花瓣谷物,虔诚地触摸基座,用头触碰它的躯体。进出金门的人络绎不绝,下意识跟进去,才发现这座55扇窗宫——白昼,属于游人;晨昏,属于信徒。人们排队等待进入印度庙,庙门口有人在敲锣打鼓,门口有一处方台,上面撒满谷粒,中有一朵艳丽的燃烧着的小花,火点燃了它,它又点燃了无数火焰,唯有妇女们低头取火。

尼泊尔有三座古城，三个杜巴广场，这是巴克塔普尔的杜巴广场。

心下暗暗谋划：明晨穿着旁遮比混入其中，看看那 180 头牲口同时被宰杀的壮观和悲惨。天生慈悲和晕血的我需要冒很大风险……万一真晕倒了，他们会把我送到哪儿……站在性庙下写微博，只听到里面清脆的一声，白昼一直紧闭的门开了，人们进去朝拜，明朝定来鱼目混珠。看看里面到底有什么，为何白天紧闭，晨时开启。

把奶茶放在一处水泥台上拍照，一个妇女拿着畸形的水壶扔进圆形的水泥台中打水，原来是井！尼泊尔人崇尚不规则形状吗？连国旗都是不方不圆的两个叠加的三角形。好歹井口是圆的。鸽子也早早起来到广场觅食，或落在庙门，或蹲在地上，或四处飞翔，转角时，突觉头上热热的，继而臭臭的，Oh, my God……

10 月 2 日，庆祝剧烈升级，早晚的鼓声变成了全天候的喧嚣，许多店铺关门歇业，人们涌到街上敬神拜佛、吹拉弹唱。等了几天，始终没有见到活女神的出现。据当地人说，活女神回家省亲，一年中只有宰牲节期间可以回去。

3 日早晨，又进入马拉国王的宫殿，人们排队进入印度庙，我站在门口瞄了一眼，几只牛被杀死在地上，人们围着尸体狂欢和奏乐，胃里翻江倒海，眼前星光灿烂，身体摇摇欲坠，立即逃跑。

门外的广场上围了一个大圈，一排警察坐在庙前的休息区。圈儿里有两个男人坐在地上祷告，不停地用红花涂满手与额头。一个维护秩序的警察邀请外国游客进入主席台，游客们纷纷走上前台，大肆拍照，只有我婉谢了。看到那几头待宰的牛羊不安地等待着生命的非正常结束，我无法去助威呐喊。

这双洞穿世事的天眼，看着这一切，真的无动于衷，真的是一种超脱？

两个男子祷告完毕后来到圈

这洞穿世事的天眼，究竟看透了些什么？

子中心，地上铺了一块方毯，立了一根柱子，放了三把廓尔喀刀，几个椰子。男人继续祷告，然后有两个男人前来助阵。一个男人拿起椰子，放在一块板上，挥手示意远处白塔旁的两个持枪警察，两声枪响的同时，椰子裂成两瓣。

一头幼年的小羊被牵进场中央，祷告的男子喂它粮食，拿红花和红色的颜料涂抹它的头和脊梁，然后，它被牵到另外一个男人面前，男人手起刀落，小羊头颅落地，头颅被男人扔到地上，尸身被拖到场边人群前。

围观的群众中有许多小孩和婴儿。身边瘦弱的女孩用手捂住了眼睛，当献祭的动物头身分离的一刻。用这种方式，节日期间，据说整个尼泊尔会有20多万头牲畜被宰杀。印度教徒认为用牲禽供奉印度女神伽德希密将会消灭鬼怪，带来繁荣。信徒们欣欣然地从好几英里的地方赶着自家的牲禽前往神庙，让其接受被宰的命运，事实证明，尼泊尔不仅与繁荣相距千里，而且落后得让人难以忍受、不可想象。如果我知道尼泊尔刀是用来宰杀动物的，绝对不会购买。

看不下去了，离开。

下午，去最高的塔顶喝奶茶，正往楼上走时，侍者告知：因为宰牲节，下午四点就关门。无奈地点点头，因为宰牲节，已经严重破坏了巴德岗的宁静，现在，连喝茶也要受限了。遥看着杜巴广场，想写行记，但被锣鼓声敲得实在没了兴致，只好看他们敲鼓。

年轻人的鼓敲得震耳欲聋，边敲边扭。年纪大些的敲得稳重，透心儿的欢畅。老年妇女们着一身大红色纱丽，围坐一圈，唱歌，老年男人们打着手鼓。人们的额头眉心处都点了红色的点，脖子上缠着红白相间的绳子。不停地有游街的队伍，一边行走，一边吹笛子、敲锣，一队队，一列列，人们欢声笑语，手舞足蹈，快乐无比。

成千上万的牲口被宰杀会带来如此巨大的欢乐吗？那瞪着一双双灵性的眼睛的牛羊如何能够让刀下得那么利落？动物的生命不是生命？在人类大命面前，它们虽是小命，也是命，大命小命都是生态平衡的正常存在。

宰牲节牺牲的是动物，人体炸弹牺牲的则是人，都是宗教的杰作。宗教是双刃剑，既能为人们指明方向，带领人脱离苦海，又可以误导人的心灵，令其愚昧愚忠。宗教是一种别样的禁锢，规则和教义都是人为制定并掌握在少数人手里，没有一种宗教是完美无缺的，其信条和传承也可圈可点，宗教，并不能带来世界和平。除非全世界信仰一种宗教。那么，带给世界和人类爱与和平的真正力量在究竟哪里呢？

欲望都市

许多人说，引入宗教能够解决中国物欲横流、信仰缺失的问题，于此，我这个小人物并不持乐观态度，两个现实的例子摆在面前，泰国既是佛教之国，又是举世闻名的色情王国；中东许多国家，既信仰着伊斯兰教，又利用宗教建立恐怖组织，频发战乱，屠杀平民。宗教并没有带来真正的和平与幸福。上文也是一个活生生的例子。

泰国变成了整个世界的后宫。

喜欢寻欢作乐的男人从世界各地来到泰国，用各种方式满足声色犬马的需要。泰国变成了整个世界的后宫，想怎么狂欢，来就是了，无数的嫔妃供他们翻牌子，而且是正大光明，合法合理。酒池肉林，裸体盛宴已经不能形容了，只有没听说的、想不到的，没有找不到的。泰国戒赌不戒黄，国王认为赌可以让人倾家荡产、妻离子散、社会动荡，黄却不会。看来，他们充分了解男人的本性，在面对财富和女人时，男人的理性是大不相同的。财富是越多越好，女人是得到了就跑，用财富的冰山一角就可以购买与某个女人某段时间的欢娱，财富这座冰山是不可以失去的，是必须要冰冻三尺的。

一路从尼泊尔、斯里兰卡走来，更感受到曼谷的深深的魅力，似是染上了某种瘾，染上了，就戒不掉。加都的印象是口罩、寺庙、停电、发了霉的房间、发黄的自来水、喜马拉雅山和用吐字不清的汉语招揽顾客的商家；科伦坡的印象是燥热、随处可窥的印度洋、极难取款的取款机、全民骗子、海边火车，孩子大大的、深深的眼睛，长长的睫毛；曼谷的印象是美食、美人、色情、湄南河上的渡船、水上市场、特别赞的泰式按摩、宗教及对华人的友好。

在曼谷不需要做什么，满大街闲逛，街边遍布着活色生香的泰式烧烤、热带水果、粉面鸡饭，一边吃一边瞄着身边川流不息的美人儿，管它是真是假，真美！瘦弱的体态，静好的气质，精致的五官，五彩的裙装，柔美的声音，看得我……再看就像 GAY 了。泰式烧烤洁净而小清新，老板会拿出一串烤大虾、烤鱼蛋，放进透明塑料袋，加入酸辣酱和几根黄瓜或者生的包菜，荤素五味都有了。

逛累了，街头，某个角落，找一处温馨的小吧，选择藤制的沙发一靠，小憩，避雨。点了杯鲜红的草莓汁，发呆。想起尼泊尔遇到的一个驴友一直在寻找旅行的意义。其实，她更想寻找的是人生的意义。

于我，旅行的意义就是换个地方生活，换种方式跟自己相处。寻找某一个国度，或在某一个国度寻一个安静雅致的角落，让自己处于无我之境，就那么静静地存在着，仿佛不曾存在过。但求每一个当下无忧无欲、安好和谐。愤怒和不满的时候要知道原因，并且能够迅速让自己平静下来。

歇够了，再逛，到处都是五彩缤纷的泰国包、首饰、衣裙，价格不贵，做工也没尼泊尔那么差，随便捡两件，先在曼谷生活的日子得瑟两天。若还累！找一家正规的泰式按摩店，做个正宗的 SPA，被瘦弱的小妹甩来甩去，用把胳膊、腿儿大卸八块的姿势放松，她们是怎么发明的！放着清心寡欲的佛乐，点着佛香，天然的精油，温柔如水的美人儿……

入夜后，Sala Dong 附近，男人女人都像蝗虫一样飞出来了，男人拿着图片，引诱你去看各种秀和泰拳表演，女人自然出来吸引男人和同性恋。走过红灯区，找了个摊儿坐下，点了泰式炒粉，巧克力香蕉薄饼和青木瓜沙拉，在路对面的鲜榨水果摊儿点了新鲜的柠檬水，咸味的，很特别。

站在街边，喝着咸柠檬水，看着泰国美女做青木瓜沙拉，配料放得比青木瓜丝还要多。少妇开始往大木臼里丢一些非常泰国的配料，像很辣很辣的小青辣椒，鲜榨的酸柠檬汁，大蒜，鱼露，炒香的花生米，对切的小西红柿，泡软的海米，青柠檬，还把两只无辜的小蟹三下五除二肢解了放进去，最后才放木瓜丝，用一个捣棒和一个大木勺一起边捣边搅拌，又加入生的豇豆。泰国人发明了这种酸甜苦辣咸五味杂陈的菜肴料理方法，是人间应有尽有的滋味都融合于一道菜中。吃一口，满嘴泰国的味道。

随郑和下西洋的马欢在《瀛涯暹胜览》中记述过明朝时的暹逻："国周千里，外山崎岖，内地潮湿。土瘠少堪耕种，气候不正，或寒或热。其王居之屋，颇华丽整洁。民庶房地造如楼，一不通板，却用槟榔木劈开如竹片楼，密摆用藤扎缚甚牢固。上铺藤簟竹席，竹卧食息皆在其上。王出入骑象或乘轿，崇信释教。国人为僧为尼姑者甚多。"概是这种潮湿暑热的气候导致这种饮食习惯：酸能开胃、辣能祛湿。一直奇怪的是，热带国家却多食烧烤，虽配有酸辣酱和蔬菜，也系高热量荤食。身材还那样娇小！吃了不吸收啊！

这样的一顿美食之后，回去睡个大大的懒觉，第二天中午一起来，又是去美食。这样的生活怎能让人饿其体肤、动心忍性啊！回去再说吧，在泰国的第一要义是吃啊！这次是要去吃正宗的蕉叶，是从蕉叶开始结识泰国美食的，一定要来源头吃它的祖宗。

侍者甜甜地笑着：萨瓦迪卡坡！点了咖喱皇炒蟹、咖喱虾、碳烤猪颈肉、冬阴功汤和榴莲酥，吃得岂止是满足！都快吃傻了，跑步进来，快爬着出去了！撑得快走不动了，扶着电梯，愣是把自己给挪了出去！赶紧离开这个"是非之地"，这样吃下去，不用道具就可以拍《瘦身男女》了。

曼谷是一座可以张扬和满足人类所有欲望的都市！她永远热情的气候更加重了人的欲望的滋生和延续。

看黄河，体悟道法自然的生存哲学

远远地，就听到母亲河的低吼，那种带着浓郁的爱的浅唱，千年不止，生生不息，直抵心窝。飞奔至她的面前，双腿立即发软，被一股神奇的力量牵引着，想跪在她面前，叫一声：黄河，母亲！想象中的顶礼膜拜变成了现实中的单膝着地：让别人看上去，仿佛是不经意的举动。

看不透的浑黄飞流直下，像虎跳峡一样沸腾着，汩汩燃烧着，那么浑厚的爱，来不及释放，凝结在一起，如山洪暴发般倾泻而下，峰峦如聚，波涛如怒，万马奔腾，搅拌着人的耳膜，震撼着人的心灵。

黄河，是中国的魂。

　　黄河，是中国的魂。未亲见之前，始终半信半疑，为什么不是清心绚烂的蓝色，不是春天希望的绿色，不是夏天浓艳的红色，不是油菜花海的艳黄色，不是冬天纯洁如雾的白色，而是黄色！那种撕不开、扯不断、淡不了的浑浊而浓烈的土黄色。半跪在黄河壶口瀑布前，瞬间，就明白了：那是一种说不清、道不明的情怀，是千年的沉淀与不变的信念，中国特有的坚强、浑厚的民族的魂魄，只有黄河才有这样的力量，让每一个炎黄子孙站在她面前，都不由得想呼唤她：母亲。只有这种黄色，不用任何言语，就明白，这是汉民族绵延生息的源泉，无比坚韧的力量，传承千年的存在。只有壶口瀑布万马奔腾的千钧之力能让世界明白华夏子孙的凝聚力，善良醇厚的天性，道法自然的生存哲学，孤傲王者的霸气，遗世独立地受活，潜力无穷的张力！

　　看到黄河壶口瀑布，就会明白，这个族群为什么会绵延五千年，无论多少次战火，无论多少年内乱，无论多么惨重的侵略，无论多么严厉的天灾，瀑布不会断流，民族永不消亡！让暴风雨来得更猛烈些吧！我自屹立，千年不倒！让考验来得更冰冷无情吧，宁可幻化为一滩冰瀑，绝不拦腰折断，卑躬屈膝！黄河的脊梁是不会弯曲的，黄河的膝盖是不会软弱的，黄河的爱火是不会熄灭的，黄河的生命与地球同在！黄河的汹涌是民族生命力的具象存在!

阳光直射下来,携瀑布之水直射入海,彩虹随波飞舞,景色奇绝,恍若天上人间。秋风卷起千层浪,晚日迎来万丈红。

时间,生命,死亡,一切向上延伸的力相聚在一起,被锁在狂喜中的结合。这浑黄,已涌入民族的血液,代代绵延流淌,它们会咬破紧箍在身上的厚重的壳,基因重组,输入新的程序,诞生崭新、干净的客体与文化,摆脱苍穹的历史的桎梏,矫正暂时歪曲的支流,回归,涅槃,新生。

滚滚黄河水在孟门兵分两路,从巍然屹立巨浪中的梭形巨石两侧飞泻而出,然后又迫不及待地合流为一。两个小岛原为一体,因阻塞河道,大禹大斧一挥,劈斩为二,导水畅游。"南接龙门千古气,北牵壶口一丝天"的孟门、壶口与龙门合为黄河三绝。其绝古人形容殆尽:"四时雾雨迷壶口,两岸波涛撼孟门。"其美也被古人道尽:"山随波影动,月照浪花浮。"粗犷、奔放的黄河一样会有"疏影横斜水清浅,暗香浮动月黄昏"的婉约与浪漫。像母亲一样,柔弱的身板可以迎接一切人生巨浪,遮挡着炎炎烈日,胸膛柔情万丈,哺育了世代子孙。

不是懒惰,疏于自创,而是无知浅薄,不知如何着笔,先人们的民族之魂在当代已淡漠如雾,这是一个娱乐至上、物欲横流的时代,得不到时代滋养的学者、作家写不出深厚、有魂的文字。科技前所未有发达,交通空前畅通无阻,但再也诞生不了这种气魄和才情:"黄河之水天上来,奔流到海不复回。""黄河落尽走东海,万里写入襟怀间。""黄河远上白云间,一片孤城万仞山。""大漠孤烟直,长河落日圆。""白日依山尽,黄河入海流。""欲渡黄河冰塞川,将登太行雪满山。""九曲黄河万里沙,浪淘风簸自天涯。""已孤苍生望,空见黄河流。流落年将晚,悲凉物已秋。"

"黄河之水天上来,排山倒海,汹涌澎湃,奔腾叫啸,使人肝胆破裂!它是中国的大动脉,在它的周身,奔流着民族的热血。红日高照,水上金光迸裂。月出东山,河面银光似雪。"

"它震动着,跳跃着,像一条飞龙,日行千里,注入浩浩的东海。虎口龙门,摆成天上的奇阵;人,不敢在它的身边挨近,就是毒龙也不敢在水底存身。在十里路外,仰望着它的浓烟上升,像烧着漫天大火,使你感到热血沸腾;其实凉气逼来,你会周身感到寒冷。它呻吟着,震荡着,发出十万万匹马力,摇动了地壳,冲散了天上的乌云。"

这是中国现代著名诗人光未然在抗日战争爆发后,亲历黄河壶口瀑布、感受黄河的力量之后所作的诗句,后由冼星海谱曲,成为一代绝响的《黄河大合唱》。不同的时代,相同的信念：大浪淘沙，破茧成蝶，凤凰涅槃，魂之所系，心之所归。一切，都会过去！一切，都会好起来！一定会！

半跪在母亲面前，感受着她的伟大，汲取着她的文化，泪水顿做倾盆涌，感慨之情不自主地由心而生，旁人问起：姑娘，有什么委屈？含着热泪，轻轻摇头：没，只是水珠眯了眼。在黄河母亲面前，什么委屈都不能叫作委屈，什么磨难都不能称其为磨难，什么辛酸都会变成力量，什么阴影都会一扫而空。

放空自己，一切皆空，只剩下空。

参加世界旅行团

为了纪念在第一次世界大战中牺牲的士兵，也为了安置从英国归来的 5 万名澳大利亚士兵，在经济萧条的情况下，政府便安排士兵们去修路，一修就是 13 年，解决了好大的就业难题。这条路从墨尔本往西沿海 300 多千米，被命名为 "Great Ocean Road"（大洋路），后来被称为"世界上风景最美的海岸公路"，与帕芬比利蒸汽火车一样成为墨尔本风光的双绝，墨尔本必去之处。

怎么去，与谁同去，将决定此次行程的感受和收获。不会右驾，没有班车，只能报团。国内游客会选择墨尔本当地的华人旅行社，全程中文导游，我选择了澳大利亚旅行社，参加世界旅行团。我要感受不一样的感受，体验不一样的体验。

第二天早上七点，等在 Melbourne Central YHA 的大厅，临窗而坐，看着有轨电车呼啸着经过。进来一个矮胖的司机，叫着我的名字，背包上车。车里已经坐了不少人，副驾驶的位置仍然空着，等待着我。车子又到别的旅馆去接了两名游客便正式出发。司机名叫 Tony，充满激情，活力四射，英文讲得很澳大利亚，所以，八成听不懂。他边开边介绍本次行程安排，除了要看如雷贯耳的十二门徒岩和 BBQ 外，基本上不知道要干啥。Tony 温馨地询问了每个人的国籍和名字。

这个世界旅行团的成员：两个美国的独行者，马来西亚的一家四口，韩国小情侣，一个菲律宾男人，一个法国男孩，两个英国女孩，一个爱尔兰女孩，一对来自悉尼的老夫妻，两个意大利男人，两个德国人，一个印度人，还有 me，唯一的中国人。

那两个来自 US 的一听到对方的介绍就兴奋至极，互相询问从何而来，到何而去，热切地畅聊起来，相当高调，因而，这标准的美式英语挥洒在整个大洋路上。

不少早起的人们，有骑着自行车身着专业骑行服的人，穿过面前横亘的天桥，背景

是大朵白云和蓝天。

一道鲜明的彩虹斜现在右前方的天空。我兴奋一指：Look! 却不知道彩虹用英文咋说。美国女孩说：Rainbow。于是，这个单词就被我永远记住了。如果英语老师们用这种方式教英文，我有信心记住更多的单词。

虽然天气不是太晴，但能够想象出晴朗时的绝美。Tony 一直向大家介绍着沿路的景观，包括澳大利亚特有的桉树和其他植物，就像跟老朋友们聊天一样他会细心地提醒大家去关注任何一个值得关注的细节，到了观景处，他会让大家自己去观赏风景，并同大家一起，帮独行侠们拍照片，跟大家聊天，陪同大家观赏最著名的十二门徒岩。"十二门徒岩"是突出在海面上的巨型砂岩石，被千年的海浪和海风雕凿成各种形状，有的似一座孔桥，有的像一个画壁，有的像一堵巨大的墙，有的像一根石柱，有的酷似人面，而又表情迥异，有的像一个孤独的行者。

时至今日，12 座岩壁，只剩下 8 个，海浪经年累月的冲击使其中的 3 个已经坍塌。你所见的每一刻，都有可能会成为历史。

澳大利亚墨尔本十二门徒岩。

据说，之前有游客目睹和经历过岩石崩塌的瞬间，在伦敦断桥突然被海浪穿孔时也有一对新西兰恋人刚好在那里，被困在海水中，后来被直升机救走。

恋人们手拉手走在耸立在南太平洋上的十二门徒岩身边。

车子一直行驶在海边，所有人都沉醉在对美景的体验和关注当中。

在每一处观景台，大家都用自己喜欢的方式醉心于大自然的美丽与感受这种美丽当中。印度人拿着一个长长的自拍神器，走哪儿都拍自己，拍到令人不可理解的地步：长成那样，还有勇气自拍！帅气的法国男孩 Le Goff 却只拍他的手和手中的照片，拍到实在压制不住我的好奇心的地步，忍不住她问是谁，为什么？他微笑着，笑容像太平洋的风一样温和，递给我，是他和一个美丽的女孩亲吻的照片。他说：那是他女朋友，她因为太忙，而不能与他一起同游，但他要与她的照片同游。深情的爱恋浓浓地笼罩着千年的巨石，法国人的浪漫是来自于历史还是自然？是真的浪漫，看着就很浪漫。马来西亚一家子也喜欢拍照，走到哪里先拍家人，再拍风景，然后拍家人和风景。那对韩国小情侣都很内向，一路沉默。韩国男孩是整个车上唯一一个穿短裤和凉鞋的人。

大家彼此之间尊重而和谐，谁也不会因为只有两天的相处时间而彼此相恶，把不好的习惯拿出来污染空气。亚洲人不太能听得懂英文，经常出错儿，他们偶尔会大笑，但从不嘲笑，笑完马上告诉你不是这样的，要那样。

大家非常守时，约定的集合时间内，都会到达车上，偶然有一两个迟到一两分钟，快速地跑着，到车门口先说 Sorry。如果大家同时回来，在门前，自动排队。上车后，除了音乐，除了偶尔的聊天时间，除了两个美国人的滔滔不绝，大家都很安静。

十二小时的车程之后，到达一个小镇。直接入住旅馆。司机帮独行者们拿行李，大家都到达后院，他已经安排好房间和床位，叫着每个人的名字，然后告诉房间号码，大家有条不紊地入住。旅馆老板亲切地走进来，告诉大家如果有什么要求，可以找他，走时，把钥匙给了英国女孩。旅馆的公共餐厅和厨房里有人在烹制美味的晚餐，香味飘散在空气中，使得在长途跋涉之后的人们更加饥饿。

院子里，一些人坐在长长的木桌上等待。Tony 搬来三个大箱子，一箱子餐具，一箱子肉食，一箱子蔬菜，他简直像一个有三头六臂的机器人，把餐具摆在桌子上，把蔬菜洗干净，切成大块，放到烧烤台上，然后，清洗餐具。我到达院子时，法国男孩在帮 Tony 烤蔬菜，Tony 又放上一堆的肉块、香肠，于是，我帮他翻香肠。Le Goff 朝我笑笑，但这种烤法，我真是笑不出来，我要往蔬菜里放盐，不让，放胡椒也不让，酱油根本没有，那怎么吃啊？但愿那肉是腌制过的。

很快，各种肉的香味飘进行者们的鼻腔，大家原本坐在长桌两旁热烈地聊着，看到BBQ竣工了，便拿着自己的盘子和刀叉排着队依次来取。Tony 热情地介绍说：这些是羊肉，这些是猪肉，这些是牛排，香肠也是这三种肉制作的，还有鸡肉肠。看到马来西亚一家人过来，他特别强调：那些是猪肉，不能吃。

大家拿出各种啤酒、红酒、洋酒，一起碰杯，一起吃肉。桌子上摆了琳琅满目的酱料，大家拿着自己喜欢的口味往蔬菜上倾倒。我取了些蔬菜沙拉，嗯，是咸的，好吃。谢天谢地，烤肉是咸的，太好吃了。尤其是羊排，那种鲜嫩程度，使我眼中再无其他的肉，一口气吃了三块，就着从新西兰带来的白葡萄酒。Tony 大声说：还有几个鸡腿，谁还需要？我问：还有羊肉香肠吗？于是，他又夹一根给我：The last one, for you!

澳大利亚黄金海岸。

大家边吃边聊，与就近的旅伴，韩国情侣坐在我对面，他们旁边是菲律宾人，Le Goff 在我旁边，大家聊从哪个国家来，到过哪些国家，旅途的路上有什么奇迹。

似乎刚睡下，却被一道光照射到眼睛，迷糊地睁开眼，看到三个披着长长的头巾的人！我惊坐起来，却是马来西亚人在做晨祷，看看手机：才四点！自此，再难睡着，有人的手机一直在响。六点起来，洗漱后来到休闲区，一个矮小的日本人在做早餐，丰盛得像午餐一样：牛奶、培根、荷兰豆、炒散的蛋。

跟他打了个招呼，他点头哈腰着，用日本口味的汉语说：我的名字叫太一郎。并用手指在桌子上写着。我说叫如风，也写给他，他谦卑地拿出笔纸请我写下来：如风 wind。他十分感谢，仿佛得了什么宝贝。在中国人看来这是多余的，因为下一瞬间，我们永远消失在各自的星球，不再碰面，有必要花时间如此郑重地相互介绍吗？他拿起牛奶，问我，喝吗？For you，他用那种似乎欠了我好多钱恳求我恩赐的态度，我被迫仁慈地选择：Ok，喝了一杯。他开心极了。在日本人眼中，形式上的谦卑真的能够赢得世界的尊重吗？仅仅一个瞬间，他给我留下了极其深刻的印象，日本印象。

Tony 已经摆满一桌子：面包、牛奶、鸡蛋、咖啡、麦片、面条、黄油、各种口味的酱料。我走过去帮助他。他把切好的香蕉放在平底锅中，加入 Brown sugar、黄油，煎熟。又把面包夹了黄油，两面再抹上黄油，放在烤盘上烤。松饼粉加水、蛋，打散，煎黄。然后烧开一锅水，下面条，他说，这是专为亚洲人而做的，你们不爱吃面包。我说你一个人做这么多事情，太辛苦了，他说他很享受。因为，大洋路太美了，每一年，每一个季节，每一天都不一样。还有人，来自世界各地的人都很精彩。他 38 岁（看上去像 50 岁），一个人生活，很享受现在的生活和工作，做两天休两天，很满足。

无论谁来到这里，他都热情地说：Hello! Morning。然后把早餐内容全部介绍一遍，喜欢吃什么都有，有什么新的吃法，也可以告诉他，他再做。欧美人一来，先倒牛奶或果汁，配黄油面包；亚洲人，先盛一碗热汤面，夹了两个煎蛋。Le Goff 舀了一勺水果罐头，放在松饼上卷起来吃，引起了我的好奇，也试着卷了一个水果松饼，非常好吃。然后，我把烤香蕉泥放在松饼上，好吃得无与伦比。

车子经过海边，有几个人在跑步，几个人在遛狗，天空宽广，空气清新，树木辽远。树干是光滑无物的，树枝曲折婉转，树叶一团团一簇簇，许多鸟鸣。

进入一个美丽的小镇，Tony 把车停在一处海边，让大家下车观景。然后他直接把车子开上了一艘船。大家都下车到甲板上面，一起合影，一起开怀大笑。我都不知道这是从哪儿开往菲利普岛的船，但且享受。船开后，甲板风很大，咖啡厅非常帅，船舱两侧设有超大观景落地窗，并不是全部，每扇分为三块，非常时尚。

就坐在窗前，看太平洋，看低矮的蓝天，看随时可摘可踩踏而去的祥云。

在这种地方，就像与世隔绝了一样，管它是什么海，管它从哪儿到哪儿，反正我存在着，我飘逸着，我快乐着，我自由着。

中午，Tony 把车停在一个海边小镇的超市边，给大家一个半小时的时间吃午餐。我到超市买了海鲜沙拉，带到海边。海边有许多露天桌椅，有几个当地人在石桌上吃午餐，成群的海鸥与他们一起分享，在他们的头顶上盘旋，或者坐在桌子上吃食物渣。人与自然十分和谐。

黄昏前，最重要的事情是看日落。Tony 把车停在一处高高的地势，然后与大家一起走在漫长的海岸线上，陪伴着夕阳缓缓西下。夕阳的余晖照射在身上、脸上，整个人和世界都是金色的了。

📷 在海边，Tony 为我们留下了这张宝贵的照片。他不厌其烦地用每个人递过来的相机不停地重拍。这是留在我的相机里的照片——来自世界各地的世界旅行团。

日落后，压轴大戏是看小企鹅回家。在菲利普岛的入口处：Tony 告诉大家两小时之后在门口集合。海风非常冷酷，人们仍然苦守在海边等待小企鹅归来。我瑟缩在冷风中，韩国男孩仍然穿着短裤和凉鞋。广播用英文、中文、日文告诉游客们注意事项，叮嘱不能拍摄。

等了一会儿，有人尖叫：快看！来了！却什么也看不见。移动到专为小企鹅设计的企鹅世界里，才看到一群小东西扭搭、扭搭往家走，走一步，扭两扭，摇三下，就这么着，还时不时地掉队和摔倒，摔倒了也不叫，爬起来再扭，扭着扭着又倒了。有的小企鹅扭着扭着，一回头，发觉，没有同伴跟在后面，前面又落了很远，它停在那里，不知该怎么办，才30厘米的小东西，不知道怎样保护自己。人群里爆发出笑声，仅仅因为小与可爱，就让人感到幸福和快乐，一看到这些小家伙，嘴角边不由自主地洋溢着笑容。小企鹅不需要什么保护了，那种绝无仅有的玲珑与可爱就是天然的保护。

看完小可爱，已经是澳大利亚时间晚上七点，又冷又饿，企鹅馆里有餐厅，但我的钱包放在车上，还有半个小时集合，只得在商场里转了又转，遇到 Le Goff 和英国男孩，英国男孩把各种各样的企鹅帽子戴在头上，然后做出各种古怪的造型，又吐舌头，又鼓腮。太可爱了，人家整蛊别人，他整蛊自己。他递给我一顶帽子，三个人合拍了几张。大家互传照片，许多人用的是 iPhone4 或 4s，没有 Airdrop 功能，只能互留 E-mail。西方人并不在乎手机的先进程度，也不因此而影响旅行质量和快乐，赞美这种精神。

七点半，Tony 到里面找我们，一出门，竟然发现台阶上摆放着十几盒比萨！哇噢！我奔过去，问哪一盒是海鲜比萨，爱尔兰女孩直接拿了一块给我。Tony 仍然热情地介绍着：每一盒的口味都不一样：新奥尔良烤肉、海鲜、牛肉、田园沙拉水果、鲜虾蘑菇、麻辣、黑胡椒。看到马来西亚一家过来，他递过来两盒蔬菜素比萨，专为他们准备，他还特别提醒哪一盒是麻辣的，不能吃辣椒的不要吃。那是我吃过的世界上最好吃的比萨，充满了爱、关注、平等与尊重。

回程的路上，大家都昏昏欲睡。Tony 把每一个人送到入住的旅馆门口。我盯着外面的天空，依然很美。

头上的云像宇宙飞船。等待我登陆火星，可我没时间，地球太美，值得用一生去追寻和体验。

世界最美的日落

在南中海边丹绒亚路香格里拉的日子，喝茶、游泳、美食，等待看世界上最美的日落。现在是雨季，想看日落需要运气。等待了四个晚上！终于等来了一个晴朗的黄昏！人们早早地来日落吧排队，等待落日熔金，残阳如血！日落吧是一个半弧形的露天吧，在最接近海的地方放着靠床，呈半圆形分布，躺在床上观夕阳西下！不用赏，就先醉了。用托盘端了两杯扎啤，搁在离海最近的地方，吹着海风，盼着日落，规划着南海新生。

整个天空变得橙红一片，人言落日是天涯，望极天涯不见家。众里寻家千百度，蓦然回首，却在心尖儿处。太阳落下了，希望升起了！

早餐后，找到离海最近的躺椅，躺下后，觉得这个角度看海、看天，并不太好，因为有四棵高大的棕榈树挡住了视线。懒惰有时如此惊人，虽然，刚刚如狼似虎地扫遍每一样精美的自助早餐，吃饱了却不想干活儿，倒下去就不想起来。还有三小时，可以消遣。一群韩国人在沙滩上表演羽毛球秀，美女们身穿三点。远远的，子弹快艇激起了巨大的浪花！当真明白什么叫劈波斩浪！船到之处，海被劈开一条白色的巨浪。

📷 当看山不是山，看水不是水之后，仍然看山还是山，看水还是水，幸福感来得与童年时一样快速而简单，仅仅是冬日暖阳，海边一壶茶，一片未曾见过的绿叶，一朵馨香的小花，能够活在当下，不再为过去悲伤、为未来忧患，就让自己感动幸福。

两位西方老人走过来。想坐我的位置，虽然心有不快，懒得问为什么。懒洋洋地起身，摇晃着走到旁边的躺椅，一头扎进去。反而这个位置更好，眼前空出好大一片天空，足够看云、看天、看树、看海以及海对面那个神奇的国度。顺道打量了这个小土坡上所有的躺椅，只有刚才躺的那两个是有遮阳伞的，只见他们熟练地铺上浴巾，又盖上一个在身上，拿出纸笔、书籍、毛巾——有备而来，似是与这两把椅子有过约定。

云飘得好快,如风一般。是风大的缘故吗?是云随风飘,还是风随云转?一忽儿,飘来一丝丝轻逸的云朵,那么柔美,那么纤细,像江南女子。俄而,又飘来一大团厚厚的云层,那么厚重,像草原上的汉子。云离地面那样近。突然想爬上棕榈树顶,伸手撕下一团,放在脚下,飞翔,伸手够天。

云,是一直都在四处漂泊的吗?围绕着整个地球?从哪儿来?往哪儿去?小时候,故乡上空的云还在吗?飘去了哪儿?仍然是云吗?还是已经转世成了别的物质?我还是我,但已不是那个我,是这个我,最精彩的我——永远是当下的我。永远最爱当下的我!童年的我尽管快乐无边,却满腹疑问,总想知道山的那一边如何,总想到外

你想它是什么,它就是什么。日落、火焰、夕阳、蜡烛?和平、感恩、无条件的爱……

面的世界去,现在的我,走遍世界去满足从前的我的愿望。虽不似那样单纯的满足,但也不再飞扬跋扈、不可一世,牢牢地掌握自己的命运之云的动向,所指之处便是它飘向之处,成熟的恩惠。

当看山不是山,看水不是水之后,仍然看山还是山,看水还是水,幸福感来得与童年时一样快速而简单,仅仅是冬日暖阳,海边一壶茶,一片未曾见过的绿叶,一朵馨香的小花,能够活在当下、不再为过去悲伤、为未来忧患,就让自己感动幸福。这一刻,就只想这一刻的快乐,不去想负了多少债,公司投入了多少资产,年底要给员工发多少奖金,筹办新公司需要多少投入,都不想,那是下一个当下要做的事情,是要坐在办公室里考虑的事情,在海边,在芭蕉叶下,想的只有一个:如何让自己快乐!

吹着自在的风,看着自在的云,瞧着自在的海,喝着自在的茶,写着自在的快认不出来的汉字,天空中飘荡着两个字:自在!飘累了,就落在云朵上,还是自在。当杯中

的红茶剩下一半时,注入白色的牛奶,加入黄色的砂糖,用小勺儿搅拌了,突然想唱歌,于是便自在地放声歌唱:

不要问我从哪里来,我的故乡在远方,为什么流浪,流浪远方。流浪,为了天空洁白的云朵,为了大海湛蓝的碧波,为了心中的梦想:如风一般——自由!还有,还有,为了梦中的理想国,不要问我从哪里来,我的故乡在心中!

谁说歌是唱给别人听的,妆是化给别人看的,放声歌唱,只是因为想唱,想妆就妆,只是因为很美。

还有半小时的自在可以享受,该退房了。退房后依然可以自在一小时,该去机场了。人生的许多大自在都被许多应该或不应该劫持,使得本就有的大自在变成了不自在。心如果不自在,人生岂能自在?岂能让别人自在?表面的牺牲和谦让只能欺骗一时,蒙骗不了一世。欺骗得了意识,也欺骗不了潜意识。

下一站是猫城 Kuching(古晋),为了儿时的伙伴,多年不见,彼此可还识否?她去了文莱旅行,让妹妹接机,一再担心我们彼此认不出,我一再重申,怎会不识故人面!童年,是人来到地球最初生活的痕迹,完全是用潜意识来生活,一切都真实得如灵魂般圣洁。

对天举杯,觥筹交错的不只有酒,红茶与红酒同一色泽,艳丽如血。漂泊的云全都飘走了,留下的,成了天空的点缀,似被缝在上面,成了碧空的白色的花边儿,任凭风吹雾散,也不离不弃。

落日之美美在失去和消散,提醒着人类,再美的一切都会离开,珍惜拥有,珍惜当下!

与孤独成为闺蜜

旅行的艺术

非常喜欢英伦才子阿兰·德波顿的这本书,旅途中,偶尔闲暇时,或坐长途火车时,便用手机读上几页。余秋雨在《旅行的艺术》序中说:旅行是有关生命和环境厮磨的精神层面,任何杰出的生命都会不断地寻找环境载体,而这种寻找也就是冲撞。

乍一看,旅行者未免孤独、沉默,因为他们疏离了社会,但被他们疏离的社会又是什么样子呢?竟然是越来越走向保守、僵硬、冷漠和自私。于是,反倒是踏遍千山的脚步,看尽万象的眼睛,保留着对人类生态的整体了解,因此也保留了足够的视野、体察和同情。他们成了冷漠社会中一股窜动的暖流,一种宏观的公平。这就使现代旅行者比古代行者更具有了担负大道的宗教情怀。旅行,成了克服现代社会自闭症的一条命脉。

18世纪以来,人类的同情和了解不再源自于社群活动,而是来自于人们的漂泊经验。因此一种基本的疏离、沉默和孤独已成为人性和社群的载体,对抗着普通社会阶层的苛严僵固、冷漠无情和自私自利的闲适。

何谓理性支配?首先是人对自己无法离开自然与环境而封闭生存的确认;其次是人对自己和群体所处环境的了解,以及对未知环境的向往;最后是人对外部美的发现和寻找,并从中获得自我体验。

何谓积极生活?首先是踏访已知环境的热忱;其次是探测未知环境的勇敢;最后是从自己和环境的斡旋中找到乐趣。

旅行真的是门艺术,一门无法言说的充满各种偶然的艺术,同样的旅途,同样的行程,偏偏你的千娇百媚、妙趣横生,他的却只是走过、路过、看过,但无他尔。在旅途中,如何处理生活与旅行、工作与旅行、偶然与必然的关系,是一门艺术,用最少的钱走最远的路,体验不同的异域特色也是艺术,旅行归来之后,用各种艺术的方式去铭记与再现旅途的故事与风景更是艺术中的艺术!

有些钱是必须要花的,但花之,不必心痛;有些钱是要省的,省之,不必啰唆。有些痛苦是必须要承受的,受之,不必抱怨。有些孤独是必须要容纳的,容之,不必恐惧。

旅行、飞翔、人生，都是艺术！

有些邂逅，是必须要珍惜的；有些邀请，是必须要拒绝的。有些快乐，是必须要乐在当下的，乐之，不必延迟。

当我将人生变成旅行，把旅行变成人生，把人生与旅行变成孤独的艺术，一切都异常坦然。说来奇怪，在旅途中，孤独感反而不如在家中那么强烈。概是因为我太知道自己缺什么、要什么，因而选择了一种能给自己自由和快乐的旅行方式，而且，在旅途当中遇到的都是如我一般的独行者、修行者，我们在一起没有隔阂，彼此真诚坦荡，很珍惜相守的每一刻，享受着每一个当下的丰盛。

有些国人追求旅行的结果，旅行的艺术在于享受过程，让生命灵动起来，绽放生命的状态，每天都开心，每天都感受生命之河汩汩流淌，鲜活而奔放！为此，我愿意与孤独牵手一世。恐惧孤独的人，觉得孤独像毒蛇咬噬肌肤般难以忍受，热爱孤独的人，不只会享受孤独，而且能够利用孤独成就人生，成就思想。

人生突然变得很简单，旅行时真切地感受着旅行，旅行回来之后，品味着旅途中的一切，将美好的感受变成文字，又是一种精神上的旅行！这样一来，身心灵，总有一个在路上：在家时，心在旅行；在路上，身在旅行；写作时，灵在旅行！

旅行的艺术，说到底，就是人生的艺术。把人生当成艺术，让艺术装点人生。

天空之城

奥克兰的云朵无处不见，耳朵边，头顶上，屋后头，树尖上，车窗外，大团大团的，成群结队的手拉手欢聚于蓝天。蓝天，很亲民，紧紧地裹住地球，紧紧地裹住你我，深情款款地拥抱。一直惊讶于南半球的天空为何如此低矮，低矮得甚至不像天空，像是自家的屋顶，天空上的云为何如此繁冗，就那么飘散在天边、半空中，仿佛只是家中装饰的壁画，触手可及。

云自右向左移动，速度很快。云朵似乎是飘移在太空的飞船，距离天空似远似近，似无情似有情，若即若离，淡淡地坠在半空，与天空仿佛是太极的阴阳两面，无论再分散，再旋转，终是一体，不分主次。

朋友讶异于我每日腻在宅子里，并不急着去看景点，我笑笑，旅行本身就是生活，更何况，蓝天白云是新西兰最好的风景。出门，抬头，望天，即可。

📷 奥克兰的博物馆。

说话间，一大朵云移至头顶上方，挡住了好大一片天空。我猜云端上有一座好大的天空之城，城市中没有压迫，没有歧视，没有侮辱，没有别离，那里的人充满爱与感恩，享受着爱人与被爱的幸福和快乐，因而他们很健康，知足常乐。人与人之间可以正常沟通，没有误解和劝导。成年男女进入爱的花园便能遇到自己的灵魂伴侣，每个人的唯一，不会出现错爱、背叛、情变和始乱终弃。天空之城已经如风般飘远，悄悄地走了，就像悄悄地来，似乎不曾存在。

📷 夜色中的奥克兰。

滚滚红尘

中国有几个著名的餐馆，从未做过任何广告，却著名到了凡是去该地必到该处的地步。比如绍兴的咸亨酒店，北京的全聚德烤鸭。毫无疑问，拉萨的玛吉阿米也是其中一个。

玛吉阿米的门口永远在排队。很早就有人在关闭的门口排队，开门后，就在敞开的

是传说，是爱情，是猎奇，由他去吧……

门口排队。成群结队地排队。一楼、二楼的门口，都在排队。

玛吉阿米是仓央嘉措无意捧红的小情人儿，餐馆儿老板也极为睿智地取了这个不用宣传便红透大江南北的名字。偶遇的驴友们可以相约一起来玛吉阿米，独行侠到了玛吉阿米自然会有偶遇，偶遇是否变成艳遇，甚至发展为奇遇，要看际遇。

传说中，这幢独特的黄色藏式小楼是仓央嘉措偶遇达娃卓玛和幽会的地方。现实中，是玛吉阿米餐厅营业、世界各地食客排队、争相品尝的地方。管它好不好吃，也要吃上一次。吃的不是食物，是传说，是爱情，是猎奇。

无论排多久，每次必告诉藏族女服务员：一定要上顶楼。放心吧，你一个人，怎么都能塞下。窃笑着，等待着，不在乎与什么人拼桌，却一定要坐在窗边，看拉萨的天空，吹西藏的风，观八廓街里形形色色的人群，在滚滚红尘中品味红尘。

明明知道仓央嘉措不止一个情人，仍然为"在那东方高高的山顶，每当一轮明月升起，那一刻，玛吉阿米的笑脸，冉冉浮现在我心田"而动容；为"最好不相见，如此便可不相恋；最好不相爱，如此便可不相弃"而温暖。仓央嘉措的情与爱不可能属于任何人，只能属于他自己，他的心一直飘移着，爱情也在飘移，飘移的时候偶遇哪个曼妙女子，就是他心尖儿上的那一个了。"起初不经意的你，和少年不经事的我，红尘中的情缘，只因那生命匆匆不语的胶着。想是人世间的错，或前世流传的因果，终生的所有，也不惜换取刹那阴阳的交流。"

抓起一根草原生烤羊排，感受着大口吃肉、大口喝酒的豪爽：这是世间男子共同的心愿吗？被仓央嘉措唯美地表达了出来。而世间女子共同的心愿是，一旦我接纳了他进入我的身心灵，他要永远为我停留。捏起一片藏式烤天然蘑菇：怎么办呢？男人与女人之间这场永远也打不完的官司，究竟是谁输谁赢？舀一勺巴拉巴尼，这道之后在尼泊尔吃过多次的奶酪菠菜酱，被老板聪慧地用奶油滴上了"卍"，就变成了藏餐：男人与女人之间这场永远也打不完的仗，究竟是谁胜谁负？几口青稞鲜酿下肚，貌似喜欢将幸福当成赌注的女子总是会输了你便输了全部。屡输屡战，屡战屡败，到头来，还是弱智地相信睡在她身边的男子梦中不再有别的女子。几天之后，就发现，他不回微信，不接电话，人间蒸发。孤灯夜下，独上西楼，望穿秋水，不见故人。故人却躺在新人旁，发着同样的誓言，谱写着同样的篇章，吹奏着同样的谎言，那女子也相信这是他为她量身定做，一生只为她而演出。来，来，来，喝酒：人生得意须尽欢，莫使金樽空对月。

美女，能加你微信吗？对桌的男子终于按捺不住水性杨花的天性，小心翼翼地试探。我放下杯盏，轻轻地"哼"了一下，嘴角往一边侧拉了一下：也许，你可以加那位美女。我眼神一瞟，眼角一扬，旁边也有一位独行的女子。男子些许遗憾，但瞬间有了补偿，礼貌地凑过去：美女，能加你微信吗？玛吉阿米相遇，多大的缘分。好啊……两个人热烈地讨论起缘分与偶遇。我夹着酸奶人参果八宝沙拉：

世态炎凉，在我心中。

男人就像筷子，女人像菜品，既是沙拉，也是羊排，又是奶酪，千万别以为，你是独特的这一个，男人仅为你钟情不已。当时当刻，他正意乱情迷，寻觅猎物，刚好你在身边，刚好你拥有美丽，你便是她的沙拉。别指望他一辈子吃沙拉，这只是头盘，还有正餐，还有主菜，还有甜品，还有八大菜系，更有世界美食！

端起别致精美的藏式茶壶，倒了杯酥油茶，瞄了眼势头火爆的艳遇男女，接下来的故事怎么发展，就看女子的抵抗能力与宽容程度了。瞧我这个女人，一会儿，也吃了好多样儿了。不同的菜品，不同的味道。仅为一种味道而折服，是短暂的，人人都期待品尝更多的味道。看到又一个男人凑来，我优雅地一挥手：买单。离开玛吉阿米这个"是非之地"。遗世独立地侧身下楼，仍有不少人源源不断地往上走，二楼里觥筹交错、人满为患。世间安有双重法，不负婚姻不负卿？

男人求艳遇，求的是什么？女人求偶遇，求的又是什么？我们都知道答案：他们要的永远不一样，却力图谈判和解、整齐划一。Love and Sex，孰重孰轻，孰优孰劣，孰雅孰俗，去图书馆翻翻哲学书，再翻翻男人这本情色本，在路上翻翻人性这本心理书，然后抱着人生这本百科全书熟睡至天明，醒来后，还要谱写生命这套需白马驮伏的佛书。此时的生命在路上，飘移的场景，未知的风景，意外的胶着。旅行只是一本散文书。

追忆似水流年

许多人出来旅行，是为了寻找慢，于是，一些慢生活的地方迷住了被都市的快节奏折磨的人们。马六甲的时光不只是慢，而是需要将时间调整到半个世纪以前，那是穿越，是时光回溯，是从现代散着步就回到了古代。马六甲慢出了时空的概念，慢出了感觉之外，慢得不能再慢，慢得要丢弃钟表、超越时间了。

📷 马六甲——一个比中国还中国本色的地方。

抛弃各种电子设备，吃当地饭，穿当地衣，就是一个地道的19世纪末的小娘惹。

马六甲的穿越是时空交错的，从中国飞到马来西亚，徜徉着、逡巡着，却又回到了中国，一个比中国还中国本色的地方。许多中国元素和传统分散在大中国的各个角落，这里却融合集中在一条街：精致的小巧是江南风格，大红灯笼高高挂是中原格调，大红对联、大石狮子是楚湘特色，饮食、服饰是闽南、客家文化。

慢慢地走在马六甲的夜里，慢慢地从2013年走到1913年，慢慢地寻找属于自己的那一座老宅，寻找着前世的爹娘，曾经的夫君。笑自己幼稚，如何判断自己的前世依然是女子，又恰巧生在这里。慢慢地漫步到地理学家咖啡馆，慢慢地上楼，一个民国时期的小女子，不带丫头，自己来喝咖啡，可以吗？沿着"夕阳走廊"，穿过"热带雨林"，上了"探戈楼"，站在"小王子"上看马六甲的夜，静谧安详。折回"图书馆"，抽出一本竖版繁体泛黄的书籍，翻开的是时光的味道，在这栋拥有两百年历史的建筑里，停留片刻，思索感受，斜倚栏杆追忆似水流年，感受中华儿女在异国他乡的生存状态，慢慢回味华人下南洋的整个历史，地理学家这个名字太切合那段不堪回首的历程。

许多人来这里是因为《夏日嬷嬷茶》，我来时，不知有此缘故，仅仅凭这个名字、南洋味儿十足的风格就爱上了它。强烈的鲜黄、鲜橙、大红、大蓝和青色的搭配色调完全超越华人传统，但其中透露的刚毅的坚忍、顽强的生命力及令人眷恋的闲适则传承着华人的传统。这是一家有故事的咖啡馆，吸引了喜爱寻觅故事的有故事的人。

慢慢地下楼，慢慢地离开，慢慢地走在1913年的午夜的街头，慢慢地留意着身边的危险。无论身在何方，保全生命和尊严永远是第一位的，每当有摩托车声传过来，周身每个细胞立即做出应战的准备。一边如此防备，一边遗憾这种残缺的美。多想，在这

马六甲的建筑喜欢用鲜艳的颜色融合搭配，完全超越华人传统。

里住上一段时光，让自己遗忘所有的今生，接近遥远的前世，这种时刻清醒的警惕实在是不美。想要意境，想要迷失，想要半真半假，车声和男人的说话声便会打断这美好的一切。马六甲的飞车族实在可恶，摩托车停在游人身边，抓住包就扯断，扯不断就割断，如果不给，他会伤人。

虽不舍得入睡，更不舍得拿命去换，时近一点，必须回去。郑和客栈的前厅还是灯火通明，门却反锁了。敲门，敲醒里面值班的人。开门，上楼，冲凉，关门，关窗，却无法入睡，时光的味道可以用来欣赏，却不能细细品味，那百年的潮气像《千与千寻》中的幽灵一样袭击着我的感官，时光的霉味钻入肌肤的每个毛孔。辗转反侧了许久，索性到阳台上吹夜风。

对面印度庙的门开了，一个肤色像黑夜一般的僧人走出来，隔了一会儿，又进到门里。修行的人，也会失眠吗？修行修的不就是像婴儿一样想笑就笑，想吃就吃，想睡就睡？也许是他不想睡，仓央嘉措是为了那拥有月亮般脸庞的女子，他是为了什么？

整座小城静得可以听到血液奔涌的声音，历史的味道在空气中漫漫流散，扩散出一种文化的氛围，陪伴浸透着岁月味道的马六甲，随她一起追忆似水流年。

灵魂伴侣

总是有人担心独行会孤独，我笑而不语，答案自知，他未必认可，认可了也未必真正体会。

一个可以独行天下的人，是可怕而又可爱的。因为他自己就是一个完整的世界，只有自己，没有他人。他人想要走入，既难又易，需要他打开一扇窗，探出头来，他若不邀请，你就是门外的吸血鬼，永远无法进来。

我的胸膛里跳跃着一个宇宙，身外还是一个宇宙，内心一个世界，身外是另一个世界，当外在的世界美过心中时，便忘记那个，醉心于这一个，反之，当外部世界失望于想象时，便转而回归内心世界。

携带着心爱的自己游走世界，实际上是带着一群人在旅行。厨子：当我实在不耐汉堡包和牛排的磨折时，总会有办法给自己变出一份中餐来，在悉尼的一个角落还能搜索到一个华人开的亚洲美食店，竟然能够买到新鲜的手擀面！保姆：随时随地帮我打理一切。导游：为我制定旅行路线、订机票；闺密，倾听我的全然诉说，绝对能够保守秘密；上师：当我遭遇意外的变故时，她一定能够为我解围；作家：她能够写出我想表达的一切事物和感受；摄影师：在没有任何摄影知识的情况下，仍会拍出一些让自己感动和温暖的照片；伴侣：没有人能像我这样爱自己、宽容自己、珍惜自己，为了自己，可以抛却生死。

瞧，带着自己，就足够了！

📷 这是我的灵魂伴侣！ She is my soul.

内在的小孩就是我的灵魂伴侣，我爱她胜于一世，她是唯一一个真爱我的人，唯一一个无时无刻不陪伴着我的人，唯一一个懂我、怜我、宠我、视我为女神的人。

我们爱一样东西，就会舍得为它付出时间。我爱简单而富足的精神生活，于是，会远离复杂的人群，独居——与自己相处总比与别人相处容易。然后，我选择进入书籍和文艺的世界,那里不仅丰富多彩,而且无风无雨。我爱旅行,于是,我肯跋山涉水,为了看一条美丽的湖;肯飞越千山万水,为了看另一个半球的天空;肯忍受十几小时的连夜飞行,为了去体验另一种思维方式;可以十几小时连续坐车,连续几月,从一国飞到另一国。爱是倾注、付出和创造,爱什么就去做什么,人生其实很简单。

爱自己就是做自己内心真正想要的事情,创造自己内心想要的人生。对实现这些所有的阻碍力量勇敢 Say no! 瞧,这就是我的灵魂伴侣!

奥克兰 Style

按照中国风格,在新西兰就没有城市,因而奥克兰第一大城市的美誉也只是因为面积相对大一些,没有高楼大厦,没有便捷的交通,没有熙熙攘攘的人群、人山人海的夜市。如果没有车,等于瘸了一条腿,背包客们很快会发现这里真的不是一个适合背包的地方——背着包无路可走,无车可坐,无地儿可去。店铺晚上六七点就关门,公交车定时定点,还要在官网上预订,传说中的南半球第一高塔,瞄了一眼,就不忍心再看第二眼,始终提不起半点儿兴趣上去遛遛,既不美也不高,戳在那里,因为资质平庸而无法扣开视野宽广的人的心门。有形的东西是不堪比较的。

奥克兰的魅力与"城市"二字无丝毫关系。

然而,作为"城市",有几座可与它湛蓝如洗的天空媲美?有几座会有它那样多如牛毛的云朵与残阳如血的夕阳?有几座有那些密布如星的帆船?不大的城市却有几所著名大学,每一所都如一座独立而悠久的教堂,没有围墙,没有禁锢,敞开的大学欢迎着探秘和未知的人们;有几座城市有它那样长长的海岸线,海边处处都设有孩子的天然游乐园?一幢幢几个月就可以建设起来的别致的 House——那被我们称为独幢别墅的房子,不设任何门槛可以购买?有几座城市夜半抬头就能看到满天星辰,钻石一般闪亮在优雅高贵的天空?撕开天空的一角,摘下一颗美钻,别在耳边,亮了整个心田。

奥克兰的白人的娱乐方式是扬帆出海,或是开着老爷车在大街上拉风。华人,多聚居在北岸,那被称为富人区的地方,多数延续着中国式的生活,把自家老人弄来为他们带孩子,一边感慨着年轻的白人父母如何有大把的时间亲自教育、亲近孩子,那在海边玩耍着的孩子,通常是由爸爸陪伴的。在新西兰旅行的一个月,没有发现欧美人的老人带孩子,却时常见到老夫妻二人携手出游,或者在西餐厅里,相视而坐,交颈的高高的玻璃杯里血红的液体,延续着年轻时代的浪漫,却有过之而无不及,这种完全不同的家庭生活格局造就了不同秉性和思维方式的下一代。

那些生活在豪宅令人艳羡的华人们，却遗憾地嫌这里的生活太无聊。而我则梦想能够生活在一个如此天堂的国度，没有声色犬马的娱乐场所，却有着天然真诚的自然世界。奥克兰还有成批的 Work holiday 的"85 后"、"90 后"，寻梦、造梦，体验一段不一样的体验，生活着不一样的生活。说成批也算不上，每年只有一千个名额，对于人口只有一百万的奥克兰来说，不算少了。还有不少留下来定居的留学生，十几年前，到新西兰留学，别人会讶异着：那是哪里啊？现在提到新西兰：啊！《魔戒》的国度，美极了！是的，太美，一座美得让人想停留的城市。是的，太美，一座美得让人无欲无求的城市。

如果，我在新西兰有一栋别墅，一定要有一个宽大的书房和豪奢的室外茶座，晴朗的每一天，都要坐在外面阅读、写作，看蓝色的天空，干净地呼吸。

就要别离，真心不舍。带着蓝天、白云、海滩、豪宅、帆船和热气球的印象离开。旅行时，每一次到达，就仿佛与老朋友的约会，才一天，仿佛已经许久；每一次离开，仿佛只是普通的别离，离开了，却又不曾来过。夜雨阑珊时，梦里依稀，似曾相识，又恍恍惚惚，梦境与现实仿佛只在开合明眸一瞬间。

时光穿越

走在马六甲的鸡场街，仿佛走在拍摄 20 世纪 30 年代影视剧的片场，片场是假的，这里却是真的。那种真迎面而来，迅速钻入脑海与肌肤，恍惚中穿越到了 20 世纪初的南洋。二层楼的小洋房，五颜六色的房屋，墙壁上爬满了绿色植物，福建会馆，门神，大狮子，红灯笼，雕檐画壁，繁体字的对联，五星红旗，繁体字写的白色的幌子。中间是新年快乐，左边一个圆圆的福字，右边一个圆圆的春字。清真寺，旗袍铺，彩陶店，椰子树，贴满中国传统剪纸的墙壁，写着黑色繁体字对联的红色的中式古典的门，门口的睡莲，印度庙前盘着莲花座的黑人僧人，绿色的清真寺中的中国女人，这一切竟然融洽而和谐地结合在一起，构成了鸡场街独一无二的韵味。马六甲，保留着比中国还中国的古朴建筑，中国味道在这里得以完整的诠释；马六甲，是一个比中国还中国的神奇地方，中国印象在这里得以完整的彰显。走在马六甲，哪里会觉得这是异国他乡？

走着，走着，仿佛时光流转，自己变成了某个富家小姐，来寻找未曾谋面的未婚夫。我希望是林徽因，而不是陆小曼，更不做张幼仪，在束缚女性的传统与家族力量的夹缝中艰难地求生存，不如在青春年少时扬帆远航，自立为王，下人生的西洋。

无言的黑色门窗里锁住的是怎样的时光往事⋯

临近黄昏、华灯初上时的唐人街更添风致,本来五彩缤纷的小街因灯光而显得妩媚婉约;本来狭窄的街道外面摆满了餐桌、吧台,等待着疲倦的游人的休闲和眷顾。一个看似小儿麻痹的、患有严重眼疾的盲童在路边弹着电子琴,面前放着一个盒子。她快乐地扭着脖颈,快乐地弹奏着快乐的乐曲,为这条快乐的老街增添了快乐的味道。

一幢古老的小楼吸引了我的注意,黑色的无言的门,白色的斑驳的墙,墙上长满竹子,百叶窗横闭着。跑去拍了几张照片,却像摄影棚拍出来的一样。

坐在街边的咖啡店,看时光飞舞,思绪流转,冒出一首老歌:

红尘多可笑　痴情最无聊
目空一切也好
此生未了　心却已无所扰
只想换得半世逍遥
醒时对人笑　梦中全忘掉
叹天黑得太早
来生难料　爱恨一笔勾销
对酒当歌我只愿开心到老
风再冷不想逃　花再美也不想要
任我飘摇
天越高心越小　不问因果有多少
独自醉倒
今天哭明天笑　不求有人能明了
一身骄傲
歌在唱舞在跳　长夜漫漫不觉晓
将快乐寻找

神奇的地球

移动的蓝色冰川

　　福克斯小镇不大,像个小村庄,没有几户人家,却迎接着世界各地的淘金者、探险者和旅行者。这里曾经是淘金者们的移民处,淘金浪潮消失后,人也消失了。后来,福克斯总理在19世纪末发现了另外一种"金矿"——一条美丽的冰河。

　　经过多年的开发,在不破坏自然生态下,发展了许多只有在冰河身边才能开展的有趣而又迷人的活动。于是,这里有了许多玲珑的咖啡馆和旅馆,有了世界各地瞻仰这一世界奇观的游客,也有了以总理名字命名的"福克斯冰川"。

　　人们从地球的各个角落来到这里,只为能够用某种方式亲见这蓝色的冰川!

　　福克斯冰川与距离它20分钟路程的弗朗兹·约瑟夫冰川都从南阿尔卑斯山脉南麓一直流淌到海平面附近的温带雨林。附近还有美丽的倒映着库克山的马森修湖,森林步道,有飞舞着的萤火虫的洞穴,海豹嬉戏的海滩。

倒映着库克山的马森修湖。

　　世界上有许多冰河因为不再移动而渐渐消失,福克斯冰河却在拥有了亿万年的寿命之后仍在悄悄"移动"着,正是因为行动速度极其缓慢,才使得人们有机会在冰河边飞越、攀援及俯瞰。但也正是是因为它在移动,所以充满了危险,一定要在合适的季节、晴朗的天气才可以。但这种天气是那么难得,以至于一年中只有三分之一的机会才能够幸运地体验冰河魅力。

我来的季节并不好，新西兰的秋冬交替之时，总是阴雨，而且一阴雨就从夏天立即进入冬天。昨天，在皇后镇还阴雨连绵，躲在火炉边烤火，跑进电影院看《速度与激情7》取暖，今天就决定来了。来之前，并不知道对气候要求这么苛刻，就傻傻地来了，而且傻傻地定了弗朗兹·约瑟夫的旅馆却在福克斯下了车。直升机呼啸着从一个迷失的、背包的行者头上飞过，飞机很快消失，行者还在。她很快就找到了一个适宜的旅馆，好大的院子，足够亲近天空和冰山。

站在游览公司的前台，一个白人女孩递给我一本小册子，上面详细介绍了与冰川有关的所有项目。我紧张地看每一个单词，问了一些特别傻帽儿的问题。她呵呵笑着，递给我一本中文手册，于是，所有的问题都解决了（识字真好）。

我想选择冰川攀岩项目，女孩很真诚地推荐我那款四小时的飞机观光行程，价格反而少了两百纽币，先是飞到冰川腹地，然后，在冰川的肚子上徒步三小时，可我还是想在她脊背上爬行八小时。女孩说：这需要超强的体力。我举起没有一寸肌肉的手臂：I'm strong! 女孩笑了：这需要专业的指导，谨遵教练的口令，而教练们只讲英文，No 翻译。明白了她善意的提醒，于是，"被迫"选择这种简单的方式。

接下来的大半天时间就是磨刀霍霍、积蓄体力，在旅馆的院子里与荷兰男孩分享着咖啡和阳光。他不打算去跟冰川玩儿，就只是来看看，跟自己玩儿。他确实很会跟自己相处，我去预订项目之前，他在给自己做午餐，回来后，没逍遥多久，太阳刚刚变成夕阳，他就又开始准备晚餐。他神奇地变出一些蔬菜、烤肠和意大利面。晚上烤着电暖气看碟片，看了大半夜。使得我在隔壁

有些期望的到来，带着未曾期望过的附加品，未必会让人愉快。

房间入睡时，耳边充斥着男人或破坏或拯救世界、女人或尖叫或助威的声音。

第二天早晨，天气晴朗得让人感动。许多人早早地来到导览公司。其实抬抬腿就

冰川闪耀着纯粹的蓝色，白色的世界立即着了蓝色的漆，蓝色与白色绝美的胶着。

三五分钟的路程。能感受到集体的激动，要先穿上特殊装备，然后熟知安全事项，分组乘坐直升机，到冰川腹地后要听从专业向导引领，安全至上。

翘首企盼着直升机的到来，但当它带着十二级大风呼啸而来，所有人被风刮得倒退两步、能刮跑的都刮跑时，大家才发现：有些期望的到来，带着未曾期望过的附加品，未必会让人愉快。陆续飞来了四架，大家已经学会一看到它飞来，就自觉靠到安全位置，然后再拍摄。我被分到最后一组，流着口水看着前面四架飞机飞离视线，想象着他们能够提前到达冰川是多么幸福。

工作人员为游客指定着座位，并示意大家戴上耳麦，微笑着祝大家有一个美好的旅程。飞机飞离地面时，心里欢呼了一声，乘坐了无数次大客机都没有乘坐几分钟直升机这样过瘾，可这瘾实在是太短，五分钟就要降落，我发誓：如果我会开，一定会"劫机"，再飞一会儿。这是名副其实的"遥看冰瀑挂前川"，只转个弯儿，就看到一条长长的冰瀑斜挂在山体上，在蓝天下熠熠生辉。飞机即将降落冰川，先到的人在教练大拇指向下的指示下下蹲，每一次都蹲下起来，瞬间淹没了我的艳羡之心。

两位专业教练是一男一女，随机将人员分为两组，然后耐心地示范大家怎样穿冰爪及使用它。男教练是尼泊尔人，英语说得很印度，大约能听到一些熟悉的单词，但并不影响跟随他冰川徒步。教练带我们去冰洞，穿过冰道，偶尔有条小小冰河，一根长长的绳子横在冰洞里，大家拽着鱼贯而入。冰川会根据太阳的位置而变幻不同的颜色，临近正午时，冰川闪耀着纯粹的蓝色，白色的冰体立即着了蓝色的漆，美得令人窒息。

尼泊尔教练的黑与白形成了极大的反差，他很爱冰川，很享受在冰川上暴晒，因为这里太美了，太自然了，每天待在这里就像待在童年一样，无比快乐。并不是每天都可以待在上面，如果阴雨，冰川颜色昏暗，非常危险，不定会出现哪条裂缝，会吞噬生命。

有的时候，冰川会上升到山的那个位置，他指了一下。

徒步两小时、大家都很习惯了在冰川上行走之后，教练问我们要不要来点挑战，年轻人们立即欢呼雀跃着。于是，他先去探路，侧着身子挤进一处缝隙，然后招呼人下来，要一个一个进出才行。我首先滑入冰隙，用鞋子上的冰爪探路，深入冰洞里面，回望后面，天空变成狭长的一道蓝，抹在洁白的冰的世界，于是，世界就只剩下那一道蓝色的线。

飞离冰川时，飞机驾驶员故意呈 S 形路线飞行，突然上下起伏、左右回旋，然后哈哈大笑，在一个漂亮的弧线中，抵达地球。这是一个神奇的星球！

人生若如红盖头

在吉隆坡只住了一晚，就马不停蹄地赶往马六甲，这三个在历史中如雷贯耳的奇异的汉字组合热切地向我招手，艳羡了许久的美人，近在咫尺，如何不动芳心？天气并不很炎热，却故意戴着墨镜，只为毫无顾忌地偷窥这个异样的世界。一个年轻而瘦弱的穆斯林女孩，站在门边，眼神清澈而洁净，淡淡的静谧，将自己包裹在黑色的长裙之内，与外界划了一条明显的鸿沟，她可以在安全堡垒中看世界，世界却只能看到一袭长裙和静雅的目光。一种遗世独立的存在，宣示着我的信仰与你的隔绝，留给世界诸多想象。其实，揭开面纱，都是一样，不过是多了层纱，就多了许多神秘。所以，中国古时的女子在出嫁时要顶着红盖头，留给新郎和世人无穷无尽的猜测与想象。红盖头啊！多盖一会儿吧，被揭开之后的世界啊……还是盖着最美妙。人生若如红盖头，还用得着出去旅行吗？本身就美好得舍不得离开啊……

在墨镜后面美美地欣赏了面纱下的面孔之后，觉得不够，拿出手机，假装看微信，拍下了她（好卑鄙啊）。吉隆坡的地铁陈旧而简陋，在天桥上或换地铁的过道里，有街头艺人的表演，让陈旧的一切增添了艺术气息。到 TBS 车站有点小复杂，在当地人的热心帮助下顺利找到。排队买票，上车，车很空，座位非常宽敞，像豪华头等舱，把椅背放倒，便悠闲自得起来。窗外阳光十分火辣，直射着那张黑脸庞，想起昨晚洗的衣服和牛仔裤尚未全干，便从皮箱里拿出来搭在窗户的栏杆上，既可以暴晒又可以遮挡阳光，一举两得。闭上眼，靠向后背，突然觉得自己真是可爱得不得了：在从吉隆坡到马六甲的大巴上晾衣服！天下可有第二人？也只有我这个不按照常理出牌的家伙能够做得出来！好搞笑啊。"扑哧"笑出声来，但衣服还是晾着吧，晾哪儿不是晾。

快到马六甲时，又发现自己不靠谱的一面：没做功课，没订旅馆，没查车子。下了车去哪儿？先下了再说。站在马六甲汽车站，被当作外国人观赏时，迅速打开 iPad，看穷游锦囊中关于马六甲的介绍：就荷兰红屋吧，Ok，就去那儿。等候 17 路巴士。司机和售票员拿出中国 20 世纪 80 年代的国营单位作风，让乘客们在烈日下等了二十几分钟，才懒洋洋地打开车门，开始验票。不报站，售票员英文也不好。收别人两块，收我三块，也懒得问，反正双方说的英文都是自创的。紧张地盯着车窗外的世界：欧式建筑、中文繁体字、南洋、海南鸡饭、教堂、Where is Stadthuys? 应该是红色的。作为马六甲标志性建筑的基督教堂果然没法让人错过，背包客、行李客们都在此下车。

站在一片红砖色的建筑前，思考（上帝笑他的，我思考我的），第一件事情应该是找地方住宿，第二件事情是填饱肚子，第三件事情才轮到观光玩乐。安全欲与食欲永远排在窥探欲之前，解决了安全和温饱问题才有心情看别人、看世界、看未知的一切。

人力车来揽活儿，谢绝了，已经问过路，红屋广场对面就是华人街。过了马路，一艘吊在空中的巨船进入视线，船舷上用繁体字写着：郑和宝船。在浩瀚的中国历史长河中，对三宝太监郑和没有过多的感情和记载，甚至有些不屑，但在东南亚，他却像神一样存在，走到哪儿，都能见到他留下的痕迹。在新加坡海洋世界入口处也有一艘巨船的模型，按照一比一仿真郑和下西洋时的船，在船头有一个巨大的屏幕，滚动播放着郑和下西洋时的光辉伟业，他所带来的文化、丝绸、瓷器及对东南亚的美好的改变。动漫片中，郑和被塑造为一个伟岸、英俊、睿智的官员，所到之处，皆受到当地人的顶礼膜拜。在中国人眼中，他不过是一个接受皇命的太监，半个男人，劳民伤财，只是宣扬国威，或者寻找失踪的建文帝。善良的国人有时候的思维方式是阴暗单调的，无论你做出多少丰功伟绩，只要做过一件坏事，或有一个缺陷，他们都会一撇嘴：只是个太监，曾经做过牢，曾经离过三次婚……所有的好事都忽略不计，只剩那一件不好的……不过，我相信，会改变的。

其实，在世界航海史上，郑和下西洋是一个无解的神秘的奇迹，在科技并不发达的 15 世纪，两百多艘大约长 126 米、宽 60 米的船如何建成，建成之后如何推下海，在海中航行时如何排列布阵、彼此联络，郑和如何管理和指挥，如何对抗海洋瞬息万变的天气，如何保证近十万人的健康、安全、不得坏死病，在航海过程中又发生了什么……都让世界着迷。而中国历史却对此冷漠得令人震惊，以至于疏于记载，绝大多数的谜底都是猜测的，在中国历史中，关于郑和的记载仅仅七百多字，而在古代南洋——当代东南亚，却到处都是他的踪迹。与世界眼光迥异的中华民族怠慢的不只是郑和，而是一段航海史上的奇迹。

还记得大概 2007 年，一位年近花甲的台湾学者在浙江图书馆做了一场关于郑和下西洋的公益讲座，他提道，可以确定的是郑和下西洋所有的船只都是在南京一家废弃的造船厂建造的，但建造之后如何下海，无史可考，他也尚未考证出结果来。当时，南京某些官员联合房地产商想把此造船厂夷为平地，建成高楼大厦，令人尊敬的老学者立即从台湾飞来，跑了无数个部门，拜访了无数官员，总算留下了，是否留至2016年，不得而知。令人感动的是台湾学者对这段历史的热忱，以及作为一位普通的国民对国家历史的尊重和敬畏。

无论国内外对于郑和下西洋持何种态度，南洋却深受郑和影响，人们对于郑和是爱戴的、敬仰的，甚至奉为神明。这一切彰显了郑和下西洋是对中华文化的宣传与交流，改变了整个南洋的历史及生活方式，是一次积极、正面的文化之旅和海洋之旅，无关乎无法考证的航海目的，航海的结果是正能量的。

马六甲有一座山叫三保山，山上有一座亭叫三保亭，还有一口井叫三保井，有一条街叫三保街，街上有一座庙叫三保庙，还有一座会馆叫郑和纪念馆。参观之后，决定，今晚要住郑和客栈。好好地了解郑和，了解他的到来对马六甲和马来西亚的意义。

远远地，一对华人夫妇招手致意，男人走过来：嘿，你一定来自中国。是啊。哇！你好美！那一位是我的第二任太太，真想把你变成我的第三任太太！这种让人无言以对的夸赞……我们来自新加坡，在五星级酒店开了一间总统套房，三室两卫一厅，后来觉得有些奢侈和空荡，便想找两个女孩子一同居住——女孩子安全。两百马币，怎么样？标准的五星级。我下一站就是新加坡。太好了！明天我们可以一起去新加坡。这让我有些动心：酒店在哪儿？不远，马六甲也不大，15分钟的路程。在鸡场街里吗？No，这是老城，在新城。谢谢。我想住在旧城，感受马六甲的古老的文化。Oh, it's so great. You are so beautiful! Good luck!

一见到郑和客栈门口高及二楼阳台的绿竹，对面的印度庙与清真寺，以及深厚浓郁的南洋的味道，便觉为历史而舍弃现代的决策是英明睿智的。马六甲的历史和文化是独有的，只有深入老城，才能感受历史；深入历史，才能体悟文化。

一半是雪山　一半是海水

新西兰的魅力，首先是绝美的自然风光，只要是晴天，处处都是风光。拍照不需要技巧和润色，纯天然就好。

其次是整个国家的干净指数，走遍全国，也没见过一个被塞满洋溢着口水的垃圾桶，街道上没有一片废纸、一块人为污迹。所有的公共厕所都很干净，马桶盖从没有被踩过的痕迹，全部配有纸巾、洗手液、干手机，大多配有热水。

再次是国民的友好、真诚、热忱及守时。无论何时何地，问何人，他们都会极其热情而准确地为你指路。有些人会主动停下来，问东张西望、又是看 Google、又是看地图的你，是否需要帮助。

人们工作时很简单、开心，既把工作当作生活，又不失严谨、严格。最神奇的是，他们不赶时间，却又十分遵守时间。

只有亲历新西兰，才会相信地球上会有这么美的国度。

新西兰的交通工具都十分准时，除了飞机稍微有十分钟左右的延误外。巴士会准时停在公交车站，上完人就走，绝对不会等候，无论是市内巴士还是长途巴士。

长途公交车、轮船及火车票预订系统都很发达，网上下单后，持订票号即可上大巴车，火车和轮船须先兑换纸质票。可购买汽车联票，比如单次车票为五十纽币，而五次车票才八十纽币，不仅如此，而且能多带一件免费行李，省却订票费（如果用 VISA 卡支付，需要支付 3%~5% 的手续费）。缺点是只能选择这家公司的线路，如果当天，某个线路无票，只能等待，或者购买其他公交公司的车票。

城市内的公交车很不发达，竟然像长途车一样定时定点，而且票贵得离谱（比如两站地 15 块人民币），不知是车票贵还是私家车多或者是人口太少，乘公交车的人很少，经常看到一辆超级豪华舒适的公交车里只坐了一两个人，也难怪贵，不够油钱。

的士车很不发达，有些地方很难见到，有些城市需要提前打电话叫车。但新西兰的租车系统很发达，价格十分便宜，一天才几十纽币，因而，新西兰适合租车自驾游，但需要提醒的是，新西兰是右驾左行，需要有国际驾照，违返交规处罚很高，出现事故赔款金额也高，亚洲游客尤其需要高度注意安全，因为驾驶习惯完全相反，经常会有中、日、韩游客出现自驾事故。

新西兰几乎没有长途客运站，长途汽车停靠在公交车站台，上车前报车票号码，司机拿着手机在相应的系统里打钩即可。巴士非常准时，过时不候。巴士上非常干净，没有乱吃东西和乱扔垃圾的现象。有些巴士提供限时免费 Wi-Fi 及洗手间，但洗手间小得进去几乎关不上门，肥胖者只能望洋兴叹。乘客都很安静，静静地观景看书睡觉，偶有聊天，也不嘈杂。司机很绅士，很温婉，乘客和司机都彼此尊重。

新西兰的服务很好，只要出示已定的船票和火车票，如果是当天联程，行李会直接从船上运到火车上。许多司机和服务员年纪都偏大，但个个笑容满面，充满尊重和关怀。每一处景点、火车站、旅馆都有当地地图和旅游信息。

新西兰并不大，主要分为南岛和北岛，两岛之间被库克海峡隔开。首都惠灵顿在北岛最南端，号称风城。新西兰的国鸟为 KiWi Bird，身为鸟类，却不会飞行，因而，害羞得只能晚上出来活动，但是功夫却很了得，像小母鸡大小，却能将同类踢到一米半开外。在新西兰，到处能够看到这个单词：银行叫 KiWi Bank，观光列车叫 KiWi Rail，网站叫 KiWi 网，国果奇异果叫 KiWi Fruit。路遇一个新西兰行者，他自我介绍时自称 KiWi。新西兰与中国的季节相反，时差晚五个小时。

从南岛最美的皇后镇飞往澳大利亚墨尔本的途中，大自然的奇迹震惊了我的眼球，飞机越过一排排、一道道库克山脉，山顶上洁白的雪，在阳光下熠熠生辉，瓦卡蒂普湖安然地绵延在库克山脚下，令它刚中带柔，柔情蜜意，直教人意乱情迷。越过层层叠叠的库克雪山，便来到碧蓝如洗的太平洋上空，一半是雪山，一半是海水，真想，让飞机停留在某个山尖儿，一跃而下，跳入湖水、冲浪、潜艇。还想停留在海山交接的岸边，去触摸那醉人的蓝，染蓝自己的外衣，与它融为一体！很快，飞机便完全飞越在海水上空，漫天漫地、无边无际的蓝色，蓝色下面是那个神秘、神圣、神奇的世界。

世界上真有那样的地方：多一分则多，少一分则少，浑然天成、完美无缺。

整个新西兰被雪山、大海包裹着，上帝是多么偏爱这个国度，给它那么、那么多，可以分一点儿给我吗，一条孤独平凡的河流！

不可错过的风景

哈尔滨是一座欧风十足的城市。毫无疑问，它深受俄国文化的影响。第一条铁路，哈尔滨啤酒，大列巴，中央大街无不是俄国带给哈尔滨的意外的礼物。每每徜徉在哈尔滨的中央大街上，总有一种时空穿梭的感觉，纯粹的欧洲风格的建筑及俄国留下来的洋物：大列巴、马迭尔面包、俄式西餐、俄罗斯套娃，还有丰富得令人咋舌的各种各样的肉食制品：红肠、血肠、肚儿、肘子……看得肉食者们食欲暴增、素食者们瞠目结舌。

先把肉放下，走遍全中国的所有著名街道，也不能抹杀这条街的独特、魅惑及迷醉。是的，每次走在中央大街上，都有这种感觉。每一次。

平生最浪漫的邂逅就在这里发生，浪漫得快要哭出来，拼命地挤了挤眼睛，没让眼泪落下来，却落入心里。那一年夏天，独自在中央大街上徜徉，从街头走到街尾，一直走到松花江边，刚好黄昏时刻，饥肠辘辘，一个命令诞生：该喂自己了。往回走到马迭尔宾馆，吃了一次丰富而廉价的自助餐，有俄罗斯红菜汤、松鼠桂鱼，许多俄式点心、菜肴，才不过38元。同样的品质在上海、杭州至少要88元。因而不好意思多待，差不多八分饱之后就迅速离开，一出门，就被浪漫迷了眼。

夜色已至，华灯初上，灯火辉煌，灯光下的小巴洛克们比日光下更显娇媚与迷离。悠扬的小提琴声自头顶传来，仰观，在二楼唯一一个室外阳台上，布满了鲜花，明亮的灯光下一个女孩子正在拉小提琴，正是当下最流行的《暗香》。顿时心神荡漾，灵魂出窍。无论旅程多么艰辛漫长，只要有这样或温馨、或浪漫、或奇美的一瞬，一切都是值得的。浪漫得，哎呀，多想有个肩膀靠一下，靠着倾听他的心跳，浪漫中的浪漫。仅仅是靠一下，别无他想。至于那个肩膀上的脑袋怎么想，我管不了。最好别多想……

许多人驻足观望、欣赏，女孩儿从容自若地拉着动人心弦的乐曲。曲终人静，掌声雷动。行遍天下，最浪漫的城市竟然就在身旁，而我从来没想过留下来。因为，离家太近，自小艳羡南方，一定要去南方。

尽管哈尔滨人一张嘴，就让人想起俚俗的二人转，一出手，就让人想起千里冰封、万里雪飘，但制造起浪漫的柔情来，丝毫也不亚于南方，被突这种如其来的浪漫感动得想流泪，即便是在西湖边也不曾有的事情。

在中央大街的侧街上，有几家久负盛名的原汁原味的俄式西餐馆：波特曼、露西亚、塔道斯，单单名字，就透露着一股浓浓的俄罗斯味儿，端上来就更俄罗斯了：俄式土豆泥、猪肉饼、大马哈鱼籽酱、俄式烤面包、香煎大马哈鱼，还有特别适合冬天吃的罐焖羊肉、牛肉（哈尔滨人称其为罐儿羊、罐儿牛、罐儿虾），生生地馋死个人儿！酒量好的一定要配伏特加，女士们可以点一种极特别的俄式饮料"格瓦斯"，这是俄式西餐最美好的伴侣。每次回哈尔滨，必定会抽时间去吃只能在哈尔滨吃到的俄式西餐。

边吃俄式西餐，边看俄国少女的歌舞表演，是更大的声色犬马的享受，这是真正的完美女人——非人妖系列，拥有几乎无可挑剔的外表：身材、高度、皮肤、五官，啧、啧，不用到韩国整容、到泰国手术，就美成这样，简直不像话。恨恨地喝了一口伏特加，浑身血液奔涌，为什么我没有俄罗斯血统？但是，哈哈，俄罗斯少女的美的保鲜期相当短暂，上帝赐给她们美之后，必定想方设法给她们另一种不美：一旦变成少妇，身材就变成水缸腰、水桶胳膊，像是科幻片中吃了某种化学药品的变种人。心里立即宽泛了许多，有一种报复的快意。

半年都被冰雪覆盖的哈尔滨，欧，欧得有范儿，冷，冷得有魅儿。骨子里就透着一种刚强与执拗，远远地，招手儿吸引着全国人民，虽然冻得脸发麻、嘴发青、两脚直跺，也还是要来。

西藏的湖，长江三峡的险，神农架的奇，九寨沟的水，哈尔滨的雪，青岛的海，新疆的异域风情，云贵的少数民族，是大中国不可错过的风景！

📷 冬季来哈尔滨，一项必不可少的体验就是：滑雪。三大贵族运动之一的项目带来的独特快感非一般体育活动可比！想试试吗？那就来吧！准备好在雪地里翻跟斗、驴打滚儿、倒栽葱、像火箭一样急速下滑，非比寻常的刺激！

另类旅行——到潜意识深处

绝对自由的旅行

除了身体的旅行之外,精神之旅更加妙不可言。

在书籍中旅行,可以无限度驰骋,零成本出游,而且还可以时空穿越,从公元前3000年到2000年,瞬间可以穿越上下五千年的历史,让自己的意识停留在哪一个历史时代都可以,只要你想。你可以到函谷关去听老子讲道,你可以看孙武是怎样创造了震惊世界的兵法,你可以悄悄地走近庄子身边,看他如何思考宇宙人生;到汉朝去探望一下司马迁,让他明白他比刺伤、侮辱他的汉武帝更加伟大;你可以到唐朝去抚慰一下武则天的疲倦和无

只有在精神世界中跟随思想这个向导才可以如此畅快地遨游,不仅在历史和文学世界中游历,还可以进入时光隧道,重新回到已悄然逝去的生命历程。

奈,在男人创建的世界中统治所有的男人是多么让人敬佩;你可以到宋朝探访一下词中皇帝李清照,告诉她命运无常、精神永存、不必哀伤;如果你愿意,还可以离开中国,到世界各地转转,去看看埃及女王克利奥佩特拉是否果真那样沉鱼落雁、闭月羞花,可以通过统治男人来统治男人统治的世界;去看看海伦究竟美到什么程度,致使特洛伊宁愿毁灭也不愿意将她

像鸟儿一样自由地旅行。

交还斯巴达；去倾听一下苏格拉底在广场上与人辩论；沿着耶稣诞生的足迹去察探一下这个天之子被钉在十字架上时真正的感受和想法；去看看悉达多是怎样超越人的本能远离富奢的皇宫、娇艳的美妻、幼小的儿子执意去菩提树下参悟成佛、普度众生；再溜到日本后宫去看看正在写世界上第一部小说的紫式部——女性是奇怪的，要么被挤压得没有生存空间，要么总能创造出令男性也俯首称臣的价值和功绩；去英国看看莎士比亚亲演的《罗密欧与朱丽叶》，打探一下酣睡中的笛福是怎样构写出空前绝后的《鲁滨孙漂流记》，他是怎样构想出将一个文明社会中长大的人置于荒岛独自生存近三十年；去西班牙瞧瞧住在一个楼下有妓院和酒馆儿的旅店里、正在撰写《堂吉诃德》的塞万提斯；到爱尔兰去瞅瞅乔伊斯这个神魔是怎么写得出来让人云山雾绕的《尤利西斯》，在构写《尤利西斯》的八年中他是怎样支撑和打发日常生活的；到法国去看看那个身体孱弱、神经异常敏感、惯于使用很长很长的句子及没完没了的比喻、写作风格细腻到了连世界上最啰唆的婆娘都无法忍受却独创了一种异类的创作手法的普鲁斯特；到俄国去看看列夫·托尔斯泰，他虽然写出了世界上最伟大的小说之一——《战争与和平》，却让妻子生活在地狱之中，《托尔斯泰夫人日记》——一个女人用一生写就了一部书，记述了自己悲凉、乏味、痛苦、无望的一生，明知丈夫并不爱她却要为丈夫牺牲一切并依附他生存一世；顺道看看陀思妥耶夫斯基即将被执行枪决之前的神情以及突然被大赦之时的狂喜，让我们感同身受他生死一瞬间的真实感受；再回到法国去看看正在写上百万字的回忆录，没有家庭、没有丈夫、没有孩子的老年西蒙是怎样精彩地度过余生，又是怎样克服人性的本能忍受萨特与别的女人相爱、做爱，并写出了西方女性圣经——《第二性》的；再去到维多利亚时代的英国，看看乡村中产阶级小女人简·奥斯汀是怎样在十六岁时就在起居室里一边调笑一边嘲讽世人，编撰《傲慢与偏见》；再看看在奥斯汀逝世后两年出生的乔治·艾略特，这个木匠的女儿有勇气在19世纪与一个有妇之夫公然同居二十四载、在爱夫的鼓励之下写出了让整个大英帝国的男人不得不信服、主动接纳这个被上流社会踢出去的伟大女性，并公认她是当时英国最伟大的小说家。

德国，对了，不能忘记德国，也要去走上一遭，德意志民族严谨刻板的生存和思维方式使得这个国度极易诞生哲学家、文学家和音乐家，小说家反而不那么引人注目和数量繁多，好在，还有歌德，倾心感受下他怎么能抑制盛名与功利的诱惑，一生从事于研究德语创作方法，在诗歌、戏剧、小说等领域均取得非凡成就，并且从不感到厌倦，追求文学艺术直至肉体消亡的一刻；看看叔本华是怎样将人生诠释得那样透彻、清晰和冷静,让我们明白人生是不得不完成的任务;绝对不能放过尼采,一定得研究下他哪儿来的勇气敢与整个欧洲传统叫板:让上帝死去,超人临世,千万别忘记到精神病院去探望他一下,他们这类人总是燃尽自己最后一分热量悲惨早逝,却照亮了整个后世;顺道拐到奥地利,看看世界级中篇小说大师茨威格,到这个描画女性心理入木三分、比女性还懂女性的男人常常去看戏的维也纳国家大剧院坐坐;还有晚他两年出生的同样是犹太人的卡夫卡,是有史以来作为一个人的存在最痛苦为人的人,他无法忍受人世间的一切,包括人的本能:"恶犹如与女人们进行的、在床上结束的斗争。善在某种意义上是绝望的表现。为了这个世界,你可笑地给自己套上枷锁。在你与世界的斗争中,你要协助世界……"再也没有比卡夫卡对世间所有的一切感到压抑和痛苦的人了,他看到的世界到处都是陷阱、城堡、黑暗、变异和监狱,他一直生活在牢笼中,被同类们残忍戕害,让咱们走进他的灵魂,看一看人类历史上这个最不愿意做人的人……

本王在旅行的路上,谁敢拦我?!

就是这样,只有在精神世界中跟随思想这个向导才可以如此畅快地遨游,不仅在历史和文学世界中游历,还可以进入时光隧道,重新回到已悄然逝去的生命历程,重温成长中的一切,从出生到现在,每一年、每一天都可以随意出入,我们可以像一个观众一样观看不同年龄的自己的表演,去查看我们人生当中的每一个至关重要的环节及举足轻重的事件。只要我愿意,我就可以,我可以做到,凡我想做的,在文字的世界中无所不能!凡我想到的,在书籍的海洋中随意驰骋!

在书籍中,享受绝对的自由!绝对自由的精神之旅!

千年的穿越 去前世旅行

2012年,在青岛的石老人海边的宾馆,一次六天五夜的封闭式催眠课程中,体验了神奇的催眠及被催眠的力量,我可以被人催眠成一棵大树,也可以把别人催眠成一座笔直的桥,把他架在两个椅子之间,中间没有任何支撑。我体验了不同级别的催眠感受,并学习了这种能力。

催眠导师来自上海，催眠功力很深，很随性，喜欢叼着烟斗、趿拉着拖鞋来上课，似乎只是参加一个沙龙活动。

最后一天，当大家的能量非常高、状态非常好时，导师引领大家去看自己的前世今生。这需要每一个人进入到非常深、非常深的潜意识深处，深到最深，并联结真实的自我，才能够看到，也有可能，什么也看不到。这完全取决于自己。因为，没有失败的催眠师，只有失败的被催眠者。未入门时，我们根本不会相信，认为是催眠师运用某种力量和技巧使得被催眠者进入催眠状态，其实，是催眠师瞬间唤醒了被催眠者的潜意识的力量，对他的巨大力量发出指令，所有的行为的完成其实是在自己的深度潜意识的指引下完成的。如果，你深知这个真相，坚定地相信潜意识的力量，能够强烈地对抗，世界上最伟大的催眠师也无法将你催眠。

在能够唤醒潜意识的音乐及导师的引领下，我的头脑马上出现一片虚无的状态，一列时光的列车穿越在时光隧道当中，然后，列车停下来，车门打开，今生的这个我走下车，看到一片美丽的花园，园子中一个别致小巧的凉亭，一个纤细温婉的女子持扇小坐，独自一人。须臾，轻启朱唇，吟道：寻寻觅觅，冷冷清清，凄凄惨惨戚戚。乍暖还寒时候，最难将息。三杯两盏淡酒，怎敌他、晚来风急？雁过也，正伤心，却是旧时相识。我惊呆了！待要上去确认，时光的列车已经发出鸣笛，我匆忙上了车，在无限的充满着光的黑暗中回来。几次深呼吸之后，我们被唤醒，离开催眠状态，回到当下。

我陷入极度的兴奋与深深的疑惑当中，我的前世竟然是李清照！多么荣耀，同时，多么不可思议！因为，我是如此卑微，出身贫寒，不像她；从未接受过厚重、深刻的家庭教育，不像她；没有盖世的文采和才华，不像她；但我

通往前世的旅途，究竟有多么漫长？

总是孤独一人，很像她；我也是山东人，青年时漂泊于江南，居于杭州，并且也到过李清照所到过的浙江的每一个角落，像她；她一生无子，我也会，像她……可是……

导师让所有人上台去分享自己的前世。我不好意思说，怕侮辱了清照的英名，导师看了出来，笑笑：说吧，都说出来了。我去到了宋朝，看到了李清照，难怪，我排除万难也要改中文系，难怪一生最爱的词人是李清照，难怪，每每读到她的词，就会有如身临其境，似是为我所作，似是我所做……只是，我怎么也无法相信我的前世就是李清照，因为，我要写点东西，真难哪！要写出流芳百世的句子，简直是难得无法实现！而李清照随笔一书——莫道不销魂，帘卷西风，人比黄花瘦——就无人企及。

课程结束后，我缠着导师，一定要问个究竟。为什么我是她，却没有继承她的才华（其实我好想啊……）。导师叼着烟斗，吐了几个烟圈，淡淡地：加个'式'……我骤然明白了，于是，一切坦然。我的前世是李清照式

到蒲甘的寺庙，有一种穿越前世的感觉……

的人物，也许真的是她，也许是另一个……总之，我的前世是一个孤独清绝、才情高雅的女子，这让我高兴了一整年。

能让快乐持续这么久的旅行，就是这次到"前世"观光的旅行。

时间旅行者的超时空之旅

2015年9月6日，凌晨4：56醒来，问自己是继续睡眠还是起床工作，答案给了后者。因为，自己清晰地知道，昨天晚上9：30就睡了，时间足够了。

拉开所有的窗帘，城市还在沉睡，看不到星光，只有灯光闪耀。

打开《特立独行》继续修缮。感受到小腹有些淡淡地忧伤，不知道真我要与我沟通

什么，于是，离开电脑，躺在瑜伽垫子上，闭上眼睛，感受着呼吸与腹部的起伏，像小海豚一样。灵魂立即飞离肉体，在整个地球环绕，继而带着这具也许是我、也许只是躯壳的肉体，一忽儿来到西藏哲蚌寺的山上看成千上万的人围观晒大佛；一忽儿来到太平洋彼岸，坐着直升机上到了蓝色的冰川；一忽儿飞到了尼泊尔王子释迦牟尼的故乡；一忽儿跑到马尔代夫的海边晒着太阳。我看到黄金海岸边有许多美丽的红嘴鸥，看到喜马拉雅山上升起了圆圆的月亮，还看到许多僧人在寺院打坐，看到非洲的狮子在辽阔的荒原奔跑……看到很多很多，有些模糊，非常美好，美好得不想起来，只想在意识中进行一场

📷 非洲，那无法言说的人民与国度。

📷 瞬间，可以飞越千山万水，到达色达五明佛学院，世界上最大的藏传佛学院之一，这些不计其数的绛红色小木屋，是数千名僧侣和尼姑的住所。

瞬间，可以到非洲历险。

美好的时间旅行。

意识回到肉体，睁开眼，站起来，腹部的不适消失了。于是，继续，在文字中间进行时间旅行。一会儿编撰的是斯里兰卡的文章，一会儿完善的是澳大利亚的行记。却原来，真的可以人在家中，思想在路上；身未动，心已远。

到你的内心去探险吧，那里有你想要的一切！

瞬间，可以到中东的沙漠骑骆驼。

后　记

活在当下　更改未来

无论是《终结者》还是《美国队长》都宣称：未来是可以改变的。但是，是通过过去来改变的，运用某种神奇的力量、某个超能的机器回到过去的某个时间，杀死某个人或保护某个人不被杀死，或者终结某件事，就会更改接下来的一切，未来就改变了。

但对于普通人来说，要更改我们的未来，是没办法回到过去的。只能在当下改变，运用当下的力量去变更未来。联结自己的内心，问它想让未来去到哪个方向，过哪种生活，那么，就在当下开始往那个方向走，这个过程，未来就开始改变了。

未来的改变始于当下的选择。

我们是自己生命的创造者，如果不喜欢过去所走的路，就从当下时刻起，改变一条道路。选择，永远都存在，改变，永远不会晚。

你永远可以选择你想要的未来。焦点在于，你要去哪里，你想要什么样的未来？如果暂时不知道，就可以问自己：假如我只剩下三天光明，我想看什么？假如我只剩下三天寿命，想做什么，或者做什么才不后悔，答案就迎刃而解了。

以我的人生作为实例。

我刚刚大学毕业时，听从的是传统和别人的声音，致力于做的是找到可以获得高薪的工作，可以牵手一生的男人，赚钱、生养孩子，富足一生。但当我在很年轻的时候，完全凭借自我奋斗赚非常多的钱时，发现，自己很不快乐，小病缠身，从头到脚都有问题。因为，每天做的都是不快乐的事，交往的是让自己不快乐的人。虽然用牺牲快乐赚来的钱拼命为自己买各种品牌服饰、包包，还是不快乐。

我们骑行的是一匹叫作"自己"的野马。

因为，我看到我的未来是这样的：做一个有家有业的上班族，朝九晚五忙工作，回家忙孩子，忙完看口水电视剧，周末到城市周边转转，时间一久，絮絮叨叨地诉说别人对自己不够好，上司和婆婆都很难缠；做一个职场精英，指挥着众多灵魂不在躯壳里的下属，拼命完成业绩，讨好股东，却被家人埋怨照顾家庭的时间太少；想要事业与家庭兼顾，就得拥有足够的姿色和绝顶的聪明，找一个可以成就自己事业的老公，有足够的钱找第三方照顾家庭和孩子……许多过着这种生活的前辈们，都忙得像个陀螺，一堆解决不完的麻烦，他们都很有钱，但看上去都不满足、不快乐，却不知为什么。

我不想我的未来是这样。

于是，我调整当下的方向，辞职，阅读、写作、游历，去做让自己快乐的事情，于是，我的未来就改变了。过去的十年，也就是当我听从内心的指令重新起航时，过去的那个时间点之后的十年就改变了。

几年之后，我发现做着最爱的事情竟然还不快乐！这既让我震惊又不敢声张，别人会说：你已经这样任性了，还想怎么样？我意识到，我需要往更高的方向去走，

有些时候，改变世界的也许是卑微的力量。

要去寻求自己的高级智慧，自己真正的潜意识所在，于是，我去接触适合自己的灵修课程，用一些灵修方法让自己去寻找原因，并解决这个问题。目标当然是让内在更平和，更丰富，更快乐。

经过几次灵修课程，加上在人生中的感悟修行之后，才明白，不快乐的原因是不能活在当下，我虽然比其他仍然在沉睡的人觉醒得早，但功力并不深厚，虽然在做着自己喜欢的事情，但还纠结着过去，恐惧着未来，怀疑着自己，在阅读时想着旅行，旅行时想着写作，怎样能够快乐呢？

举例说明，阅读是我喜欢的事情，但是读什么需要真我去选择，是只读那些自己喜欢的书籍还是世界文学史上榜上有名的所有作品？在没有与真我联结、不明白要顺应内在的意愿时，强迫自己读了许多不愿意读但很有名的作品，这让我既劳累又不开心。还有，我会在读一本书时想着另一本书，读陀思妥耶夫斯基时会想着简·奥斯汀，读老子时会想着苏格拉底。于是，透过时光的隧道，我潜伏到过去，就能看到那样滑稽的景象，每一天，图书馆一开馆，我风风火火坐到最爱的窗边的位置，总是抱来一摞书放在书桌上，有的时候会放十几本！因为，我必须同时读很多书才能压制住假我的混乱声音：这个也要读，那个也要读，因为那个更有名，因为这个老师曾在课堂上提过，云云。

春暖花开、秋高气爽之时，坐在房间里读书，便遥想外面的世界和风景，啊，那里是多么美好！我为什么要坐在这里？在头脑中发完感慨后便逼迫自己继续阅读。因为，这是阅读的时光——我的假我命令我。有时候，读着读着，突然会抱怨自己：我才26岁！为什么要闷在屋子里读书？不为功名，不为职称？你看人家都在拼命赚钱，养育孩子。瞧，绝大多数，每一个当下都在想着别的事情，想着也许做别的，会更好。怎么能够让自己快乐呢！

有的时候还会这样折磨自己：捧着《追忆似水流年》，我为什么没出生在法国，为什么父亲不是公侯伯子爵？或者，我为什么没生在宋朝，为什么不像李清照这样才情盖世？还有时，会悔恨过去：我为什么要选择辞职进图书馆呢？为什么一定与传统对抗做全世界不认可的事情呢？我为什么是我呢？为什么不是童星呢？为什么没有成为明星的潜质呢？虽然表面上做着自己喜欢的事情，但只有极少的时间能够活在当下，其他时间，都在过去和未来当中。

照这个标签，你们也贴一下自己，看看自己一天二十四小时当中有几分钟能够真正活在当下，与当下的事情联结，感受着自己当下的呼吸，内在的平和、幸福及快乐，没有怨恨，没有指责，没有不满，没有对未来的担忧和死亡的恐惧？

不能活在当下，就无法真正快乐。不能在当下做着自己真正喜爱的事情，也不会真正快乐。不在当下这一刻，选择和去到自己未来想去的方向，未来就不会快乐。所有的一切来临时都不是自己想要的，都是责任和义务要做的，都是传统和别人想要的，都是混乱而违背自己的真心的，怎么快乐呢？

让我们一起历练活在当下的力量，从当下开始，快乐起来！从当下开始，改变未来！从当下开始，创造我们想要的一切！

能够拥有改变自己未来的感觉非常棒！就像自己成了某个宗教的神，觉知着一切！

未来，仍会做同样的事情，更多的时间就是用适合自己的方式不断地灵修，疗愈自己，让自己能够时时刻刻联结到自己心中的宇宙，真正觉知地生活在每一个当下。现实人生只是用来历练和成就我们的，淡淡地接触就好，不沉迷，不执着。它只是我来到这个星球或这段人生所画的一道短短的弧线，不值得把弧线当作整个星球或人生。

最终，我会去找到脱离肉体之法，再回来疗愈肉体，寻找到死后的世界在哪里，快乐地活着，快乐地死去。

如风

2016年6月于广州

超悦读：一切为了您的阅读价值

中央编译出版社部分新书推荐

□《孔子是个好老师》 钟国兴 陈有勇 著　定价42.00元

让孔子这个可敬可亲的老师复活。北京大学校长林建华，学习型组织理论之父、"世界十大管理大师"之一彼得·圣吉推荐阅读。2016年4月上市第一月发行41000册。

□《追寻巨人》 [美]Jack Sun（予森）著　定价28.00元

帮助读者探寻内心巨人，激发内在潜力。世界顶级的美国沃顿商学院著名教授联袂推荐，中国新东方教育科技集团总裁俞敏洪致信推荐。

□《朴槿惠新传》 张俊杰 著　定价38.00元

一个打破了韩国政坛男人的统治，被称为"韩国撒切尔"的女人——朴槿惠。本书持续荣登机场书店畅销书榜首，中央编译出版社2015年十大畅销书之一。

□《默克尔新传》 王拥军 著　定价38.00元

一个坚守着自己的底线，永不妥协的铁娘子，一个"连任三届的女总理"。本书让我们共同走进默克尔的世界，领略这位实干家、女汉子的独特风采！

□《谁在导演世界》（2016升级版） 边芹 著　定价48.00元

一个"精神亡国者"的哀伤。中西方文化博弈，争夺话语权。本书持续荣登文化畅销书榜首。

□《国富新论》 翟玉忠 著　定价39.00元

本书将中国古典经济学轻重之术和盘托出。

□《中国超级经济》 [加]殷敬棠 著　定价56.00元

研究中国经济未来发展，介绍中国宏观经济走势。

□《大国崛起之谜》 李超民 著　定价48.00元

本书为读者破解大国经济发展的秘密。

□《梦控师》 追梦蚂蚁 著　定价47.00元

本书尚未出版即被全国各地读者疯狂抢订，荣登中央编译出版社2015年度十大畅销书榜首。

□《超脱考试做领袖》 陈济安 著　定价30.00元

一本被校长列为"学做领袖"的内部教材。公开出版后，郭传杰、冯恩洪、毕诚等著名教育家均极力推荐给学生、教师、学生家长阅读。

□《创新中国教育》 [加]江学勤 著　定价39.00元

一位耶鲁毕业生教你如何考上国际名校，讲述发生在北京大学附属中学、深圳中学创新教育的故事。被誉为"全世界教育之父"的安德里亚斯·施莱歇尔教授（Andreas Schleicher）写序推荐。

□《思想的帝国》 贺雄飞 著 定价 35.00 元
　　犹太人创造力的奥秘是什么？本书剖析诺贝尔奖中的"犹太现象"，阐述国际舞台上群星璀璨的犹太人，揭开犹太精英成功智慧的秘密。

□《请愤怒吧》 [法] Stéphane Hessel（黑塞尔）著 河清 译 定价 20.00 元
　　上市 3 个月发行 500 万册，成为法国头号畅销书。可见这个世界是多么渴望正义的声音！

□《中国环境地理学》（上下册） 练力华 著 定价 108.00 元
　　中国传统环境地理学发展历史上的一次全新探索。一书读懂中华传统建筑文化奥秘！

□《中国易学》 刘正 著 108.00 元
　　本书是《中国易学预测学》增订版，20 年前产生过巨大影响，发行量高达 50 万册。

□《天真》 王爱品 著 定价 68.00 元
　　本书融合易、释、道、儒、医精髓，全面指导修身养性。

□《王阳明全集》（明） 王守仁 著 朱熹 等注 118.00 元
　　本书是迄今为止收录最全、简体横排、全新足本，王阳明西学思想及一生最重要的著作，是儒家思想中最具个性、最具争议的代表作。

□《曹操：奋斗之道》 唐文立 著 定价 58.00 元
　　读懂曹操的奋斗之道，也就读懂了三国；读懂了三国，也就读懂了中国。本书在北京西单图书大厦传记类畅销书中持续上榜。

□《国家命运：中国未来经济转型与改革发展》 吴敬琏、厉以宁、林毅夫、高尚全等 32 位著名经济界顶尖学者 合著 定价 58.00 元
　　中国向何处去？中央编译出版社 2015 年十大畅销书之一。

□《国家命运：反腐攻坚战》 邱学强、徐伟新、俞可平、袁曙宏等 26 名顶尖专家学者 合著 定价 58.00 元
　　论辩当前中国反腐败局势、研究中国未来政治发展。中央编译出版社 2015 年十大畅销书之一。

□《超越零极限》 吴云艳 著 定价 58.00 元
　　大陆第一本集哲学思考、商界透视、爱情反思的身心灵成长小说。知名商界畅销书作家、世界 500 强前高管、媒体人、文化互联网创始人的生命思考……

□《微信群》 老壹 著 定价 49.00 元
　　国际级实战派微营销专家教你玩转微信群，2016 年网络营销最热门书。

□《家风》 吴光磊 著 定价 39.00 元
　　道德传千古，家风抵万金。2016 年 9 月发行。

□《道统》 王爱品 著 定价 109.00 元
　　升起智慧圆满的秘密。国学重典、哲学本原，修身养性与经世济用必备智慧读本。

□《静坐的科学与心灵之旅》 杨定一 著 定价 42.00 元
　　通过科学的静坐寻找到人生的意义。一部关于修身养性、造福于人类的力作。台湾发行 15 万册，引进版 2016 年 9 月发行。